中國古典文學基本叢書

李太白全集

第四册

〔唐〕李白著
〔清〕王琦注

中華書局

李太白全集卷之二十二

錢塘王琦琢崖輯注
王濟魯川較

古近體詩共五十八首

安州應城玉女湯作

舊注：《荆州記》云：常有玉女，乘車投此泉。

《元和郡縣志》：淮南道安州有應城縣，東北至州八十里。《藝文類聚》：盛弘之《荆州記》曰：新陽縣惠澤中有温泉，冬月，未至數里，遥望白氣浮蒸如烟，上下采映，狀若綺疏。又有車輪雙轅形，世傳：昔有玉女，乘車自投此泉。今人時見女子，姿儀光麗，往來倏忽。《一統志》：玉女泉，在湖廣德安府應城縣西五十五里，其泉熱沸，野老相傳：玉女煉丹之地。

神女殁幽境，湯池流大川。陰陽結炎炭，造化開靈泉〔一〕。地底爍（音鑠）朱火，沙旁歊（音囂）素烟〔二〕。沸珠躍明（繆本作「晴」）月，皎鏡涵空天〔三〕。氣浮蘭芳滿，色漲桃花然。精覽萬殊入〔四〕，潛行七澤連〔五〕。愈疾功莫尚〔六〕，變盈道乃全〔七〕。濯纓掬（蕭本作「濯濯氣」）清泚〔八〕，晞髮弄潺湲〔九〕。散下楚王國，分澆宋玉田〔一〇〕。可以奉巡幸，奈何隔窮偏。獨隨朝宗水〔一一〕，赴海輸微涓〔一二〕。

〔一〕賈誼《鵩賦》：天地爲鑪兮，造化爲工。陰陽爲炭兮，萬物爲銅。

〔二〕古詩：朱火然其中，青烟颺其間。《説文》：歊，氣出貌。

〔三〕沈約詩：洞徹隨清淺，皎鏡無冬春。吕向注：皎鏡，清明如鏡也。

〔四〕《淮南子》：承天地之和，形萬殊之體。

〔五〕《子虚賦》：楚有七澤。

〔六〕《水經注》：温泉能瘥百病。

〔七〕《周易》：地道變盈而流謙。

〔八〕《楚辭》：滄浪之水清兮，可以濯吾纓。謝朓詩：寒流自清泚。《説文》：泚，清也。

〔九〕《楚辭》：與汝沐兮咸池，晞汝髮兮陽之阿。王逸注：晞，乾也。謝靈運詩：且申獨往意，乘月弄潺湲。

〔一〇〕宋玉《小言賦》：楚襄王登陽雲之臺，令諸大夫景差、唐勒、宋玉等曰：「有能爲《小言賦》者，賜之雲夢之田。」宋玉曰「無内之中，微物潛生，比之無象，言之無名」云云。王曰：「善。」賜以雲夢之田。

〔二〕《禹貢》：江漢朝宗於海。孔安國傳：二水入海，有似於朝。百川以海爲宗。宗，尊也。孔穎達《正義》：《周禮·大宗伯》：諸侯見天子之禮：春見曰朝，夏見曰宗。鄭云：朝，猶朝也，欲其來之早也。宗，尊也，欲其尊王也。朝宗是人事之名，水無性識，非有此義。以海大而江漢小，以小就大，似諸侯歸於天子，假人事而言之也。

〔三〕張正見詩：康衢飛駛羽，大海滴微涓。

蕭士贇曰：寄興謂士不幸居於僻遠之鄉，雖抱王佐之才，而無由自達。身在江湖，心存魏闕而已，悲夫！

之廣陵宿常二南郭幽居蕭本作南顧北居誤

廣陵，郡名，即揚州也，唐時隸淮南道。

緑水接柴門，有如桃花源〔一〕。忘憂或假草〔二〕，滿院羅叢萱。暝色湖上來，微雨飛南軒。故人宿茅宇，夕鳥棲（繆本作「歸」）楊園〔三〕。還惜詩酒別，深爲江海言。明朝廣陵道，獨憶此傾樽。

〔一〕桃花源，見二卷注。

〔二〕《述異記》：萱草，一名紫萱，又呼爲忘憂草。吴中書生呼爲療愁草，嵇中散《養生論》云：萱草忘憂。

〔三〕《詩·小雅》：楊園之道。毛傳曰：楊園，園名。

夜下征虜亭

《景定建康志》：征虜亭，在石頭塢，東晉太元中創。

船下廣陵去，月明征虜亭。山花如繡頰，江（蕭本作「紅」）火似流螢。

下途歸石門舊居 題下似缺「别人」字

按《太平府志》：横望山，在當塗縣東六十里。春秋楚子重伐吴，至於横山，即此山也。實爲金陵朝對之山。《真誥》稱其石形瓌奇，洞穴盤紆，陶隱居嘗棲遲此地煉丹，故有陶公讀書堂、石門、古祠、灰井、丹爐諸遺跡。書堂今爲澄心寺。石門山水尤奇，盤道屈曲，沿磴而入，峭壁二里，夾石參天，左擁右抱，羅列拱揖，高者抗層霄，下者入衍奥。中有玉泉嵌空，淵淵而來，春夏霖潦奔馳，秋冬澄流一碧，縈繞如練。觀詩中所稱隱居山寺、「陶公鍊液」、「石門流水」諸句，知石門舊居，蓋在其處矣。

吴山高，越水清，握手無言傷别情。將欲辭君挂帆去，離魂不散烟郊樹〔一〕。此心鬱悵誰能論，有愧叨承國士恩。雲物共傾三月酒，歲時同餞五侯門〔二〕。羨君素書常滿案，含丹照白霞色爛〔三〕。余嘗學道窮冥筌（音詮）〔四〕，夢中往往游仙山。何當脱屣謝時去〔五〕，壺中别有日月天〔六〕。俛仰人間易凋朽，鍾（繆本作「鑪」）峰五雲在軒牖〔七〕。惜别愁窺玉女窗，歸來笑把洪崖手〔八〕。

〔一〕虞炎詩：聚學從烟郊，棲遁事環蓽。

〔二〕五侯，見十一卷注。

〔三〕《神仙傳》：王烈入河東抱犢山中，見一石室，中有素書兩卷。琦按：古人以絹素寫書，故謂書曰「素書」。含丹者，書中之字，以朱寫之，白者絹色，丹白相映，爛然如霞矣。

〔四〕江淹詩：一時排冥筌。閔赤如注：冥，理也。筌，跡也。言理、迹雙遺也。一説：冥，幽也。筌，跡也。冥筌，道中幽冥之跡也。

〔五〕《漢書·郊祀志》：天子曰：「誠得如黄帝，吾視去妻子如脱屣耳。」顔師古注：屣，小履。脱屣者，言其便易無所顧也。《列仙傳》：王子喬乘白鶴駐山頭，舉手謝時人，數日而去。

〔六〕《靈臺治中録》：施存，魯人，學大丹之道三百年，十鍊不成，唯得變化之術。後遇張申爲雲臺治官。常懸一壺，如五升器大，變化爲天地，中有日月如世間，夜宿其内，自號壺天，人謂曰壺公。

〔七〕《名山洞天福地記》：鍾山，周迴一百里，名朱湖太生之天，在潤州上元縣。五雲，五色雲也。見七卷注。

〔八〕玉女窗，在嵩山。見十六卷注。洪崖，三皇時伎人得仙者。《廣博物志》：青城山洞，周迴二千里，昔洪崖先生服琅玕之華而隱，代爲青城真人。

隱居寺，隱居山，陶公鍊液棲其間〔一〕。靈神閉氣昔登攀，恬然但覺心緒閒。數人不知幾甲子〔二〕，昨來（蕭本作「夜」，誤）猶帶冰霜顔。我離雖則歲物改，如今了然識（許本作「失」，誤）所在。別君莫道不盡歡，懸知樂客遥相待。

〔一〕《因話録》：宣州當塗隱居山巖，即陶貞白煉丹所也。爐跡猶在，後爲佛舍。

〔二〕《左傳》：晉悼夫人食輿人之城杞者。絳縣人或年長矣，無子，而往與於食，有與疑年，使之年。曰：「臣，小人也，不知紀年。臣生之歲，正月甲子朔，四百有四十五甲子矣。其季於今，三之一也。」

石門流水徧桃花，我亦曾到秦人家。不知何處得雞豕，就中仍見繁桑麻〔一〕。翛然遠與世事間〔二〕，裝鸞駕鶴又復（繆本作「服」）遠〔三〕。何必長從七貴游，勞生徒聚萬金産〔四〕。挹君去〔五〕，長相思，雲游雨散從此辭。欲知悵别心易苦，向暮春風楊柳絲。

〔一〕桃花流水、雞豕桑麻，比之秦人之桃源也。詳見二卷注。

〔二〕《莊子》：翛然而往，翛然而來。陸德明《音義》：翛，音蕭。徐音叔。李音悠。向云：翛然，自然無心而自爾之義。郭、崔云：往來不難之貌。

〔三〕江淹《别賦》：駕鶴上漢，驂鸞騰天。

〔四〕七貴，見十一卷注。庾信詩：惜無萬金産，東求滄海君。

〔五〕挹，即揖也。古字通用。

客中作 蕭本作《客中行》

蘭陵美酒鬱金香〔一〕，玉椀盛來琥珀光。但使主人能醉客，不知何處是他鄉？

〔一〕唐時沂州之承縣，春秋時鄫國也。後魏於此置蘭陵郡，隋廢郡爲蘭陵縣，唐武德四年改曰承縣，在沂州西一百八十里。《元和郡縣志》：蘭陵縣城，在沂州承縣東六十里。《史記》：荀卿適楚，春申君以爲蘭陵令。《正義》云：蘭陵縣，屬東海郡，今沂州承縣有蘭陵山。《梁書》：鬱金出罽賓國，花色正黄而細，與芙蓉花、裏被蓮者相似。國人先取以上佛寺，積日香槁，乃糞去之。賈人從寺中徵顧，以轉賣與他國也。《香譜》：鬱金香，《魏略》云：生大秦國，二三月花，如紅藍，四五月採之。其香十二葉，爲百草之英。

太原早秋

太原郡，即并州也，唐時隸河東道。

歲落衆芳歇，時當大火流〔一〕。霜威出塞（音賽）早，雲色渡河秋。夢遶邊城月，心飛故國樓。思歸若汾水〔二〕，無日不悠悠。

〔一〕張衡《定情歌》：大火流兮草蟲鳴。《圖書編》：大火，心星也。以六月之昏，加於地之南，至七月之昏，則下而西流矣。

〔二〕《唐六典注》：汾水出忻州，歷太原、汾、晉、絳、蒲五州，入河。《太平寰宇記》：汾水，出靜樂縣北管涔山，東流入太原郡界。

奔亡道中五首

蘇武天山上〔一〕，田横海島邊〔二〕。萬重關塞斷，何日是歸年？

〔一〕《唐書・地理志》：伊州伊吾縣，在大磧外，南去玉門關八百里，東去陽關二千七百三十里，有折羅漫山，亦曰天山。劉删《蘇武詩》：食雪天山近，思歸海路長。蓋以天山爲匈奴地耳，其實蘇武囓雪及牧羊之處，不在天山也。

〔二〕《史記》：漢滅項籍，漢王立爲皇帝，田横懼誅，與其徒屬五百餘人入海，居島中。韋昭曰：海中山曰島。《正義》曰：按海州東海縣有島山，去岸八十里。

其二

亭伯去安在〔一〕？李陵降未歸〔二〕。愁容變海色，短服改胡衣。

〔一〕《後漢書》：崔駰，字亭伯，爲竇憲主簿，出爲長岑長，自以遠去，不得意，遂不之官而歸。

〔二〕《漢書》：李陵敗降匈奴，大將軍霍光、左將軍上官桀素與陵善，遣陵故人隴西任立政等三人至匈奴招陵。立政等至，單于置酒賜漢使者，李陵、衞律皆侍坐。後陵、律持牛酒勞漢使，博飲，兩人皆胡服椎結。《夢溪筆談》：窄袖短衣，長靿靴，皆胡服也。窄袖利於馳射，短衣、長靴，便於涉草。

其三

談笑三軍卻〔一〕，交游七貴疏〔二〕。仍留一隻箭，未射魯連書〔三〕。

〔一〕左太沖詩：吾慕魯仲連，談笑卻秦軍。詳見二卷注。
〔二〕七貴，見十一卷注。
〔三〕魯連射書聊城，見十四卷注。

其四

函谷如玉關，幾時可生還〔一〕？洛陽（繆本作「川」）爲易水〔二〕，嵩岳是燕山〔三〕。俗變羌、胡語，人多沙塞顔。申包惟慟哭，七日鬢毛斑〔四〕。

〔一〕函谷，詳見五卷注。《後漢書》：班超久在絶域，年老思土，上疏曰：「臣不敢望到酒泉郡，但願生入玉門關。」帝乃徵超還。章懷太子注：玉門關，屬敦煌郡，今沙州也。去長安三千六百里，關在敦煌縣西北。

〔二〕《通志·地理略》：洛水，出商州上洛縣，經虢州、河南入河。《史記正義》：易水出易州易縣，東流過幽州歸義縣，東與滹沱河合。

〔三〕《通志·地理略》：中岳嵩山，在河南告成縣。《隋書》：漁陽郡無終縣有燕山。《太平御覽》：《隋圖經》云：燕山，在易縣東南七十里。

〔四〕《左傳》：吴入郢，昭王在隨，申包胥如秦乞師曰：「吴爲封豕長蛇，以薦食上國，虐始於楚。寡君失守社稷，越在草莽，使下臣告急。」秦伯使辭焉，曰：「子姑就館，將圖而告。」對曰：「寡君越在草莽，未獲所伏，下臣何敢即安？」立依於庭牆而哭，日夜不絶聲，勺飲不入口七日，秦哀公爲之賦《無衣》。九頓首而坐。秦師乃出。

太白意謂函谷之地，已爲禄山所據，未知何日平定，得能生入此關。洛川、嵩岳之間，不但有同邊界，而風俗人民，亦且漸異華風。己之所以從永王者，欲效申包慟哭乞師，以救國家之難耳，自明不敢有他志也，其心亦可哀矣。

其五

淼（音藐）淼望湖水〔一〕，青青蘆葉齊。歸心落何處，日没大江西。歇馬傍春草，欲行遠道迷。誰忍子規鳥〔二〕，連聲向我啼。

〔一〕《廣韻》：淼，大水也。

〔二〕子規，即杜鵑鳥，嗚聲哀苦，若云「不如歸去」，遠客聞之，心爲悽惻。

郢門秋懷

郢門，即荆門也。唐時爲峽州夷陵郡，其地臨江，有山曰荆門，上合下開，有若門象。故當時文士概稱其地曰荆門，或又謂之郢門。西通巫、巴，東接雲夢，歷代常爲重鎮。

郢門一爲客，巴月三成弦〔一〕。朔風正摇落〔二〕，行子愁歸旋。杳杳山外日〔三〕，茫茫江上天。人迷洞庭水，鴈度瀟湘烟。清曠諧宿好〔四〕，緇磷及此年。百齡何蕩漾〔五〕，萬化相推遷〔六〕。空謁蒼梧帝〔七〕，徒尋溟海仙〔八〕。已聞蓬海（繆本作「岳」）淺〔九〕，豈見三桃圓（胡本作

「桃三圓」〔一〇〕。倚劍增浩嘆〔一一〕，捫襟還自憐〔一二〕。終當游五湖，濯足滄浪泉〔一三〕。

〔一〕吴均詩：別離未幾日，高月三成弦。

〔二〕《楚辭·九辯》：蕭瑟兮草木摇落而變衰。

〔三〕劉向《九嘆》：日杳杳以西頹。

〔四〕《後漢書》：仲長統欲卜居清曠，以樂其志。

〔五〕梁昭明太子《陶靖節集序》：處百齡之内，居一世之中。

〔六〕《莊子》：若人之形，萬化而未始有極也。

〔七〕吴均詩：欲謁蒼梧帝，過問沅湘姬。

〔八〕《十洲記》：蓬萊山，對東海之東北岸，周回五千里，外別有圓海繞山。圓海水正黑，而謂之冥海也。無風而洪波百丈，不可得往來。上有九老丈人九天真王宫，蓋太上真人所居，惟飛仙能到其處耳。

〔九〕《神仙傳》：麻姑云：「向到蓬萊，水又淺於往日。」

〔一〇〕《漢武故事》：東郡送一短人，長五寸，衣冠具足。上疑其精，召東方朔至，朔呼短人曰：「巨靈，阿母還來否？」短人不對。因指謂上：「王母種桃，三千年一結子，此兒不良，已三過偷之。失王母意，故被謫來此。」上大驚，始知朔非世中人也。

〔一二〕江淹詩：倚劍臨八荒。

〔一三〕宋之問詩：捫心空自憐。

〔一三〕洞庭、瀟湘、五湖、滄浪，俱見前注。

至鴨欄驛上白馬磯贈裴侍御

《一統志》：鴨欄磯，在岳州臨湘縣東十五里。吴建昌侯孫慮作鬬鴨欄於此。白馬磯，在岳州巴陵縣境。《湖廣通志》：白馬磯，在岳州臨湘縣北十五里。

側疊萬古石，橫爲白馬磯。亂流若電轉，舉棹揚珠輝。臨驛卷緹（音題）幕〔一〕，升堂接繡衣〔二〕。情親不避馬〔三〕，爲我解霜威〔四〕。

〔一〕劉公幹詩：明月照緹幕。李善注：緹，丹色也。

〔二〕繡衣，用《漢書》繡衣直指事，見十一卷注。

〔三〕避馬，用《後漢書》桓典事，見九卷注。

〔四〕御史爲風霜之任，故曰霜威。

荆門浮舟望蜀江

胡三省《通鑑注》：荆門，在峽州宜都縣，其地有荆門山，故後人因以廣稱其境皆曰荆門耳。

春水月峽來〔一〕，浮舟望安極。正是（繆本作「見」）桃花流〔二〕，依然錦江色〔三〕。江色緑（繆本作「渌」）且明，茫茫與天平。逶迤巴山盡〔四〕，摇曳楚雲行〔五〕。雪照聚沙雁，花飛出谷鶯〔六〕。芳洲卻已轉，碧樹森森迎〔七〕。流目浦烟夕〔八〕，揚帆海月生〔九〕。江陵識遥火，應到渚宫城〔一〇〕。

〔一〕《通典》：渝州巴縣有明月峽，其山上石壁有圓孔，形如滿月，故以爲名。《方輿勝覽》：明月峽，在重慶府巴縣，石壁高四十丈，有孔若明月。庾信《枯樹賦》：臨風亭而唳鶴，對月峽而吟猿。

〔二〕《漢書·溝洫志》：來春桃花水盛，必羨溢。顔師古注：《月令》：仲春之月，始雨水，桃始花。蓋桃方花時，既有雨水，川谷冰泮，衆流猥集，波瀾盛長，故謂之桃花水耳。《韓詩傳》云：三月桃花水。

〔三〕《通典》：蜀郡成都縣有錦江。按：錦江，即蜀江也。成都人織錦既成，取此水濯之，則色更鮮麗，故又謂之錦江。

〔四〕《説文》：逶迤，邪去貌。《通典》：峽州夷陵郡巴山縣北有山，曲折似巴字，因以爲名。

〔五〕鮑照詩：摇曳高帆舉。

〔六〕昭明太子《錦帶書》：啼鶯出谷，爭傳求友之聲。

〔七〕《説文》：森，木多貌。

〔八〕《後漢書·馮衍傳》：游精宇宙，流目八紘。

〔九〕謝靈運詩：揚帆採石華。

〔一〇〕《通典》：荆州江陵縣，故楚之郢地，秦分郢置江陵縣，今縣界有渚宫城。《方輿勝覽》：江陵府有渚宫。《郡縣志》：楚别宫也。《左傳》：楚子西沿漢泝江，將入郢。王在渚宫見之。今之城，楚船官地也。梁元帝名以渚宫。《一統志》：渚宫，在江陵故城東南，楚建。梁元帝即位渚宫，即此。陸放翁曰：杜子美「曉看紅濕處，花重錦官城」，李太白「蜀江緑且明」，用「濕」字、「明」字，可謂奪化工之巧，世未有拈出者。又放翁《入蜀記》曰：與兒輩登堤觀蜀江，乃知李太白《荆門望蜀江》詩「江色緑且明」，真善狀物也。

上三峽

巫山夾青天，巴水流若兹〔一〕。巴水忽可盡，青天無到時。三朝上黄牛〔二〕，三暮行太遲。

三朝又三暮，不覺鬢成絲。

〔一〕《唐書·地理志》：夔州巫山縣有巫山。《一統志》：巫峽，在夔州府巫山縣東三十里，即巫山也。與西陵峽、歸峽並稱三峽。連山七百里，略無斷處，自非亭午夜分，不見日月。巴水，謂三巴之水，經三峽中者而言。《太平御覽》：《三巴記》曰：閬、白二水合流，自漢中至始寧城下入涪陵，曲折三回，如「巴」字，故曰巴江。經峻峽中，謂之巴峽，即此水也。

〔二〕《太平寰宇記》：峽州夷陵縣有黄牛山。盛弘之《荆州記》云：南岸重嶺疊起，最外高崖間有石狀如人負刀牽牛，人黑牛黄，成就分明。此巖既高，加以江湍紆迴，雖途經信宿，猶望見之。行者歌曰：「朝發黄牛，暮宿黄牛。三朝三暮，黄牛如故。」

自巴東舟行經瞿唐峽登巫山最高峰晚還題壁

巴東，即歸州也，唐時隸山南東道。《方輿勝覽》：瞿塘峽在夔州東一里，舊名西陵峽，乃三峽之門。兩崖對峙，中貫一江，望之如門。陸放翁《入蜀記》：瞿塘峽，兩壁對聳，上入霄漢，其平如削成，視天如匹練。《方輿勝覽》：巫峽，在巫山縣之西。《水經注》云：杜宇所鑿，以通江水。《圖經》云：此山當抗峰岷、峨，偕嶺衡岳，凝結翼附，並出青霄，謂之巫山。有十二峰，上有神女廟、陽雲臺，高百二十丈。

江行幾千里，海月十五圓。始經瞿唐峽，遂步（胡本作「陟」）巫山巔。巫山高不窮，巴國盡所歷〔一〕。日邊攀垂蘿，霞外倚穹石〔二〕。飛步凌絶頂〔三〕，極目無纖烟。卻顧失丹壑，仰觀臨青天。青天若可捫〔四〕，銀漢去安在？望雲知蒼梧，記水辨瀛海〔五〕。周游孤光晚〔六〕，歷覽幽意多。積雪照空谷，悲風鳴森柯。歸途行欲曛，佳趣尚未歇。江寒早啼猿，松暝已吐月〔七〕。月色何悠悠，清猿響啾啾〔八〕。辭山不忍聽，揮策還孤舟。

〔一〕《山海經》：西南有巴國。郭璞注：今「三巴」是。杜元凱《左傳注》：巴國，在巴郡江州縣。《通典》：巴國，今清化、始寧、咸安、符陽、巴川、南賓、南浦，是其地也。《文獻通考》：重慶府，古巴國，謂之「三巴」。

〔二〕《上林賦》：觸穹石。張揖注：穹石，大石也。

〔三〕郭璞詩：翹手攀金梯，飛步登玉闕。

〔四〕《後漢書》：和熹鄧皇后，嘗夢捫天，蕩蕩正青，若有鍾乳狀，乃仰嗽飲之。章懷太子注：捫，摸也。

〔五〕《歸藏・啟筮》：有白雲出自蒼梧，入於大梁。《史記》：騶衍以爲儒者所謂中國者，於天下乃八十一分居其一分耳。中國名曰赤縣神州。赤縣神州内自有九州，禹之序九州是也，不得爲州數。中國外如赤縣神州者九，乃所謂九州也。於是有裨海環之，人民禽獸莫能相通，如一區中者，乃爲一州。如此者九，乃有大瀛海環其外，天地之際焉。

〔六〕鮑照詩：孤光獨徘徊。

〔七〕吴均詩：疏峰時吐月。

〔八〕任昉《竟陵文宣王行狀》：清猿與壺人爭旦。張銑注：清猿，謂猿鳴聲清也。《楚辭》：猿啾啾兮狖夜鳴。

早發白帝城 一作《白帝下江陵》

朝辭白帝彩雲間，千里江陵一日還。兩岸猿聲啼不盡〔一〕，輕舟已過（一作「須臾過卻」）萬重山。

〔一〕楊齊賢曰：白帝城，公孫述所築。初，公孫述至魚復，有白龍出井中，自以承漢土運，故稱白帝，改魚復爲白帝城。琦按：白帝城，在夔州奉節縣，與巫山相近。所謂彩雲，正指巫山之雲也。《水經注》：自三峽七百里中，兩岸連山，略無闕處，重巖疊嶂，隱天蔽日，自非亭午夜分，不見曦月。至於夏水襄陵，沿泝阻絶。或王命急宣，有時朝發白帝，暮宿江陵，其間千二百里，雖乘奔御風，不以疾也。每至晴初霜旦，林寒澗肅，常有高猿長嘯，屬引淒異，空谷傳響，哀囀久絶，故漁者歌曰：「巴東三峽巫峽長，猿鳴三聲淚沾裳。」

秋下荆門

荆門，已見前注。

霜落荆門江樹空，布帆無恙挂秋風〔一〕。此行不爲鱸魚鱠〔二〕，自愛名山入剡中〔三〕。

〔一〕《晉書》：顧愷之爲殷仲堪參軍。仲堪在荆州，愷之嘗因假還，仲堪特以布帆借之。至破冢，遭風，船敗。愷之與仲堪箋曰：「地名破冢，直破冢而出，行人安穩，布帆無恙。」

〔二〕《藝文類聚》：《世説》曰：張季鷹辟齊王東曹掾，在洛，見秋風起，因思吴蓴菜羹、鱸魚鱠，曰：「人生貴適志耳，何能從宦數千里，以要名爵。」遂命駕便歸。俄而齊王敗，時人皆謂之見機而作。

〔三〕《廣博物志》：剡中多名山，可以避災，故漢、晉以來，多隱逸之士。沃州天姥，是其處。

江行寄遠

刳木出吳、楚，危槎（鋤加切，音近茶）百餘尺〔一〕。疾風吹片帆，日暮千里隔。别時酒猶在〔二〕，已爲異鄉客。思君不可得，愁見江水碧。

〔一〕《周易》：刳木爲舟。孔穎達《正義》：舟，必用大木刳鑿爲之，故云「刳木」也。蕭士贇曰：張騫乘槎，乃刳全木爲之，今沅、湘中有此，名爲舸艚船。

〔二〕吳均詩：悲銜别時酒。

宿五松山下荀媪家

五松山，在池州銅陵縣南五里，詳見二十卷注。《漢書注》：文穎曰：幽州及漢中，皆謂老嫗爲媪。孟康曰：媪，母别名，音烏老反。顔師古曰：媪，女老稱也。

我宿五松下，寂寥無所歡。田家秋作苦〔一〕，鄰女夜舂寒。跪進彫胡（繆本作「凋葫」）飯〔二〕，月光明素盤。令人慚漂母〔三〕，三謝不能飡。

〔一〕楊惲《報孫會宗書》：田家作苦。

〔二〕宋玉《諷賦》：爲臣炊雕胡之飯，烹露葵之羹。《本草》：陶弘景曰：菰米，一名彫胡，可作餅食。蘇頌曰：菰生水中，葉如蒲葦，其苗有莖梗者謂之菰蔣草，至秋結實，乃彫胡米也。古人以爲美饌。今饑歲，人猶採以當糧。葛洪《西京雜記》云：菰之有米者，長安人謂爲彫胡。菰之有首者，謂之緑節。李時珍曰：彫胡，九月抽莖，開花如葦芀，結實長寸許，霜後采之，大如茅針，皮黑褐色，其米甚白而滑膩，作飯香脆。杜甫詩「波漂菰米沉雲黑」，即此。《周禮》供御，乃六穀、九穀之數。《管子》書謂之「雁膳」。

〔三〕漂母，見六卷注。

下涇縣陵陽溪至澀灘

《一統志》：澀灘在寧國府涇縣西九十五里，怪石峻立，如虎伏龍蟠。

澀灘鳴嘈嘈，兩山足猿猱。白波若卷雪，側石（蕭本作「足」）不容舠〔一〕。漁子（繆本作「人」）與舟人，撐折萬張篙。

〔一〕《詩·國風》：誰謂河廣，曾不容刀。鄭箋：不容刀，喻狹。小船曰刀。孔穎達《正義》：劉熙《釋名》云：二百斛以下曰艇。三百斛曰刀，江南所謂短而廣，安不傾危者也。

李君實謂末二句，斷非太白語。

下陵陽沿高溪三門六刺灘

三門横峻灘，六刺走波瀾。石驚虎伏起，水狀龍縈盤。何慙七里瀨〔一〕，使我欲垂竿。

〔一〕李善《文選注》：《甘州記》曰：桐廬縣有七里瀨，瀨下數里至嚴陵瀨。《太平寰宇記》：七里瀨即富春渚也。《避暑録話》：嚴陵七里瀨，在洞下二十餘里，兩山聳起壁立，連亘七里，土人謂之瀧，訛爲籠，言若籠中。因謂初至爲「入瀧」，既盡爲「出瀧」。「瀧」本音閭江反，奔湍貌。以爲若籠，謬也。七里之間皆灘瀨，今因沈約詩，誤爲一名，非是。嚴陵灘最大，居其中。《方輿勝覽》：七里灘，距睦州四十餘里，與嚴陵瀨相接。諺云：「有風七里，無風七十里。」

夜泊黄山聞殷十四吴吟

《江南通志》：黄山，在太平府城西北五里，相傳浮丘翁牧雞於此，又名浮丘山。此詩所謂及下首「雞鳴發黄山」，正是其處，在太平州當塗縣，與徽州、寧國二郡界内之黄山，名同而地異矣。

昨夜誰爲吴會（音膾）吟〔一〕，風生萬壑振空林。龍驚不敢水中卧，猿嘯時聞巖下音。我宿黄山碧溪月，聽之卻罷松間琴。朝來果是滄洲逸，酤酒提（蕭本作「醍」）盤飯霜栗〔二〕。半酣更發江海聲，客愁頓向杯中失。

〔一〕吴會，吴地也，詳十二卷注。

〔二〕《説文》：酤，買酒也。

宿鰕湖

黄山在池州府城南九十里，大樓山在池州府城南七十里，清溪在池州府城北五里，鰕湖當與之相去不遠。

雞鳴發黄山，暝投鰕湖宿。白雨映寒山，森森似銀竹〔一〕。提攜採鉛客，結荷水邊沐〔二〕。半夜四天（蕭本作「邊」）開，星河爛人目。明晨大樓去〔三〕，崗隴多屈伏。當與持斧翁，前溪伐雲木。

〔一〕張景陽詩：森森散雨足。劉良注：森森，雨散貌。

〔二〕鮑照《登大雷岸與妹書》：棧石星飯，結荷水宿。

〔三〕太白古詩有「採鉛清溪濱，時登大樓山」之句，疑與此詩是一時之作。

西施

西施越溪女，出自苧蘿山〔一〕。秀色掩今古，荷花羞玉顏。浣紗弄碧水，自與清波閑。皓齒信難開〔二〕，沉吟碧雲間。句踐徵絶豔，揚蛾入吴關〔三〕。提攜館娃宫〔四〕，杳渺詎可攀。一破夫差國，千秋竟不還。

〔一〕《吴越春秋》：越王謂大夫種曰：「孤聞吴王淫而好色，惑亂沉湎，不領政事，因此而謀可乎？」乃使相者於國中，得苧蘿山鬻薪之女曰西施、鄭旦，飾以羅縠，教以容步，習於土城，臨於都巷，三年學服，而獻於吴。吴王大悦。施宿《會稽志》：苧蘿山在諸暨縣南五里。《輿地志》云：諸暨縣苧蘿山，西施、鄭旦所居，其方石乃晒紗處。《十道志》云：句踐索美女以獻吴王，得之諸暨紵蘿山賣薪女西施，山下有浣紗石。《一統志》：浣浦，在諸暨縣治東南，一名浣渚，俗傳西子浣紗於此。

〔二〕曹植詩：時俗薄朱顔，誰爲發皓齒。

〔三〕沈約詩：揚蛾一含睇，㛹娟好且修。

〔四〕《吴地記》：胥葬亭東二里有館娃宫，吴人呼西施作娃，夫差置。今靈巖山是也。范石湖《吴郡志》：硯石山，在吴縣西三十里，上有館娃宫。《方言》曰：吴有館娃宫，今靈巖寺即其地也。山有琴臺、西施洞、硯池、翫花池，山前有採香徑，皆宫之故跡。

王右軍

《晉書》：王羲之起家祕書郎，征西將軍庾亮請爲參軍，累遷長史。亮臨薨，上疏稱羲之清真，有鑒裁。爲右軍將軍、會稽内史。性愛鵝，山陰有一道士養好鵝，羲之往觀焉，意甚悦，因求市之。道士云：「爲寫《道德經》，當舉群相贈耳。」羲之欣然寫畢，籠鵝而歸，甚以爲樂。

右軍本清真，瀟灑在（許本作「出」）風塵〔一〕。山陰遇（蕭本作「過」）羽客，要（蕭本作「愛」）此好鵝賓。掃素寫道經〔二〕，筆精妙入神〔三〕。書罷籠鵝去，何曾別主人！

〔一〕孔稚圭《北山移文》：瀟灑出塵之想。

〔二〕鄭玄《禮記注》：素，生帛也。

〔三〕江淹《别賦》：淵雲之墨妙，嚴樂之筆精。蔡邕《篆書勢》：體有六篆，妙巧入神。《古詩》：新聲妙入神。

上元夫人

《太平御覽》：《茅君傳》曰：王母遣侍女郭密香與上元夫人相聞，茅固問王母：「不審上元夫人何真也？」曰：「三天真皇之母，上元之高真，統領十萬玉女之名録者也。」及上元夫人來，聞雲中簫鼓聲，龍馬嘶鳴。既至，從者甚衆，皆女子，齊年十六七，容色明逸，多服青綾之衣，光彩奪目。上元夫人年未笄，天姿絶豔，服赤霜之袍，披青毛錦裘，頭作三角髻，餘髮散垂之至於腰。戴九晨夜月之冠，鳴六山火藻之佩，曳鳳文琳華之綬，執流黄揮精之劍。入室向王母拜，王母坐止之，呼與同坐。

上元誰夫人？偏得王母嬌。嵯峨三角髻，餘髮散垂腰。裘披青毛錦，身著赤霜袍。手提嬴女兒〔一〕，閑與鳳吹簫。眉語兩自笑〔二〕，忽然隨風飄〔三〕。

〔一〕嬴女兒，謂秦穆公女弄玉，見六卷注。

〔二〕劉孝威詩：窗疏眉語度，紗輕眼笑來。

〔三〕阮籍詩：魂氣隨風飄。

蘇臺覽古

范成大《吴郡志》：姑蘇臺，舊圖經云在吴縣西三十里，續圖經云三十五里，一名姑胥，一名姑餘。《史記正義》云：在吴縣西南三十里横山西北麓姑蘇山上。《山水記》云：闔閭作，春秋游焉。又云：夫差作臺，三年不成，積材五年乃成，造九曲路，高見三百里。《越絶書》云：闔廬造九曲路，以游姑胥之臺。《吴越春秋》言：闔廬晝游蘇臺。蓋此臺始基於闔廬，而成於夫差，庶可以合傳記之説。

舊苑荒臺楊柳新，菱歌清（繆本作「春」，誤）唱不勝春。只今惟有西江（霏玉本、繆本作「江西」）月，曾照吴王宫裏人。

越中覽古

越王句踐破吴歸〔一〕，義士還家（許本作「鄉」）盡錦衣〔二〕。宫女如花滿春殿，只今惟有鷓鴣飛（蕭本作「啼」）。

〔一〕《史記》：越敗吴，越王句踐欲遷吴王夫差於甬東，吴王自剄死。越王滅吴，誅太宰嚭以爲不忠而歸。

〔二〕義士，吴舒鳧以爲「戰士」傳寫之訛，謂越人安得稱「義士」云云，未知是否。

商山四皓

《雍勝略》：商山，去商州東南九十里，一名楚山，一名商洛山，形如商字，湯以爲國號，郡以爲名，漢四皓隱處。盛弘之《荆州記》曰：商州上洛縣有商山，其地險阻，林壑深邃，四皓隱焉。

白髮四老人，昂藏南山側〔一〕。偃蹇（繆本作「卧」）松雲（繆本作「雪」）間〔二〕，冥翳不可識。雲窗拂青靄〔三〕，石壁横翠色。龍虎方戰爭〔四〕，於焉自休息。秦人失金鏡〔五〕，漢祖昇紫極〔六〕。陰虹濁太陽〔七〕，前星遂淪匿〔八〕。一行佐明兩（蕭本作「聖」）〔九〕，欻（蕭本作「倏」）起生羽翼〔一〇〕。功成身不居，舒卷在胸臆。窅冥合元（許本作「玄」）化，茫昧信難測。飛聲塞天衢〔一一〕，萬古仰遺跡。

〔一〕《高士傳》：四皓者，皆河内軹人也，或在汲。一曰東園公，二曰甪里先生，三曰綺里季，四曰夏黄公，皆修道潔己，非義不動。秦始皇時，見秦政暴虐，乃退入藍田山而作歌曰：「莫莫高山，深谷逶迤。曄曄紫芝，可以療飢。唐、虞世遠，吾將安歸？駟馬高蓋，其憂甚大。富貴之畏人，不如貧賤而肆志。」乃共入商、洛，隱地肺山，以待天下定。及秦敗，漢高聞而徵之，不至。深自匿終南山，不能屈己。陸機《周孝侯碑》：昂藏寮采之士。

〔二〕《後漢紀》：太原周黨，偃蹇自高。詳十七卷注。

〔三〕鮑照《登大雷岸與妹書》：左右青靄，表裏紫霄。《廣韻》：靄，雲狀。

〔四〕班固《答賓戲》：分裂諸夏，龍戰虎爭。

〔五〕《尚書考靈曜》：秦失金鏡。注曰：金鏡，喻明道也。

〔六〕紫極，王者所居之宫。曹植表：情注於皇居，心存乎紫極。

〔七〕《春秋潛潭巴》：虹出日旁，后妃陰脅主。楊齊賢注：陰虹，以喻戚夫人。

〔八〕《晉書》：心三星，天王正位也。中星曰明堂，天子位。前星爲太子，後星爲庶子。

〔九〕《周易》：明兩作，離。大人以繼明照於四方。虞翻注：兩，謂日月也。作，成也。日月在天，動成萬物，故稱作矣。或以日與火爲「明兩作」也。

〔一〇〕《漢紀》：上欲廢太子，吕后聞之，使留侯爲太子計。留侯曰：「上有所不能致者四人，曰東園公、夏黄公、甪里先生、綺里季，皆逃在山中，然上高之。今令太子卑辭安車，迎此四人來，以爲客，時隨入朝，則一助也。」吕后從其計。四人果來，年皆八十，鬚眉皓白，故謂之「四皓」。及讌，置酒，太子侍，四人從。上怪而問之，四人前對，各言姓名，上乃驚曰：「吾召公等不奉詔，今侍太子者何？」四人對曰：「陛下喜罵輕士，臣等義不受辱，故亡。今聞太子仁孝，愛人敬士，天下莫不延頸願爲太子死者，臣等故來。」上曰：「煩公等幸卒調護太子。」四人退，上召戚夫人指示曰：「吾欲易太子，彼四人者爲之輔，羽翼已成，難摇動也。」太子遂定。

〔二〕盧諶詩：日磾效忠，飛聲有漢。《漢書》：攀龍附鳳，並乘天衢。

過四皓墓

《太平寰宇記》：四皓墓，在商州上洛縣西四里。《雍勝略》：四皓墓，在商州西四里金雞原。

我行至商、洛〔一〕，幽獨訪神仙。園、綺復安在？雲蘿尚宛然。荒凉千古跡，蕪没四墳連。伊昔鍊金鼎〔二〕，何年（繆本作「言」）閉玉泉？隴寒唯有月，松古漸無烟。木魅風號去，山精雨嘯旋〔三〕。紫芝高詠罷〔四〕，青史舊名傳〔五〕。今日併如此，哀哉信可憐。

〔一〕商、洛，謂商山、洛水之間，詳二十卷注。

〔二〕江淹《别賦》：鍊金鼎而方堅。李善注：鍊金爲丹之鼎也。

〔三〕賈公彦《周禮疏》：魅，人面獸身而四足，好惑人，山林異氣所生，爲人害。《説文》：魅，老精物也。《抱朴子》：山精之形，如小兒而獨足，走向後，喜來犯人。人入山，若夜聞人音聲，大語其名曰「跂知」而呼之，即不敢犯人也。一名「熱内」，亦可兼呼之。又有山精，如鼓，赤色，亦一足，其名曰「暉」。《異苑》：《玄中記》：山精如人，一足，長三四尺，食山蟹，夜出晝藏。鮑照《蕪城賦》：木魅山鬼，野鼠城狐，風嗥雨嘯，昏見晨趨。

〔四〕紫芝，已見前首注。

〔五〕江淹《上建平王書》：俱啟丹册，並圖青史。李善注：《漢書》有《青史子》，《音義》曰：古史官記事。

峴山懷古

《湖廣通志》：峴山，在襄陽府城南十里。歐陽公記曰：峴山臨漢上，望之隱然。蓋諸山之小者，而其名特著於荆州。《襄沔記》曰：峴山南五百步，東臨漢水，上有羊祜碑、漢武壇。

訪古登峴首〔一〕，憑高眺襄中〔二〕。天清遠峰出，水落寒沙空。弄珠見游女〔三〕，醉酒（一作「月」）懷山公〔四〕。感嘆發秋興，長松鳴夜風。

〔一〕峴首，謂峴山之巔。鮑照詩：晨登峴山首。後人因之，遂謂峴山曰峴首。孟浩然「峴首晨風送」，馬戴「白雲登峴首」，皆本此。

〔二〕襄中，襄陽也。

〔三〕張衡《南都賦》：游女弄珠於漢臯之曲。李善注：《韓詩外傳》曰：鄭交甫將南適楚，遵彼漢臯臺下，乃遇二女佩兩珠，大如荆雞之卵。

〔四〕山公醉酒，見十五卷注。

蘇武

《漢書》：天漢元年，武帝遣蘇武以中郎將使持節送匈奴使留在漢者，因厚賂單于。既至匈奴，單于欲降之。幽武，置大窖中，絶不飲食。天雨雪，武卧嚙雪，與旃毛并咽之。數日不死，匈奴以爲神，乃徙武北海上無人處，使牧羝，羝乳乃得歸。别其官屬常惠等，各置他所。武杖漢節牧羊，卧起操持，節毛盡落。初，武與李陵俱爲侍中，武使匈奴，明年陵降。昭帝即位數年，匈奴與漢和親，漢求武等，匈奴詭言武死。後漢使復至匈奴，常惠夜見漢使，教使者謂單于言：「天子射上林中，得雁，足有繫帛書，言武等在某澤中。」使者如惠語以讓單于，單于視左右而驚，謝漢使曰：「武等實在。」於是李陵置酒謂武曰：「今足下還歸，揚名於匈奴，功顯於漢室，雖古竹帛所載，丹青所畫，何以過子卿！」泣下數行，因與武訣。匈奴召會武官屬，前以降及物故，凡隨武還者九人。武留匈奴凡十九歲，始以强壯出，及還，鬚髮盡白。

蘇武在匈奴，十年持漢節〔一〕。白雁上林飛，空傳一書札。牧羊邊地苦，落日歸心絶。渴飲月窟水〔二〕，飢飡天上雪。東還沙塞遠，北愴河梁别〔三〕。泣把李陵衣，相看淚成血〔四〕。

〔一〕顔師古《漢書·高祖本紀注》：節，以毛爲之，上下相重，取象竹節，因以爲名，將命者，持之以爲信。

〔二〕《長楊賦》：西厭月窟，東震日域。

〔三〕李陵《與蘇武詩》：攜手上河梁，游子暮何之。

〔四〕李陵《與蘇武書》：此陵所以仰天搥心而泣血者也。

經下邳音批圯音夷橋懷張子房

按《唐書·地理志》，河南道有下邳縣，初隸泗州臨淮郡，元和中改隸徐州彭城郡。《水經注》：沂水於下邳縣北西流，分爲二水。一水經城東屈從縣南注泗，謂之小沂水，水上有橋，徐、泗間以爲「圯」。昔張子房遇黄石公於圯上，即此處也。《漢書注》：服虔曰：圯音頤，楚人謂「橋」曰「圯」。《説文》：東楚謂橋爲「圯」。或嗤詩題「圯橋」二字，爲複用者。按庾信《吴明徹墓誌銘》：圯橋取履，早見兵書。則「圯橋」之稱，唐之前，早已有此誤矣。《一統志》：圯橋，在邳州城東南隅，年久湮没。《元和郡縣志》：下邳縣有沂水，號爲長利池，池上有橋，即黄石公授張良素書之所。

子房未虎嘯，破産不爲家。滄海得壯士，椎秦博浪沙〔一〕。報韓雖不成，天地皆振動〔二〕。潛匿游下邳，豈曰非智勇？我來圯橋上，懷古欽英風。唯見碧流水，曾無黄石公。歎息此人去，蕭條徐、泗空。

〔一〕《漢書》：張良，字子房，其先韓人也。大父開地，相韓昭侯、宣惠王、襄哀王。父平，相釐王、悼惠王。悼惠王二十三年，平卒。卒二十歲，秦滅韓。良少，未宦事韓。韓破，良家僮三百人，弟死不葬，悉以家財求客刺秦王，爲韓報仇，以五世相韓故。良嘗學《禮》淮陽，東見倉海君，得力士，爲鐵椎重百二十斤。秦皇帝東游至博浪沙中，良與客狙擊秦皇帝，誤中副車。秦皇帝大怒，大索天下，求賊急甚，良乃更名姓，亡匿下邳。良嘗閒從容步游下邳圯上，有一老父，衣褐，至良所，直墮其履圯下，顧謂良曰：「孺子下取履。」良愕然，欲毆之，爲其老，乃彊忍，下取履，因跪進。父以足受之，笑去，良殊大驚。父去里所，復還曰：「孺子可教矣。後五日平明，與我期此。」良因怪，跪曰：「諾。」五日平明，良往，父已先在，怒曰：「與老人期，後何也？去，後五日早會。」五日，雞鳴往，父又先在，復怒曰：「後何也？去，後五日復早來。」五日，良夜半往。有頃，父亦來。喜曰：「當如是。」出一編書曰：「讀是，則爲王者師。後十年興。十三年，孺子見我，濟北穀城山下黃石即我已。」遂去不見。旦日，視其書，乃《太公兵法》。趙景真《與嵇茂齊書》：龍睇大野，虎嘯六合。

〔二〕吴舒鳧曰：《張良傳》云：「不愛萬金之資，爲韓報仇强秦，天下振動。」太白正用其語，刻本改爲「天地皆震動」，天地何震動之有耶？

金陵三首

晉家南渡日，此地舊（一作「即」）長安〔一〕。地即帝王宅，山爲龍虎盤（一作「碧宇樓臺滿，青山龍虎盤」）〔二〕。金陵空壯觀，天塹（一作「江塞」）淨波瀾〔三〕。醉客迴橈（音鐃）去〔四〕，吴歌且自歡（一作「誰云行路難」）。

〔一〕晉元帝南渡江，於金陵即位，遂都之。

〔二〕鍾山龍蟠，石頭虎踞，諸葛武侯稱爲帝王之宅，詳七卷《金陵歌》注。

〔三〕《隋書》：陳禎明三年，隋師臨江，後主從容言曰：「齊兵三來，周兵再來，無勿摧敗，彼何爲者？」

都官尚書孔範曰：「長江天塹，古以限隔南北，今日北軍豈能飛度耶？」

〔四〕顏師古《漢書注》：楫謂櫂之短者也。今吴越之人呼爲橈。

其二

地擁金陵勢〔一〕，城迴江（一作「漢」）水流。當時百萬户，夾道起朱樓〔二〕。亡國生春草，王（繆本作「離」）宫没古丘。空餘後湖月〔三〕，波上對瀛洲（一作江洲）。

〔一〕《藝文類聚》：徐爰《釋問略》曰：建康北十餘里有鍾山，舊名金陵山，漢末金陵尉蔣子文討賊戰亡，靈發於山，因名蔣侯祠，故世號曰蔣山。

〔二〕謝朓詩：逶迤帶緑水，迢遞起朱樓。

〔三〕《初學記》：建業有後湖，一名玄武湖。《景定建康志》：玄武湖亦名蔣陵湖，亦名秣陵湖，亦名後湖，在城北二里，周迴四十里，東西有溝流入秦淮，深七尺，灌田一百頃。《一統志》：玄武湖，在應天府太平門外，周迴四十里，晉名北湖。劉宋元嘉末有黑龍見，故改名，今稱後湖。

其三

六代興亡國〔一〕，三杯爲爾歌。苑方秦地少（一作「小」），山似洛陽多〔二〕。古殿吴花草，深宫晉綺羅。併隨人事滅，東逝與（一作「只」）滄波。

〔一〕《小學紺珠》：六朝：吴、東晉、宋、齊、梁、陳，皆都建業。

〔二〕《景定建康志》：洛陽四山圍，伊、洛、瀍、澗在中。建康亦四山圍，秦淮、直瀆在中。故云：「風景不殊，舉目有山河之異。」李白云「山似洛陽多」，許渾云「只有青山似洛中」，謂此也。《太平寰宇記》：《丹陽記》云：出建陽門望鍾山，似出上東門望首陽山也。

秋夜板橋浦汎月獨酌懷謝朓

《水經注》：江水經三山，又湘浦出焉，水上南北結浮橋渡水，故曰板橋浦。《太平寰宇記》：板橋浦，在昇州江寧縣南四十里，五尺源出觀山三十七里，注大江。謝玄暉《之宣城出新林浦向板橋》詩云：江路西南永，歸流東北騖。天際識歸舟，雲中辨江樹。

天上何所有？迢迢白玉繩〔一〕。斜低建章闕〔二〕，耿耿對金陵。漢水舊如練，霜江夜清澄。長川瀉落月，洲渚曉寒凝。獨酌板橋浦，古人誰可徵？玄暉難再得〔三〕，灑酒氣填膺〔四〕。

〔一〕謝朓詩：玉繩低建章。李善注：《春秋元命苞》曰：玉衡北兩星，爲玉繩星。

〔二〕《宋書》：永光元年以石頭城爲長樂宫，以北邸爲建章宫。

〔三〕《南齊書》：謝朓，字玄暉，陳郡陽夏人。少好學，有美名，文章清麗。

〔四〕江淹《恨賦》：置酒欲飲，悲來填膺。李善注：填，滿也。

過彭蠡湖

《史記正義》：《括地志》云：彭蠡湖，在江州潯陽縣東南五十二里。

謝公入彭蠡〔一〕，因此游松門〔二〕。余方窺石鏡〔三〕，兼得窮江源。前賞迹可見，後來道空存。而欲繼風雅，豈惟（蕭本作「云」）清心魂。雲海方助興，波濤何足論？青嶂憶遥月，緑蘿愁鳴（繆本作「鳴愁」）猿。水碧或可採〔四〕，金膏秘莫言〔五〕。余將振衣去〔六〕，羽化出囂煩〔七〕。

〔一〕謝靈運《入彭蠡湖口》詩：攀崖照石鏡，牽葉入松門。三江事多往，九派理空存。靈物吝珍怪，異人秘精魂。金膏滅明光，水碧綴流温。李善注：張僧鑒《潯陽記》曰：石鏡山，東有一圓石懸崖，明淨照見人形。顧野王《輿地志》曰：自入湖三百三十里，窮於松門，東西四十里，青松遍於兩岸。吕向注：金膏，仙藥也。水碧，水玉也。此江中有之。

〔二〕《豫章古今記》：松門，在豫章北二百里，江水遶山，上有松柏。《太平寰宇記》：松門山，在洪州南昌縣北，水路二百一十五里，其山多松，遂以爲名。北臨大江，乃彭蠡湖口，山有石鏡，光明照人。

〔三〕《太平廣記》：《幽明録》曰：宫亭湖邊，傍山間有石數枚，其圓若鏡，明可鑑人，謂之石鏡。後有行人過，以火燎一枚，今不復明。

〔四〕《山海經》：耿山多水碧。郭璞注：亦水玉類。《西溪叢語》：予嘗見墨子道書大藥中有「水脂碧」。洪炎《雜家》引舊書云：「宫亭湖中有孤石介立，周圍一里，竦直百丈，上有玉膏可採。」豈非水碧耶？

〔五〕金膏，見十五卷注。

〔六〕左思詩：振衣千仞岡，濯足萬里流。

〔七〕道家謂昇仙曰羽化。

入彭蠡經松門觀石鏡緬懷謝康樂題詩書游覽之志

舊注：二篇或同或異，故并録之。

謝公之彭蠡，因此游松門。余方窺石鏡，兼得窮江源。將欲繼風雅，豈徒清心魂。前賞逾所見，後來道空存。況屬臨汎美，而無洲渚喧。漾水向東去〔一〕，漳流直南奔〔二〕。空濛三川夕〔三〕，迴合千里昏〔四〕。青桂隱遥月，緑楓鳴愁猿。水碧或可采，金精秘莫論〔五〕。吾將學仙去，冀與琴高言〔六〕。

〔一〕《書·禹貢》：嶓冢導漾，東流爲漢，又東爲滄浪之水，過三澨至於大别，南入於江，東滙澤爲彭蠡。孔安國《書傳》：泉始出山爲漾水，東南流爲沔水，至漢中東流爲漢水。《通志略》：漢水名雖多而實一水，説者紛然，其原出興元府西縣嶓冢山爲漾水，東流爲沔水，又東至南鄭爲漢水。有褒水，從武功來入焉。又東左與文水會，又東過西城，旬水入焉。又東過鄖鄉縣南，又屈而東南，過武當縣。又東過順陽縣，有淯水，自虢州盧氏縣北來入焉。又東過中廬，别有淮水，自房陵淮山東流入焉。又東過南漳荆山，而爲滄浪之水，或云在襄陽即爲滄浪之水。又東南過宜城，有鄢水入焉。又東過鄀，敖水入焉。又東南臼水入焉。又東過雲、杜，而爲夏水，有鄖水入焉。又東至漢陽，觸大别山，南入於江。班云行一千七百六十里。

〔二〕孔穎達《左傳正義》：《釋例》云：漳水出新城沶鄉縣南，至荆山東南，經襄陽、南郡當陽縣入沮。《通志略》：漳水出臨沮縣東荆山，東南至當陽縣，右入於沮。臨沮，今襄陽南漳縣。當陽，今隸荆門軍。《一統志》：漳江，源出臨沮縣南，至荆州當陽北，與沮水合流，入大江。

〔三〕謝朓詩：空濛如薄霧。三川，三江也。按三江，孔安國、班固、鄭玄、韋昭、桑欽、郭璞諸説不一，惟鄭云：左合漢爲北江，右合彭蠡爲南江，岷江居其中爲中江。今考江水發源蜀地，最居上流，下至湖廣，漢江之水自北來會之，又下至江西，則彭蠡之水自南來會之，三水合流而東，以入於海，所謂三江既入也。《禹貢》既以岷江爲中江，漢水爲北江，則彭蠡之水爲南江可知矣。蘇東坡謂岷山之江爲中江，嶓冢之江爲北江，豫章之江爲南江，蓋本鄭説也。

〔四〕謝靈運詩：州島驟回合。王僧達詩：黄沙千里昏。

〔五〕郭璞《江賦》：金精玉英瑱其裹。李善注：《穆天子傳》：河伯曰：示汝黄金之膏。郭璞曰：金膏，其精汋也。

〔六〕琴高事，見二十八卷注。

廬江主人婦

孔雀東飛何處棲〔一〕，廬江小吏仲卿妻〔二〕。爲客裁縫君（繆本作「石」）自見，城烏獨宿夜空啼〔三〕。

〔一〕古詞：孔雀東南飛，五里一徘徊。

〔二〕古樂府：漢末建安中，廬江府小吏焦仲卿妻劉氏，爲仲卿母所遣，自誓不嫁，其家逼之，乃投水而死。仲卿聞之，亦自縊於庭樹。時人傷之，爲詩云爾。

〔三〕張華《禽經注》：烏之失雌雄，則夜啼。

陪宋中丞武昌夜飲懷古

《元和郡縣志》：鄂州江夏郡有武昌縣，西至州一百七十里。

清景南樓夜，風流在武昌。庾公愛秋月，乘興坐胡牀〔一〕。龍笛吟寒水，天河落曉霜。我心還不淺，懷古（一作「留客」）醉餘觴。

〔一〕《世説》：庾太尉在武昌，秋夜氣佳景清，佐吏殷浩、王胡之之徒，登南樓理詠，音調始遒。聞函道中有屐聲甚厲，定是庾公。俄而率左右十許人步來，諸賢欲起避之，公徐云：「諸君少住，老子於此處興復不淺。」因便據胡牀，與諸人詠謔，竟坐。琦按：《世説》、《晉書》載庾亮南樓事，皆不言秋月，而太白數用之，豈古本「秋夜」乃「秋月」之訛，抑有他傳是據歟！

望鸚鵡洲懷繆本作「悲」禰衡

《一統志》：鸚鵡洲，在武昌府城南，跨城西大江中，尾直黄鶴磯，乃黄祖殺禰衡處。衡嘗作《鸚鵡賦》，故遇害地得名。《海録碎事》：黄祖殺禰衡，埋於沙洲之上，後人因號其洲爲鸚鵡洲，以衡嘗爲《鸚鵡賦》故也。二説不同，今並録之。

魏帝營八極，蟻觀一禰衡。黄祖斗筲人，殺之受惡名。吴江賦《鸚鵡》〔一〕，落筆超群英。鏘鏘振金玉，句句欲飛鳴。鷙鶚啄孤鳳，千春傷我情〔二〕。五岳起方寸，隱然詎可平。才高竟何施，寡識冒天刑〔三〕。至今芳洲上〔四〕，蘭蕙不忍生。

〔一〕《後漢書》：禰衡少有才辯，而尚氣剛傲，好矯時慢物。建安初，來游許下，孔融深愛其才，數稱述於曹操。操欲見之，衡素相輕疾，自稱狂病，不肯往，而數有恣言。操懷忿而以其才名，不欲殺之。聞衡善擊鼓，乃召爲鼓吏。孔融退而數之，因宣操區區之意，衡許往。融復見操，説衡狂疾，今求得自謝。操喜，敕門者有客便通，待之極晏。衡乃著布單衣、疏巾，手持三尺梲杖，坐大營門，以杖箠地大駡。吏白：「外有狂生，坐於營門，言語悖逆，請收案罪。」操怒謂孔融曰：「禰衡豎子，孤殺之猶鼠雀耳！顧此人素有虚名，遠近將謂孤不能容之，今送與劉表，視當如何？」於是遣人騎送之劉表，及荆州，士大夫先服其才名，甚賓禮之。後復侮慢於表，表恥不能容，以江夏太守黃祖性急，故送衡與之，祖亦善待焉。祖長子射爲章陵太守，尤善於衡。射時大會賓客，人有獻鸚鵡者，射舉巵於衡曰：「願先生賦之，以娛嘉賓。」衡攬筆而作，文無加點，辭采甚麗。後黃祖在蒙衝船上，大會賓客，而衡言不遜順。祖慚，乃訶之，衡更熟視曰：「死公！云等道？」祖大怒，令五百將出，欲加箠，衡方大罵，祖恚，遂令殺之。射徒跣來救，不及。乃厚加棺斂。衡時年二十六。

〔二〕梁簡文帝詩：千春誰與樂。

〔三〕《三國志》：糾虔天刑，章厥有罪。

〔四〕《楚辭》：採芳洲兮杜若。

嚴滄浪曰：才高識寡，斷盡禰衡。李榕村曰：首二句向皆錯解，玩通章詩意，所痛惜于衡者深矣。雖有才高識寡之言，然至目爲孤鳳，則操與祖皆鷙鴞之群耳。起句蓋言魏武經營天下，而視之直作螻蟻觀者，唯一禰衡也。如此「營」字方有照應，「一」字方有著落。且下句鄙薄黃祖，何故起處張大曹操乎？

宿巫山下

昨夜巫山下，猿聲夢裏長。桃花飛淥水，三月下瞿塘〔一〕。雨色風吹去，南行拂楚王。高丘懷宋玉〔二〕，訪古一霑裳。

〔一〕巫山、桃花水、瞿塘，已見前注。

〔二〕宋玉《高唐賦》：妾在巫山之陽，高丘之阻。《楚辭》：哀高丘之無女。王逸注：楚有高丘之山。或云：高丘，閬風山上也。舊説：高丘，楚地名也。《太平寰宇記》：巫山縣有高都山。《江源記》云：《楚辭》所謂巫山之陽，高丘之阻。高丘，蓋高都也。

金陵白楊十字巷

《六朝事跡》：白楊路，《圖經》云：縣南十二里石山岡之横道是也。

白楊十字巷，北夾湖（當作「潮」）溝道〔一〕。不見吴時人，空生唐年草。天地有反覆〔二〕，宫城盡傾倒。六帝餘古丘〔三〕，樵蘇泣遺老〔四〕。

〔一〕《一統志》：潮溝，在應天府上元縣西四里，吴赤烏中所鑿，以引江潮，接青溪，抵秦淮，西通運瀆，北連後湖。《六朝事跡》：《輿地志》：潮溝，吴大帝所開，以引江潮。《建康實録》云：其北又開一瀆，北至後湖，以引湖水，今俗呼爲運瀆。其實自古城西南行者是運瀆，自歸蔣山寺門前東出至青溪者名潮溝，其溝向東，已湮塞，西則見通運瀆。按《實録》所載，皆唐事，距今數百年，其溝日益淹塞，未詳所在。今府城東門外，西抵城濠，有溝東出，曲折當報寧寺之前，里俗亦名潮溝，此近世所開，非古潮溝也。

〔二〕《三國志注》：《九州春秋》曰：馬騰、韓遂之敗，樊稠追至陳倉，遂語稠曰：「天地反覆，未可知也。」

〔三〕六帝，謂六代開國之帝也。

〔四〕《漢書》：樵蘇後爨。顔師古注：樵，取薪也，蘇，取草也。

謝公亭 原注：蓋謝朓、范雲之所游。

《海録碎事》：謝公亭，在宣州，太守謝玄暉置。范雲爲零陵内史，謝送别於此，故有新亭送别詩。《方輿勝覽》：謝公亭，在宣城縣北二里。《名勝志》：謝公亭，在江南寧國府宣城縣北郭外，齊太守謝朓送别處。舊圖經謂是朓送范雲之零陵内史處。

謝亭（蕭本作「公」）離别處，風景每生愁。客散青天月，山空碧水流。池花春映日，窗竹夜鳴秋。今古一相接，長歌懷舊游。

紀南陵題五松山 一作《南陵五松山感時贈別》，山在銅坑村五里。

五松山，在南陵，已見二十卷注。胡震亨曰：此是詠古或感興詩也。舊本題作《紀南陵題五松山》，誤。

聖達有去就，潛光愚其德〔一〕。魚與龍同池，龍去魚不測。當時板築輩，豈知傅説情〔二〕。一朝和（一作「雨」）殷人（一作「羹」）〔三〕，光氣爲列星〔四〕。伊尹生空桑〔五〕，捐（蕭本作「指」）庖佐皇極。桐宫放太甲，攝政無愧色。三年帝道明，委質終輔翼〔六〕。曠哉至人心，萬古可爲則。時命或大謬〔七〕，仲尼將（一作「其」）奈何〔八〕？鸞鳳忽覆巢，麒麟不來過。龜山蔽魯國，有斧且無柯〔九〕。歸來歸去來（一作「歸去來歸去」）。繆本作「歸去來、歸去來」），宵濟越洪波。

〔一〕《晉書·郭瑀傳》：潛光九皋，懷真獨遠。《史記》：君子盛德，容貌若愚。

〔二〕《韓詩外傳》：傅説負土而板築，以爲大夫，其遇武丁也。李善《文選注》：郭璞《三蒼解詁》曰：板，牆上下板。築，杵頭鐵沓也。

〔三〕《書·説命》：若歲大旱，用汝作霖雨。若作和羹，爾惟鹽梅。

〔四〕《莊子》：傅説得之，以相武丁，奄有天下。乘東維，騎箕尾，而比於列星。陸德明《音義》：崔云：傳説死，其精神乘東維，託龍角，乃爲列宿，今尾上有傅説星。

〔五〕《水經注》：昔有莘氏女採桑於伊川，得嬰兒於空桑中，言其母孕於伊水之濱，夢神告之曰：「臼水出而東走。」母明視，而見臼水出焉，告其鄰居而走，顧望其邑，咸爲水矣。其母化爲空桑，子在其中，有莘氏女取而獻之，命養於庖，長有賢德，殷以爲尹，曰伊尹也。

〔六〕《史記》：伊尹爲有莘媵臣，負鼎俎以滋味説湯，致於王道，湯任以國政。湯崩，伊尹立太丁之子太甲。太甲既立，不遵湯法，亂德，於是伊尹放之於桐宮，伊尹攝行政。太甲居桐宮三年，悔過自責，反善，於是伊尹乃迎太甲，而授之政。「委質」有二解。《左傳》：策名委質。孔穎達曰：質，形體也。拜則屈膝而委身體於地，以明敬奉之也。章懷太子《後漢書注》：委質，猶屈膝也。《國語》：委質爲臣，無有二心。韋昭解：質，贄也。士贄以雉，委質而退。《史記索隱》：服虔注：左氏云古者始仕，必先書其名於策，委死之質於君，然後爲臣。示必死節於其君也。依前二説，作「哲」音讀。依後二説，作「至」音讀。

〔七〕《莊子》：時命大謬也。詳十一卷注。

〔八〕《家語》：孔子自衛入晉，至河，聞趙簡子殺竇犨鳴犢、舜華，乃臨河而嘆曰：「丘聞之，刳胎殺夭，麒麟不至其郊；覆巢破卵，鳳皇不翔其邑。何則？君子違傷其類也。」遂還，息於陬。

〔九〕孔子《龜山操》：予欲望魯，龜山蔽之。手無斧柯，奈龜山何？《樂府詩集》：《琴操》曰：《龜山操》，孔子所作也。季桓子受齊女樂，孔子欲諫不得，退而望魯龜山，作此曲，以喻季氏若龜山之蔽魯也。《元和郡縣志》：龜山，在兖州泗水縣東北七十里。陸賈《新語》：有斧無柯，何以治之？

夜泊牛渚懷古

原注：此地即謝尚聞袁宏詠史處。

《太平寰宇記》：牛渚山，在太平州當塗縣北三十五里，突出江中，謂爲牛渚磯，古津渡處也。《輿地志》云：牛渚山，昔有人潛行，云此處通洞庭，旁達無底，見有金牛，狀異，乃驚怪而出。牛渚山北謂之采石，按今對采石渡口上有謝將軍祠。《淮南記》云：吴初以周瑜屯牛渚。晉鎮西將軍謝尚亦鎮此城，袁宏時寄運船泊牛渚，尚乘月泛江，聞運船中諷詠，遣問之，即宏誦其自作《詠史詩》，於是大相嘆賞。詳見七卷《勞勞亭》注。

牛渚西江夜，青天無片雲。登舟望秋月，空憶謝將軍。余亦能高詠，斯人不可聞。明朝挂帆席（一作「洞庭去」）〔一〕，楓葉落（一作「正」）紛紛。

〔一〕木華《海賦》：維長綃，挂帆席。李善注：劉熙《釋名》曰：隨風張幔曰帆，或以席爲之，故曰帆席也。

《滄浪詩話》：律詩有徹首尾不對者，盛唐諸公有此體。如孟浩然詩：「挂席東南望，青山水國遥。舳艫爭利涉，來往接風潮。問我今何適？天台訪石橋。坐看霞色晚，疑是赤城標。」又「水國無邊際」之篇，又太白「牛渚西江夜」之篇，皆文從字順，音韻鏗鏘，八句皆無對偶。趙宧光曰：律不取對，如李白「牛渚西江夜」云云，孟浩然「挂席東南望」云云，二詩無一句屬對，而調則無一字不律，故調律則律，屬對非律也。近有詩家竊取古調作近體，自以爲高者，終是古詩，非律也。中晚之律，每取一貫而下，已自失款，況今日之以古作律乎？楊用修云：「五言律，八句不對，太白、浩然有之，乃是平仄穩貼古詩也。」楊謬以對爲律，亦淺之乎觀律矣。古詩在格與意義，律詩在調與聲韻，如必取對，則六朝全對者，正自多也，何不即呼律詩乎？律詩之名起於唐，律詩之法嚴於唐，未起未嚴，偶然作對，作者觀者慎勿以此持心，方能得一代作用之旨。王阮亭曰：此詩色相俱空，政如羚羊挂角，無迹可求，畫家所謂逸品者也。

姑熟十詠

姑熟溪

《太平寰宇記》：姑熟溪，在太平州當塗縣南二里。姑熟，即古縣名。此水經縣市中過，故溪即因地以名之也。《江南通志》：姑熟溪，在太平府當塗縣南二里，一名姑浦，合丹陽東南之餘水，及諸港來會，過寶積山入大江。周必大《泛舟游山録》：姑熟溪，水色紺碧，與河流不相雜。陸放翁《入蜀記》：姑熟溪，土人但謂之姑溪，水色正緑，而澄澈如鏡，纖鱗往來可數。溪南皆漁家，景物幽奇。

愛此溪水閑，乘流興無極。漾（《文苑英華》作「擊」）楫怕鷗驚，垂竿待魚食。波翻曉霞影，岸疊春山色。何處浣沙人？紅顔未相識。

丹陽湖

《元和郡縣志》：丹陽湖，在宣州當塗縣東南七十九里，周圍三百餘里，與溧水縣分湖爲界。《六朝事跡》：丹陽湖，《圖經》云：在溧水縣西八十里，與太平州當塗縣分界。唐李白嘗游此湖，酷愛其景，乃張帆載酒，縱意往來而作詩曰「湖與元氣連，風波浩難止」云云。《太平府志》：丹陽湖在府城東南，跨多福、黄池、積善、湖陽等鄉，徽池、寧國、廣德諸州之水滙之，與江寧之高淳、溧水，皆以湖心爲界。東西七十五里，南北九十里，太平之巨浸也。

湖與元氣連，風波浩難止。天外賈客歸，雲間片帆起。龜游蓮葉上，鳥宿蘆花裏。少女棹輕（蕭本作「歸」）舟，歌聲逐流水。

謝公宅

《太平寰宇記》：青山，在太平州當塗縣東三十五里。齊宣城太守謝朓築室及池於山南，其宅階址尚存，路南磚井二口。天寶十二年改爲謝公山。《江南通志》：謝朓宅，在太平府東南青山之椒，南齊謝朓守宣城時建别宅於此，今爲保和庵。路旁有井，名謝公井。陸放翁《入蜀記》：青山南小市有謝玄暉故宅基，今爲湯氏所居，南望平野極目，而環宅皆流泉、奇石、青林、文篠，真佳處也。由宅後登山，路極險巇。凡三四里許，至一庵，庵前有小池曰謝公池，水味甘冷，雖盛夏不竭。

青山日將暝，寂寞謝公宅。竹裏無人聲，池中虚月白（《文苑英華》作「有虚白」）。荒庭衰草徧，廢井蒼苔積。唯有清風閑，時時起泉石。

陵歊音囂臺

《方輿勝覽》：凌歊臺，在太平州城北黄山上。宋武帝南游，嘗登此臺，乃建離宫焉。《江南通志》：凌歊臺，在太平府當塗縣黄山，有石如案，高可五尺，頂平而圓，宋武帝建宫避暑處。周必大《泛舟游山録》：出北門五里餘，登凌歊臺，臺在黄山上，本不高，而望甚遠。西南即青山，卻顧采石、天門及溧陽、和州諸山，皆在目中。

曠望登古臺，臺高極人目。疊嶂列遠（《文苑英華》作「遥」）空〔一〕，雜花間平陸〔二〕。閒雲入窗牖，野翠生松竹。欲覽碑上文，苔侵豈堪讀？

〔一〕王筠詩：開窗延疊嶂。

〔二〕丘希範《與陳伯之書》：雜花生樹，群鶯亂飛。謝瞻詩：夕陰曖平陸。《爾雅》：大野曰平，高平曰陸。

桓公井

《一統志》：桓公井，在太平府城東五里白紵山，晉桓温所鑿。

桓公名已古，廢井曾未竭。石甃冷蒼苔，寒泉湛孤月〔一〕。秋來桐暫落，春至桃還發。路遠人罕窺，誰能見清澈（霏玉本作「潔」）？

〔一〕按《廣韻》：湛，與沉同，音皆直深切。兼引《漢書》「從俗浮湛」句于「湛」字下，蓋「沉」、「湛」古通用也。

慈姥音母竹

《藝文類聚》：《丹陽記》曰：江寧縣南四十里有慈母山，積石臨江，生簫管竹。王褒《洞簫賦》所稱，即此竹也。其竹圓緻，異於衆處。自伶倫採竹嶰谷，其後惟此幹見珍。故歷代常給樂府，俗呼爲鼓吹山。李善《文選注》：《江圖》曰：慈母山，此山竹作簫笛，有妙聲。《太平府志》：慈姥山，在當塗縣北四十里，積石俯江，岸壁峻絶，風濤洶湧，估舟嘗依此以避。其山産竹，圓體而疏節，堪爲簫管，聲中音律。

野竹攢（《文苑英華》作「鑽」）石生，含烟映江島。翠色落波深，虚聲帶寒早。龍吟曾未聽〔一〕，鳳曲吹應好〔二〕。不學蒲柳凋〔三〕，貞心常自保。

〔一〕龍吟，用馬融《笛賦》中語，見五卷注。

〔二〕鳳曲，用蕭史事，見六卷注。

〔三〕《晉書》：顧悅之曰：蒲柳常質，望秋先零。蒲柳，今之水楊也。其葉易凋落。

望夫山

《太平寰宇記》：望夫山，在太平州當塗縣北四十七里。昔有人往楚，累歲不還，其妻登此山望夫，乃化爲石。其山臨江，周圍五十里，高一百丈。

顒（繆本作「寫」）望臨碧空〔一〕，怨情感離別。江草不知愁，巖花但爭發。雲山萬重隔，音信千里絶。春去秋復來，相思幾時歇？

〔一〕《廣韻》：顒，仰也。

牛渚磯

《江南通志》：牛渚山，在太平府城西北三十五里。山下有磯，曰牛渚磯，與采石磯相屬，亦名燃犀浦。晉温嶠燃犀照水族於此。《太平府志》：牛渚磯，在當塗縣采石山下，江湄有石柱高丈許，突兀峭壁間，相傳古有金牛見此，故名。《後漢志》丹陽疆域獨稱「南有牛渚」，孫吴、東晉每宿重兵其地。

絶壁臨巨川，連峰勢相向。亂石流洑間〔一〕，迴波自成浪。但驚群木秀，莫測精靈狀〔二〕。

更聽猿夜啼，憂心醉江上〔三〕。

〔一〕《韻會》：湫，水洄也。

〔二〕《異苑》：晉温嶠至牛渚磯，聞水底有音樂之聲，水深不可測，傳言其下多怪物，乃燃犀角而照之。須臾，見水族覆火，奇形異狀，或乘車馬，著赤衣幘。其夜，夢人謂曰：「與君幽明道隔，何意相照耶？」

〔三〕《詩·國風》：憂心如醉。

靈墟山

《方輿勝覽》：靈墟山，在當塗縣南十里。《一統志》：靈墟山，在太平府城東北三十五里，世傳丁令威學道飛昇於此山椒，壇址猶在。山有洞，後有井，大旱不竭。

丁令辭世人，拂衣向仙路〔一〕。伏鍊九丹成〔二〕，方隨五雲去〔三〕。松蘿蔽幽洞，桃杏深隱處。不知曾化鶴，遼海歸幾度？

〔一〕《搜神後記》：丁令威，本遼東人，學道於靈墟山，後化鶴歸遼，集城門華表柱。時有少年舉弓欲射之，鶴乃飛，徘徊空中而言曰：「有鳥有鳥丁令威，去家千年今始歸。城郭如故人民非，何不學仙冢纍纍？」遂高上沖天。今遼東諸丁云其先世有升仙者，但不知名字耳。《江南通志》：丁令威，遼東人，爲涇縣令，游姑熟，樂靈墟山泉石幽秀，煉丹於此。丹成，翔虛去。

〔二〕《抱朴子》：第一之丹名曰丹華，第二之丹名曰神符，第三之丹名曰神丹，第四之丹名曰還丹，第五之丹名曰餌丹，第六之丹名曰鍊丹，第七之丹名曰柔丹，第八之丹名曰伏丹，第九之丹名曰寒丹。凡服九丹，欲昇天則去，欲且止人間亦任意，皆能出入無間，不可得而害之矣。

〔三〕五雲，見七卷注。

天門山

《太平寰宇記》：天門山，在太平州當塗縣西南三十里。有二山夾大江，東曰博望，西曰天門。按《郡國志》云：天門山，亦名蛾眉山，楚獲吴艅艎於此。兩山相對，時人呼爲東梁山、西梁山。《輿地志》云：博望、梁山，東西隔江，相對如門，相去數里，謂之天門。宋孝武詔曰：梁山層岫雲峙，流同海岳，天表象魏，以旌國形，仍以二山立闕，故曰「天門」焉。《太平府志》：天門山，在郡西南三十里，亦稱東梁山，與和州西梁山夾大江對峙，自江中遠望，色如横黛，修嫵靜好，宛宛不異蛾眉，故又名蛾眉山。

迥出江上山（蕭本作「山上」），雙峰自相對。岸映松色寒，石分浪花碎〔一〕。參差遠天際，縹緲晴霞外。落日舟去遥，迴首沉青靄〔二〕。

〔一〕柳顧言詩：浹疊浪花生。

〔二〕江淹詩：虚空起青靄，崦嵫生暮霞。

蘇東坡曰：過姑熟亭下，讀李白《十詠》，疑其淺近。孫邈云：聞之王安國，此乃李赤詩。秘閣下有赤集，此詩在焉，白集中無此。赤見柳子厚集。自比李白，故名赤，其後爲厠鬼所惑而死。今觀其詩只如此，而以比李白，則其人心恙已久，非厠鬼之罪也。陸放翁《入蜀記》：《李太白集》有《姑熟十詠》，予族伯父彦遠嘗言：東坡自黄州還，過當塗讀之，撫手大笑曰：「贋物敗矣，豈有李太白作此語者！」郭功父争以爲不然，東坡笑曰：「恐是太白後身所作耳。」蓋功父少時，詩句俊逸，前輩或許之以爲太白後身，功父亦遂以自負，故東坡因是戲之。或曰《十詠》及「歸來乎」、「笑矣乎」、《僧伽歌》、《懷素草書歌》，太白舊集本無之，宋次道再編時貪多務得之過也。

李太白全集卷之二十三

錢塘王琦琢崖輯注
王燏葆光王復曾宗武較

古近體詩共四十七首

與元丹丘方一作「仙」城寺談玄作

茫茫大夢中，惟我獨先覺〔一〕。騰轉風火來，假合作容貌〔二〕。滅除昏疑盡，領略入精要。澄慮觀此身，因得通寂照〔三〕。朗悟前後際，始知金仙妙〔四〕。幸逢禪居人，酌玉坐相召。彼我俱若喪，雲山豈殊調。清風生虛空，明月見談笑。怡然青蓮宮，永願恣游眺。

〔一〕《莊子》：且有大覺，而後知此其大夢也。

〔二〕釋家以此身爲地、水、火、風四大假合而成，堅者是地，潤者是水，暖者是火，動者是風。

〔三〕《楞嚴經》：淨極光通達，寂照含虛空。卻求觀世間，猶如夢中事。湛然常定之謂寂，瑩然不昧之謂照。寂，其體也。照，其用也。體用不離，寂照雙運，即是定慧交修，止觀互用之妙諦。

〔四〕《維摩詰所説經》：法無有人前後際斷故。《華嚴經》：雖知諸法無有前際，而廣説過去。雖知諸法無有後際，而廣説未來。雖知諸法無有中際，而廣説現在。金仙，謂佛。釋成時曰：李白詩云：「朗悟前後際，始知金仙妙。」東文人如稻、麻、竹、葦，吐不出此十字。

尋高鳳石門山中元丹丘

尋幽無前期，乘興不覺遠。蒼崖渺難涉，白日忽欲晚。未窮三四山，已歷千萬轉。寂寂聞猿愁，行行見雲收。高松來（繆本作「上」）好月，空谷宜清秋。谿深古雪在，石斷寒泉流。峰巒秀中天〔一〕，登眺不可盡。丹丘遥相呼，顧我忽而哂。遂造窮谷間〔二〕，始知静者閑。留歡達永夜〔三〕，清曉方言還。

〔一〕中天，半天也。

〔二〕窮谷，深谷也。

〔三〕永夜，長夜也。

安州般若寺水閣納涼喜遇薛員外乂

安州，唐時隸淮南道，又謂之安陸郡。般若，讀若百惹，釋言般若，華言智慧也，寺依此立名。

倐然金園賞〔一〕，遠近含晴光。樓臺成海氣〔二〕，草木皆天香〔三〕。忽逢青雲士，共解丹霞裳〔四〕。水退池上熱，風生松下涼。吞討破萬象，搴窺臨衆芳。而我遺有漏〔五〕，與君用無方〔六〕。心垢都已滅〔七〕，永言題禪房。

〔一〕倐然，猶悠然也。《莊子》：倐然而往，倐然而來。詳見二十二卷注。金園，寺中園圃也。須達長者欲買祇陀太子園爲佛住處。太子戲言：「得金布滿地中，即當賣與。」須達遂出金餠布地，周滿園中，厚及五寸，廣惟十里，買此園地，奉施如來，起立精舍。後人用「金園」事，本此。

〔二〕王褒詩：帶樓疑海氣，含蓋似浮雲。

〔三〕庾信詩：天香下桂殿，仙梵入伊笙。

〔四〕謝朓《七夕賦》：厭白玉而爲飾，霏丹霞而爲裳。

〔五〕《大般若經》：云何有漏法？佛告：善，現世間五蘊、十二處、十八界、四靜慮、四無量、四無色，定所有一切墮三界法，是名有漏法。

〔六〕《莊子》：行乎無方。郭象注：隨物轉化也。

〔七〕《四十二章經》：心垢滅盡，淨無瑕穢。《維摩詰所説經》：心垢，故衆生垢。心淨，故衆生淨。妄想是垢，無妄想是淨。顛倒是垢，無顛倒是淨。取我是垢，不取我是淨。

魯中都東樓醉起作

按《唐書》河南道有中都縣，本平陸縣，天寶元年更名。

昨日東樓醉（一作「城飲」），還應（一作「歸來」）倒接䍦〔一〕。阿誰扶上馬〔二〕？不省下樓時。

〔一〕接䍦，帽也，用山公醉歸事，見五卷注。

〔二〕《三國志·龐統傳》：向者之論，阿誰爲失？

對酒醉題屈突明府廳

按《通志·氏族略》：屈突氏，乃代北複姓也。本居玄朔，後徙昌黎，孝文改爲屈氏，至西魏復爲屈突。

陶令八十日，長歌《歸去來》〔一〕。故人建昌宰〔二〕，借問幾時迴？風落吴江雪，紛紛入酒杯。山翁今已醉，舞袖爲君開。

〔一〕陶潛《歸去來辭序》：予家貧，耕殖不足以自給，幼稚盈室，瓶無儲粟，親故多勸予爲長吏。家叔以予貧苦，遂見用于小邑。於時風波未静，心憚遠役。彭澤去家百里，公田之利，足以爲酒，故便求之。及少日，眷然有歸與之情，自免去職。仲秋至冬，在官八十餘日，因事順心，命篇曰《歸去來辭》。

〔二〕唐時江南西道有建昌縣，隸洪州豫章郡。

月下獨酌四首

花間（一作「下」，《文苑》作「前」）一壺酒，獨酌無相親。舉杯邀明月，對影成三人。月既不解飲，影徒隨我身。暫伴月將影，行樂須及春。我歌月徘徊，我舞影零亂。醒時同交歡，醉後各分散。永結無情游，相期邈雲漢（《文苑》作「碧巖畔」）。

其二

天若不愛酒，酒星不在天〔一〕。地若不愛酒，地應無酒（《文苑》作「醴」）泉〔二〕。天地既愛酒，愛酒不愧天。已聞清比聖，復道濁如賢〔三〕。賢聖既已飲，何必求神仙？三盃通大道，一斗合自然。但得酒（繆本作「醉」）中趣〔四〕，勿爲醒者傳。

〔一〕孔融《與曹操論酒禁書》：天垂酒星之耀，地列酒泉之郡。《晉書》：軒轅右角南三星曰酒旗，酒官之旗也，主宴享酒食。

〔二〕《漢書》：酒泉郡，武帝太初元年開。應劭注：其水若酒，故曰酒泉也。顔師古注：相傳俗云城下有金泉，泉味如酒。

〔三〕《藝文類聚》：《魏略》曰：太祖禁酒，而人竊飲之，故難言酒，以濁酒爲賢者，清酒爲聖人。

〔四〕《晉書》：孟嘉好酣飲，愈多不亂。桓温問嘉：「酒有何好？而卿嗜之。」嘉曰：「公未得酒中趣耳。」

胡震亨曰：此首乃馬子才詩也。胡元瑞云：近舉李墨跡爲證，詩可僞，筆不可僞耶！琦按：馬子才，乃宋元祐中人，而《文苑英華》已載太白此詩，胡説恐誤。

其三

三月咸陽城（一作「時」），千花晝如錦（一作「好鳥吟清風，落花散如錦」。一作「園鳥語成歌，庭花笑如錦」）〔一〕。誰能春獨愁？對此徑須飲。窮通與修短，造化夙所禀。一樽齊死生〔二〕，萬事固難審。醉後失天地，兀然就孤枕。不知有吾身，此樂最爲甚。

〔一〕梁元帝詩：黄龍戍北花如錦。《洛陽伽藍記》：春風扇柳，花樹如錦。

〔二〕《淮南子》：輕天下，細萬物，齊死生，同變化。

其四

窮愁千萬（一作「有千」）端，美酒三百（一作「惟數」）杯。愁多酒雖少，酒傾愁不來。所以知酒聖（一作「聖賢」），酒酣心自開。辭粟卧首陽（一作「餓伯夷」），屢空飢（一作「悲」）顔回。當代不樂飲，虚名安用哉？蟹螯即金液，糟丘是蓬萊〔一〕。且須飲美酒，乘月醉高臺。

〔一〕《晉書》：畢卓嘗謂人曰：「得酒滿數百斛船，四時甘味置兩頭，右手持酒杯，左手持蟹螯，拍浮酒船中，便足了一生矣。」金液，見五卷注。糟丘，見七卷注。

春歸終南山松龍舊隱

《地理今釋》：終南山，在今陝西西安府長安縣南五十里，東至藍田縣，西至鳳翔府郿縣，綿亘八百餘里。

我來南山陽，事事不異昔。卻尋溪中水，還望巖下石。薔薇緣東窗，女蘿遶北壁。別來能幾日，草木長數尺。且復命酒樽，獨酌陶永夕〔一〕。

〔一〕《韓詩》：陶，暢也。

冬夜醉宿龍門覺起言志

《通典》：河南府河南縣有闕塞山，俗曰龍門。《太平寰宇記》：闕塞山，《左氏傳》：晉趙鞅納王，使女寬守闕塞。服虔謂「南山伊闕」是也。杜預注：洛陽西南伊闕口也。俗名龍門。

醉來脱寶劍，旅憩高堂眠。中夜忽驚覺，起立明燈前。開軒聊直望，曉雪河冰壯。哀哀歌苦寒〔一〕，鬱鬱獨惆悵。傅説板築臣，李斯鷹犬人〔二〕。欻（繆本作「颷」）起匡社稷〔三〕，寧復長艱辛。而我胡爲者？嘆息龍門下。富貴未可期，殷憂向誰寫〔四〕？去去淚滿襟，舉聲《梁甫吟》〔五〕。青雲當自致〔六〕，何必求知音？

〔一〕古樂府有《苦寒行》，因行役遇寒而作。

〔二〕傅説板築，見廿二卷注。李斯鷹犬，見三卷注。

〔三〕《韻會》：欻，暴起也。陳琳《爲袁紹檄豫州文》：舉師揚威，並匡社稷。

〔四〕阮籍詩：感物懷殷憂。李善注：《韓詩》曰：耿耿不寐，如有殷憂。《詩·國風》：以寫我憂。毛傳曰：寫，除也。

〔五〕《梁甫吟》，見三卷注。

〔六〕《史記·范雎傳》：不意君能自致於青雲之上。

尋山僧不遇作

石徑入丹壑，松門閉青苔。閑階有鳥跡，禪室無人開。窺窗見白拂，挂壁生塵埃。使我空嘆息，欲去仍徘徊。香雲徧（繆本作「隔」）山起〔一〕，花雨從天來〔二〕。已有空樂好，況聞青（當作「清」）猿哀。了然絕世事，此地方悠哉！

〔一〕《華嚴經》：樂音和悅，香雲照耀。

〔二〕《楞嚴經》：即時天雨百寶蓮花，青黃赤白，間錯粉糅。

過汪氏別業二首

游山誰可游？子明與浮丘〔一〕。疊嶺礙河漢，連峰橫斗牛〔二〕。汪生面北阜〔三〕，池館清且幽。我來感意氣，搥炰列珍羞。掃石待歸月，開池漲寒流。酒酣益爽氣，爲樂不知秋。

〔一〕《列仙傳》：陵陽子明上黄山採五石脂，沸水而服之。《黄山圖經》：黄帝與容成子、浮丘公合丹於此山，故有浮丘、容成諸峰。

〔二〕斗牛，謂南斗、牽牛二星。《史記正義》：吴地，斗牛之分野。

〔三〕謝靈運詩：卜室倚北阜。劉良注：阜，陵也。

其二

疇昔未識君〔一〕，知君好賢才。隨山起館宇，鑿石營池臺。星（一作「大」）火五月中〔二〕，景風從南來〔三〕。數枝石榴發，一丈荷花開。恨不當此時，相過醉金罍〔四〕。我行值木落，月苦清猿哀。永夜達五更〔五〕，吳歈（音于）送瓊杯〔六〕。酒酣欲起舞，四座歌相催。日出遠海明，軒車且徘徊。更游龍潭去，枕石拂莓（音梅）苔。

〔一〕杜預《左傳注》：疇昔，猶前日也。

〔二〕《書·堯典》：日永星火，以正仲夏。蔡沈《集傳》：星火，東方蒼龍七宿。火，謂大火，夏至昏之中星也。

〔三〕《淮南子》：清明風至四十五日，景風至。《史記·律書》：景風居南方。景者，言陽氣道竟，故曰景風。陳叔齊《籟紀》：景風，一曰凱風，又曰薰風，亦曰巨風，起自赤天之暑門，從南方來。

〔四〕金罍，酒器也，詳七卷注。

〔五〕謝靈運詩：行觴奏悲歌，永夜繼白日。

〔六〕《楚辭》：吳歈蔡謳，奏大呂些。王逸注：歈、謳，皆歌也。

待酒不至

玉壺繫青絲，沽酒來何遲？ 山花向我笑，正好銜杯時。 晚酌東窗下，流鶯復在茲。 春風與醉客，今日乃相宜。

獨酌

春草如有意，羅生玉堂陰〔一〕。 東風吹愁來，白髮坐相侵。 獨酌勸孤影〔二〕，閑歌面芳林。長松爾何知（一作「本無情」），蕭瑟爲誰吟〔三〕？ 手舞石上月，膝横花間琴。 過此一壺外，悠悠非我心。（一本云：「春草遍野緑，新鶯有佳音。 落日不盡歡，恐爲愁所侵。 獨酌勸孤影，閒歌面芳林。 清風尋空來，巖松與共吟。 手舞石上月，膝横花下琴。 過此一壺外，悠悠非我心。」繆本第一句作「春草變緑野」，第七句作「碧松爾何知」，四字不同。）

〔一〕《楚辭》：秋蘭兮蘼蕪，羅生兮堂下。 王逸注：環其堂下，羅列而生。

〔二〕陶淵明詩：揮杯勸孤影。

〔三〕《素問》：松吟高山，虎嘯巖岫。張正見詩：松吟欲舞風。

友人會宿

滌蕩千古愁，留連百壺飲。良宵宜清談，皓月（一作「然」）未能寢。醉來卧空山，天地即衾枕。

春日獨酌二首

東風扇淑氣〔一〕，水木榮春暉。白日照緑草，落花散且飛。孤雲還空山，衆鳥各已歸。彼物皆有託，吾生獨無依〔二〕。對此石上月〔三〕，長醉歌（繆本作「歌醉」）芳菲。

〔一〕《南史·衡陽王義季傳》：陽和扇氣，播厥之始。陸機詩：蕙草饒淑氣。張銑注：淑，善也。

〔二〕陶潛詩：萬族各有託，孤雲獨無依。

〔三〕謝靈運詩：暝還雲際宿，弄此石上月。

其二

我有紫霞想，緬（音勉）懷滄洲間〔一〕。且（蕭本作「思」）對一壺酒，澹然萬事閑。橫琴倚高松，把酒望遠山。長空去鳥没，落日孤雲還。但恐（繆本作「悲」）光景晚，宿昔成秋顔。

〔一〕《廣韻》：緬，遠也。

金陵江上遇蓬池隱者

太白自注：時於落星石上，以紫綺裘換酒爲歡。

《地理廣記》：開封縣有蓬池，亦曰蓬澤，故衛國之匡地。《竹書紀年》云「梁惠王發逢忌之藪以賜民」，即此。《太平寰宇記》：蓬池，在開封府尉氏縣北五里。按《述征記》云：大梁西南九十里尉氏縣，有蓬池。阮籍詩云：「徘徊蓬池上，回顧望大梁。」即此也。隱者蓋居於其間，故因以爲號。《江南通志》：落星岡，在應天府西北九里，一名落星墩，又曰落星石。《景定建康志》：落星岡，一名落星墩，在城西北九里，周迴二十六里，高一十二丈。又江寧縣西五十里臨江，亦有落星岡。李白嘗於落星石以紫綺裘換酒爲歡，此地也。

心愛名山游，身隨名山遠。羅浮麻姑臺〔一〕，此去或未返。遇君蓬池隱，就我石上飯。空言不成歡，强笑惜日晚。緑水向雁門（繆本作「關」）〔二〕，黄雲蔽龍山〔三〕。嘆息兩客鳥，徘徊吴、越間。共（繆本作「一」）語一執手，留連夜將久。解我紫綺裘，且换金陵酒。酒來笑復歌，興酣樂事多。水影弄月色，清光奈愁何？明晨挂帆席〔四〕，離恨滿滄波。

〔一〕《廣東通志》：麻姑峰，在羅浮山之南，其前有麻姑臺，下有白蓮池，池水注朱明洞。《羅浮山志》：沖虚觀西南有石峰峭拔，名曰麻姑峰，旁有巖曰麻姑臺。樹石清幽，其上常有彩雲白鶴，仙女集焉。晉、唐以來，人多有見之者。

〔二〕《景定建康志》：雁門山，在城東南六十里，周迴二十里，高一百二十五丈。西連彭城山，南連大城山，北連陵山。山勢連綿，類北地雁門，故以爲名。《輿地志》云：山東北有温泉，可以浴，飲之能治冷疾。《江南通志》：雁門山，在江寧府上元縣東南六十里。

〔三〕《太平寰宇記》：巖山，在昇州江寧縣南四十五里，其山巖險，故曰巖山。宋孝武改曰龍山。《六朝事蹟》：雞籠山，《寰宇記》云在城西北九里，西接落星澗，北臨栖玄塘。《輿地志》云：雞籠山在覆舟山之西二百餘步，其狀如雞籠，因以爲名。宋文帝元嘉中，改爲龍山。以黑龍嘗見真武湖，此山正臨湖上，因以爲名，今去縣六里。又《景定建康志》：龍山在城西南九十五里，周迴二十四里，高一百二十丈，入太平州當塗縣，北有水。以其山似龍形，因以爲名。

〔四〕木華《海賦》：維長綃，挂帆席。

月夜聽盧子順彈琴

閑夜坐（蕭本作「坐夜」）明月，幽人彈素琴。忽聞《悲風》調，宛若《寒松吟》。《白雪》亂纖手，《緑水》清虚心〔一〕。鍾期久已没，世上無知音〔二〕。

〔一〕釋居月《琴曲譜録》有《悲風操》、《寒松操》、《白雪操》。《白帖》：《陽春》、《白雪》、《緑水》、《悲風》、《幽蘭》、《别鶴》，並琴曲名。

〔二〕《風俗通》：伯子牙方鼓琴，鍾子期聽之，而意在高山，子期曰：「善哉乎！巍巍若泰山。」頃之間，而意在流水，子期曰：「善哉乎！湯湯若江河。」子期死，伯牙破琴絶絃，終身不復鼓，以世無足爲知音者也。

青溪半夜聞笛

「青溪」，當作「清溪」，在江南池州府城西北五里，其地在唐時爲秋浦縣。

羌笛《梅花引》〔一〕，吴溪隴水情（一作「清」）〔二〕。寒山秋浦月（一作「空山滿明月」），腸斷玉關聲（一作「情」）〔三〕。

〔一〕羌笛，見四卷注。楊齊賢曰：《梅花引》，曲名。《樂府詩集》：《梅花落》，本笛中曲也。
〔二〕古歌：隴頭流水，分離四下。念我行役，飄然曠野。詳見《愁陽春賦》注。
〔三〕玉關，見四卷注。

日夕山中忽然有懷

久卧青（一作「名」）山雲，遂爲青（一作「名」）山客。山深（一作「春」）雲更好，賞弄終日夕。月銜樓間峰，泉漱階下石〔一〕。素心自此得，真趣非外借（音積。蕭本作「惜」）。鼯啼桂方秋〔二〕，風滅籟歸寂〔三〕。緬（音勉）思洪崖術〔四〕，欲往滄海（一作「島」）隔。雲車來何遲〔五〕，撫己空嘆息。

〔一〕《周禮》：善溝者水漱之。
〔二〕鼯，飛生鳥也，見七卷注。

〔三〕《初學記》：風吹萬物，有聲曰籟。

〔四〕《廣韻》：緬，遠也。《神仙傳》：衛叔卿與數人博戲，其子度世曰：「是誰也？」叔卿曰：「洪崖先生。」

〔五〕魏武帝詩：乘駕雲車，驂駕白鹿。古詩：軒車來何遲。

夏日山中

懶摇白羽扇〔一〕，裸袒（繆本作「體」）青林中〔二〕。脱巾挂石壁，露頂灑松風。

〔一〕《北堂書鈔》：《語林》云：武侯乘素輿，執白羽扇。

〔二〕《羽獵賦》：布乎青林之下。

山中與幽人對酌

兩人對酌山花開，一杯一杯復一杯。我醉欲眠卿且去〔一〕，明朝有意抱琴來。

〔一〕《宋書》：陶潛性嗜酒，貴賤造之者，有酒輒設。潛若先醉，便語客：「我醉欲眠，卿可去。」其真率如此。

春日醉起言志

處世若大夢，胡爲勞其生。所以終日醉，頽然卧前楹〔一〕。覺來盼（繆本作「眄」）庭前，一鳥花間鳴。借問此何時〔二〕？春風語流鶯。感之欲嘆息，對酒還自傾。浩歌待明月〔三〕，曲盡已忘情。

〔一〕《宋書》：顔延之得酒，必頽然自得。

〔二〕張景陽詩：借問此何時，胡蝶飛南園。

〔三〕浩歌，大歌也。《楚辭》：臨風怳兮浩歌。

《麓堂詩話》：太白天才絶出，真所謂「秋水出芙蓉，天然去彫飾」。今所傳石刻「處世若大夢」一詩，序稱「大醉中作，賀生爲我讀之」。此等詩皆信手縱筆而就，他可知已。琦嘗見石刻於星鳳樓帖中，「覺來盼庭前」作「攬衣覽庭際」，「一鳥」作「有鳥」，「對酒還自傾」作「未嘆酒已傾」，數字不同。賀生不知爲誰，若指知章，恐無此理。疑其出於後人僞託也。

廬山東林寺夜懷

《江西通志》：東林寺，在廬山之麓，晉太元九年慧遠建。此山儀形九疊，峻竦天絶，而寺之所居，尤盡林壑之美。背負爐峰，旁帶瀑布，清流環階，白雲生棟，別營禪室，最居深靜。凡在瞻禮，神氣爲之清爽。慎蒙《名山記》：廬山有東林寺，寺始於晉慧遠法師。謝靈運爲鑿池種蓮。師與隱者十八人同修淨土社，緇素咸在，謂之蓮社。師送客至虎溪而止。常與陶淵明、陸修靜談，不覺過溪，共笑而反。今三門內，屋於橋上，水淹塞，云即虎溪。傍稻田中，有蓮數本，即蓮池也。出寺有大溪，度石橋，或云此爲虎溪。

我尋青蓮宇〔一〕，獨往謝城闕〔二〕。霜清東林鐘，水白虎溪月。天香生虛空，天樂鳴不歇〔三〕。宴坐寂不動〔四〕，大千入毫髮〔五〕。湛然冥真心〔六〕，曠劫斷出没〔七〕。

〔一〕陳子昂詩：聞道白雲居，窈窕青蓮宇。楊齊賢曰：青蓮宇，梵宫也。

〔二〕《楚辭章句》：謝，去也。

〔三〕《阿彌陀經》：彼佛國土，常作天樂。

〔四〕《維摩詰經》：舍利弗言：憶念我昔曾於林中，宴坐樹下。《釋氏要覽》：宴坐，又作燕坐。燕，安也，安息貌也。

〔五〕李善《文選注》：大千者，謂一三千界，下至阿毗地獄，上非想天，爲一世界。千世界爲小千世界，千小世界爲中千世界，千中世界爲大千世界。《法苑珠林》：須菩提答阿難曰：「我念一時入於三昧，此大千世界弘廣若斯，置一毛端，往來旋轉如陶家輪。」

〔六〕《南史》：帝問大僧正慧念曰：「見不可思議事不？」慧念答曰：「法身常住，湛然不動。」《楞嚴經》：一切衆生，從無始來，生死相續，皆由不知常住真心。

〔七〕《韻會》：梵書以一世爲一劫。謝靈運《山居賦》：析曠劫之微言，説象法之遺旨。

尋雍尊師隱居

群峭碧摩天，逍遥不記年。撥（蕭本作「拔」）雲尋古道，倚樹聽流泉。花暖青牛卧，松高白鶴眠〔一〕。語來江色暮，獨自下寒烟。

〔一〕《列仙傳》：老子乘青牛車去，入大秦。《玉策記》：千歲之鶴，隨時而鳴，能登於木。其未千歲者，終不集於樹上也。色純白，而腦盡成丹。楊齊賢曰：青牛，花葉上青蟲也。有兩角，如蝸牛，故云。琦按：「青牛」、「白鶴」，不過用道家事耳，不必别作創解。

與史郎中欽繆本作「飲」聽黄鶴樓上吹笛

《湖廣通志》：黄鶴樓，在武昌府城西南隅，世傳仙人乘黄鶴過此，因名。雄據江山，爲楚會大觀。

一爲遷客去長沙〔一〕，西望長安不見家。黄鶴樓中吹玉笛，江城五月落《梅花》〔二〕。

〔一〕江淹《恨賦》：遷客海上。

〔二〕《樂府詩集》：《梅花落》，本笛中曲也。

對酒

勸君莫拒杯，春風笑人來。桃李如舊識，傾花向我開。流鶯啼碧樹，明月窺金罍。昨日（繆本作「來」）朱顏子，今日白髮催。棘生石虎殿〔一〕，鹿走姑蘇臺〔二〕。自古帝王宅，城闕閉黄埃〔三〕。君若不飲酒，昔人安在哉〔四〕！

〔一〕《十六國春秋》：石虎饗群臣於太武前殿，佛圖澄殿上褰衣而行，吟曰：「殿乎，殿乎！棘子成林，將壞人衣。」虎令發石下而視之，有棘子生焉。

〔二〕《漢書·伍被傳》：子胥諫吴王，吴王不用，迺曰：「臣今見麋鹿游姑蘇之臺也。」

〔三〕鮑照《蕪城賦》：直視千里外，唯見起黄埃。李善注：埃，塵也。

〔四〕又鮑照詩：壯士皆死盡，餘人安在哉！

醉題王漢陽廳

我似鷓鴣鳥〔一〕，南遷懶北飛。時尋漢陽令，取醉月中歸。

〔一〕張華《禽經注》：《廣志》云：鷓鴣似雌雉，飛但徂南不北也。《異物記》云：鷓鴣白黑成文，其鳴自呼，象小雉，其志懷南不北徂也。

嘲王歷陽不肯飲酒

地白風色寒，雪花大如手。笑殺陶淵（繆本作「泉」）明，不飲盃中酒。浪撫一張琴，虚栽五株柳〔一〕。空負頭上巾〔二〕，吾於爾何有？

〔一〕陶淵明畜素琴一張，宅邊有五柳樹，見十卷《戲贈鄭溧陽》詩注。

〔二〕陶淵明詩：若復不快飲，空負頭上巾。

獨坐敬亭山

《江南通志》：敬亭山在寧國府城北十里，古名昭亭山，東臨宛溪，南俯城闉，烟市風帆，極目如畫。

衆鳥高飛盡，孤雲獨去閑。相看兩不厭，只有敬亭山。

自遣

對酒不覺暝〔一〕，落花盈我衣。醉起步溪月，鳥還人亦稀。

〔一〕《韻會》：暝，夕也。

訪戴天山道士不遇

《西溪叢語》：《綿州圖經》云：戴天山，在縣北五十里，有大明寺，開元中，李白讀書於此寺。又名大康山，即杜甫所謂「康山讀書處」也。《一統志》：大匡山，在綿州彰明縣北三十里，一名康山，亦名戴天山。

犬吠水聲中，桃花帶露（蕭本作「雨」）濃。樹深時見鹿，溪午不聞鐘。野竹分青靄〔一〕，飛泉挂碧峰〔二〕。無人知所去，愁倚兩三松。

〔一〕王筠詩：日坂散朱雰，天隅斂青靄。

〔二〕陸機詩：飛泉漱鳴玉。

唐仲言曰：今人作詩，多忌重疊，右丞《早朝》妙絶古今，猶未免五用衣冠之議，如此詩「水聲」「飛泉」、「樹」「松」「桃」「竹」，語皆犯重。吁！古人於言外求佳，今人於句中求隙，失之遠矣。

秋日與張少府楚城韋公藏書高齋作

日下空亭暮，城荒古跡餘。地形連海盡，天影落江虚。舊賞人雖隔〔一〕，新知樂未疏〔二〕。

綵雲思作賦〔三〕，丹壁問藏書。查擁隨流葉〔四〕，萍開出水魚。夕來秋興滿，回首意何如？

〔一〕謝朓詩：山川隔舊賞，朋僚多雨散。

〔二〕《楚辭》：樂莫樂兮新相知。

〔三〕綵雲作賦，用宋玉賦朝雲事，是贊其才思之美。

〔四〕《韻會》：楂，水中浮木也。

秋夜獨坐懷故山

小隱慕安石〔一〕，遠游學子（蕭本作「屈」）平〔二〕。天書訪江海，雲卧起咸京〔三〕。入侍瑶池宴〔四〕，出陪玉輦行〔五〕。誇胡新賦作〔六〕，諫獵短書成〔七〕。但奉紫霄顧〔八〕，非邀青史名〔九〕。莊周空説劍〔一〇〕，墨翟恥論兵〔一一〕。拙薄遂疏絶，歸閑事耦耕〔一二〕。顧無蒼生望〔一三〕，空愛紫芝榮〔一四〕。寥落暝霞色，微茫舊壑情。秋山緑蘿月，今夕爲誰明？

〔一〕王康琚詩：小隱隱林藪，大隱隱朝市。謝安石高卧東山，見七卷注。

〔二〕向子平肆意游五岳名山，見十三卷注。《楚辭》：《遠游》者，屈原之所作也。其辭曰：悲時俗之迫阨兮，願輕舉而遠游。

〔三〕鮑照詩：雲卧恣天行。

〔四〕《穆天子傳》：天子觴西王母於瑶池之上。

〔五〕潘岳《籍田賦》：天子乃御玉輦。

〔六〕詩胡，用揚雄賦長楊事，見一卷《大獵賦》注。

〔七〕《史記》：司馬相如常從上至長楊獵，是時天子方好自擊熊、彘，馳逐野獸。相如上疏諫之。

〔八〕梁簡文帝賦：升紫霄之丹地，排玉殿之金扉。

〔九〕青史，見二十二卷注。

〔一〇〕《莊子·説劍篇》：趙文王喜劍，劍士夾門而客三千餘人，日夜相擊於前，死傷者歲百餘人，如是三年，國衰。諸侯謀之。太子悝患之，募左右曰：「孰能説王之意止劍士者，賜之千金。」左右曰：「莊子當能。」太子乃使人以千金奉莊子，莊子弗受，太子乃與見王，王曰：「夫子所御杖，長短何如？」曰：「臣有三劍，唯王所用。有天子劍，有諸侯劍，有庶人劍。今大王有天子之位，而好庶人之劍，臣竊謂大王薄之。」

〔一一〕《吕氏春秋》：墨子爲守攻，公輸般服，而不肯以兵知。高誘注：公輸般在楚，楚王使設雲梯爲攻宋之具。墨子聞而往説之，楚王曰：「公輸般，天下之巧工也。寡人使攻宋之城，何爲不得？」墨子曰：「使公輸般攻宋之城，臣請爲宋守之備。」公輸般九攻之，墨子九卻之。又令公輸般守備，墨子九下之。不肯以善用兵見知於天下也。墨子名翟，魯人也。

〔一二〕《周禮》：二耜爲耦。賈公彦疏：二耜爲耦者，兩人各執一耜，若長沮、桀溺耦而耕也。《禮記》：命農計耦耕事，修耒耜，具田器。陳澔注：耦謂二人相偶也。

〔一三〕《通鑑》：謝安少有重名，前後徵辟，皆不就。寓居會稽，以山水、文籍自娱，雖爲布衣，時人皆以公輔期之。士大夫至相謂曰：「安石不出，當如蒼生何？」

〔一四〕《四皓歌》：莫莫高山，深谷逶迤。曄曄紫芝，可以療飢。宋之問詩：鏡愁玄髮改，心愛紫芝榮。

憶崔郎中宗之游南陽遺吾孔子琴撫之潸然感舊

崔宗之，見十卷注。《唐書·地理志》，山南道鄧州南陽郡有南陽縣。《文獻通考》：琴有一十八樣，究之雅度，不過伏羲、大舜、夫子、靈開、雲和五等而已。夫子樣長三尺六寸四分。《説略》：古琴惟夫子、列子二樣，皆肩垂而闊，非若今聳而狹也。惟此二樣乃合古制，或以夫子樣周遍皆作竹節樣，非古制。

昔在南陽城，唯飡獨山蕨〔一〕。憶與崔宗之，白水弄素月〔二〕。時過菊潭上〔三〕，縱酒無休歇〔四〕。泛此黄金花〔五〕，頽然清歌發。一朝摧玉樹，生死殊飄忽。留我孔子琴，琴存人已没。誰傳《廣陵散》〔六〕，但哭邙山骨〔七〕。泉户何時明〔八〕，長歸（蕭本作「掃」）狐兔窟〔九〕。

〔一〕《太平寰宇記》：獨山在南陽縣西三十里。《一統志》：豫山在南陽府城東北十五里，孤峰峭立，俗名獨山，下有三十六陂。

〔二〕白水，即淯水也，見二十卷《游南陽白水》詩注。

〔三〕《通典》：南陽郡菊潭縣有菊水，旁水居人飲此水，多壽也。《太平寰宇記》：菊水出南陽縣東石澗山，一名菊溪水，或云水出石馬峰，峰如馬焉。其水重於諸水。盛弘之《荆州記》云：源旁悉生芳菊，被崖浸潭，澗流滋液。其水極甘香，谷中有三十餘家不復穿井，仰飲此水，上壽百二十歲，中壽百餘，其七十、八十者猶以爲夭。菊能輕身益氣，令人久壽，於此爲徵矣。《一統志》：菊潭在南陽府内鄉縣西北，源出析谷東石澗山，或曰出石馬峰。水旁生甘菊，水極甘馨，有數十家，惟飲此水，壽多至百歲之上。其菊莖短花大，其味甘美異於他菊，人多收其種，傳於四方。

〔四〕縱酒，出《史》、《漢》《田儋傳》。顔師古曰：縱，放也，放意而飲酒也。

〔五〕陶潛詩：泛此忘憂物。

〔六〕《世説》：嵇中散臨刑東市，神氣不變，索琴彈之，奏《廣陵散》，曲終，曰：「袁孝尼嘗請學此散，吾靳固不與，《廣陵散》於今絶矣。」

〔七〕《太平寰宇記》：芒山，一作邙山，在河南縣北十里，一名平逢山，亦郟山之别名也，都城所枕。楊佺期《洛城記》云：北山，連嶺修亘四百餘里，實古今東洛九原之地也。又戴延之《西征記》

云：西岸東垣，亘阜相屬，伊尹、蘇秦、張儀、扁鵲、田横、劉寬、楊修、孔融、吴後主、蜀後主、張華、嵇康、石崇、何晏、陸陲、阮籍、羊祜，皆有冢在此山。《一統志》：北邙山，在河南府城北十里，山連偃師、鞏、孟津三縣，綿亘四百餘里，東漢諸陵及唐宋名臣墳多在此。琦按：邙山，即崔葬處。

〔八〕隋煬帝《秦孝王誄》：仲秋卜宅，將歸泉户。

〔九〕張孟陽詩：狐兔窟其中，蕪穢不復掃。

憶東山二首

施宿《會稽志》：東山，在上虞縣西南四十五里，晉太傅謝安所居也。一名謝安山，巍然特出於衆峰間，拱揖虧蔽，如鸞鶴飛舞，其巔有謝公調馬路，白雲、明月二堂遺址，千嶂林立，下視滄海，天水相接，蓋絶景也。下山出微徑，爲國慶寺，乃太傅故宅。旁有薔薇洞，俗傳太傅攜妓女游宴之所。

不向東山久，薔薇幾度花？白雲還（繆本作「他」）自散，明月落誰家？

其二

我今攜謝妓，長嘯絶人群。欲報東山客，開關掃白雲。

望月有懷

清泉映疏松，不知幾千古？寒月摇清（繆本作「輕」）波，流光入窗户。對此空長吟，思君意何深！無因見安道〔一〕，興盡愁人心。

〔一〕王子猷雪夜訪戴安道，詳九卷注。

對酒憶賀監二首并序

太子賓客賀公，於長安紫極宫一見余，呼余爲「謫仙人」，因解金龜，换酒爲樂（繆本下多「没後對酒」四字）〔一〕。悵然有懷，而作是詩。

〔一〕《本事詩》：李太白初自蜀至京師，舍於逆旅。賀監知章聞其名，首訪之，既奇其姿，復請所爲文，出《蜀道難》以示之。讀未竟，稱嘆者數四，號爲「謫仙」。解金龜换酒，與傾盡醉，期不間日，由是聲譽光赫。「金龜」蓋是所佩雜玩之類，非武后朝内外官所佩之金龜也。楊升庵因杜詩有「金魚换酒」之句偶爾相似，遂謂「白弱冠遇賀知章在中宗朝，未改武后之制」云云。考武后天授元年九月，改内外官所佩魚爲龜。中宗神龍元年二月，詔文武官五品以上，依舊式佩魚袋。當是時，太白年未滿十齡，何能與知章相遇於長安？又知章自開元以前，官不過太常博士，品居從七，於例亦未得佩魚。楊氏之説，殆未之考耶？

四明有狂客〔一〕，風流（一作「霞衣」）賀季真〔二〕。長安一相見，呼我「謫仙人」。昔好盃中物〔三〕，今（一作「翻」）爲松下塵〔四〕。金龜换酒處，卻憶淚沾巾。

〔一〕《名山洞天福地記》：四明山，周圍一百八十里，名丹山赤水之天，在明州。

〔二〕《唐書》：賀知章，字季真，越州永興人。性曠夷，善談説，陸象先嘗謂人曰：「季真清談風流，吾一日不見，則鄙吝生矣。」證聖初，擢進士超拔群類科，累遷太常博士。開元十三年，遷禮部侍郎，兼集賢院學士。一日併謝。遷太子右庶子，充侍讀，徙工部。肅宗爲太子，知章遷賓客、授秘書監。晚節尤誕放，遨嬉里巷，自號「四明狂客」。及秘書外監，每醉輒屬詞，筆不停書，咸有可觀，未始刊飭。善草隸，好事者具筆研從之，意有所惬，不復拒，然紙纔十數字，世傳以爲寶。

〔三〕陶潛詩：天運苟如此，且進杯中物。

〔四〕釋曇遷詩：我住刊江側，終爲松下塵。

其二

狂客歸四明，山陰道士迎。敕賜鏡湖水，爲君臺沼榮〔一〕。人亡餘故宅〔二〕，空有荷花生。念此杳如夢，淒然傷我情。

〔一〕《唐書》：賀知章，天寶初病，夢游帝居，數日寤，乃請爲道士，還鄉里，詔許之。以宅爲千秋觀而居，又求周宫湖數頃爲放生池，有詔賜鏡湖剡川一曲。既行，帝賜詩，皇太子百官餞送。擢其子曾子爲會稽郡司馬，賜緋魚，使侍養。幼子亦聽爲道士。卒年八十六。

〔二〕施宿《會稽志》：唐賀秘監宅，在會稽縣東北三里八十步，今天長觀是。

琦按：竇蒙《述書賦注》：賀知章，天寶二年以年老上表，請入道，歸鄉里，特詔許之。知章以羸老乘輿而往，到會稽，無幾老終。九年冬十二月，詔曰：「故越州千秋觀道士賀知章，神清志逸，學富才雄，挺會稽之美箭，藴崑岡之良玉，故飛名仙省，侍講龍樓。顧追二老之奇蹤，克遂四明之狂客。允協初志，脱落朝衣，駕青牛而不還，狎白鷗而長往。舟壑靡息，人琴兩亡，推舊之懷，有深追悼，宜加縟禮，式展哀榮，可贈兵部尚書。」據此書及《唐書》本傳，知章歸後無幾，即遷化矣。乃許鼎撰《通和祖先生墓志》云：賀監得攝生之妙，近數百年不死，荷笈賣藥如韓康伯。近在天台山升遐，偏於人聽。元和己亥，先生遇之，謂曰：「子寬中柔外，可以語至道也。後十歲遇爾於小有。」乃授斷穀丹經。徐鉉序云：賀監以天寶二年始得還鄉，既而天下多事，遂與世絶，止於吴、越，故老亦不能知其所終。是皆以知章仙去耶？讀此詩所云「今爲松下塵」，又云「人亡餘故宅」，無稽之口可以杜矣。

重憶一首

欲向江東去，定將誰舉杯〔一〕？稽山無賀老〔二〕，卻棹酒船回。

〔一〕將，與也。

〔二〕稽山，謂會稽山。

春滯沅音原，又音阮湘有懷山中

《史記》：浩浩沅、湘兮。《正義》曰：《説文》云：沅水出牂牁東北，流入江。湘水出零陵縣海山北，入江。按二水皆經岳州而入大江也。後人以沅、湘爲岳州之異稱。

沅、湘春色還，風暖烟草緑。古之傷心人，於此腸斷續。予非《懷沙》客〔一〕，但美《採菱曲》〔二〕。所願歸東山，寸心於此足〔三〕。

〔一〕《史記》：屈原乃作《懷沙》之賦，於是懷石，遂自投汨羅以死。

〔二〕《爾雅翼》：楚之風俗，當菱熟時，士女相與采之，故有《采菱》之歌以相和，爲繁華流蕩之極。《招魂》云：涉江采菱發《陽阿》。《陽阿》者，采菱之曲也。

〔三〕沈約詩：所願從之游，寸心於此足。

落日憶山中

雨後烟景緑，晴天散餘霞〔一〕。東風隨春歸，發我枝上花。花落時欲暮，見此令人嗟。願游名山去，學道飛丹砂。

〔一〕謝脁詩：餘霞散成綺。

憶秋浦桃花舊游時竄夜郎

桃花春水生，白石今出没。摇蕩女蘿枝，半挂（蕭本作「摇」）青天月。不知舊行徑，初拳幾枝蕨〔一〕。三載夜郎還，於兹鍊金骨。

〔一〕《埤雅》：蕨初生無葉，可食，狀如大雀拳足，又如其足之蹷也，故謂之蕨。《爾雅翼》：蕨初生如小兒拳，紫色而肥。楊升庵曰：黄山谷詩「蕨芽初長小兒拳」，以爲奇句，然太白已有「不知行徑下，初拳幾枝蕨」之句，山谷落第二義矣。

李太白全集卷之二十四

錢塘王琦琢崖輯注
趙樹元石堂較

古近體詩共六十五首

越中秋懷

越中，唐時之越州，又謂之會稽郡，隸江南東道。

越水遶碧山，周迴數千里。乃是天鏡中，分明畫（蕭本作「盡」）相似。（一本首四句云：「蹈海思仲連，游山慕康樂。攀雲窮千峰，弄水涉萬壑。」）愛此從冥搜〔一〕，永懷臨湍游（一作「林湍幽」）。一爲滄波客，十見紅蕖秋〔二〕。觀濤壯天險〔三〕，望海令人愁。路遐迫西照，歲晚悲東流。何必探禹穴〔四〕，逝（繆本作「誓」）將歸蓬丘〔五〕。不然五湖上，亦可乘扁舟〔六〕。

〔一〕孫綽《天台山賦序》：遠寄冥搜。李善注：搜訪幽冥也。

〔二〕梁簡文帝詩：紅蕖間青瑣，紫露濕丹楹。

〔三〕越地，左繞浙江，江有濤水，晝夜再上。枚乘《七發》曰：「觀濤於廣陵之曲江。」正謂此江也。

〔四〕《漢書·司馬遷傳》：上會稽，探禹穴。張晏曰：禹巡狩至會稽而崩，因葬焉。上有孔穴，民間云禹入此穴。《水經注》：會稽山東有湮井，去廟七里，深不見底，謂之禹井云。東游者多探其穴也。

〔五〕《詩·國風》：逝將去女，適彼樂土。朱傳云：逝，往也。《十洲記》：蓬丘，蓬萊山也。

〔六〕《國語》：范蠡乘輕舟以泛於五湖，莫知其所終極。《史記》：范蠡乃乘扁舟，浮於江湖，變名易姓，適齊，爲鴟夷子皮。之陶，爲陶朱公。

效古二首

朝入天苑中〔一〕，謁帝蓬萊宮〔二〕。青山映輦道〔三〕，碧樹摇烟空。謬題金閨籍〔四〕，得與銀臺通〔五〕。待詔奉明主〔六〕，抽毫頌清風〔七〕。歸時落日（胡本作「花」）晚，蹀躞（音疊燮）浮雲驄〔八〕。人馬本無意，飛馳自豪雄。入門紫鴛鴦，金井雙梧桐〔九〕。清歌絃古曲，美酒沽新豐〔一〇〕。快意且爲樂，列筵坐群公〔一一〕。光景不可留，生世如轉蓬〔一二〕。早達勝晚遇〔一三〕，羞比垂釣翁〔一四〕。

〔一〕天苑，禁苑也。

〔二〕《唐書》：大明宫在禁苑東南，西接宫城之東北隅，長千八百步，廣千八十步，曰東内。本永安宫，貞觀八年置，九年曰大明宫，以備太上皇清暑，百官獻貲以助役。高宗以風痹厭西内湫濕，龍朔三年始大興葺，曰蓬萊宫，咸亨元年曰含元宫，長安元年復曰大明宫。

〔三〕《上林賦》：輦道纚屬。顔師古注：輦道，謂閣道可以乘輦而行者也。

〔四〕謝朓詩：既通金閨籍。李善注：金閨，即金門也。應劭《漢書注》曰：籍者，爲尺二竹牒，紀其年紀、名字、物色，懸之宫門，案省相應，乃得入也。

〔五〕唐大明宫有銀臺門，詳六卷注。

〔六〕《通鑑》：玄宗即位，始置翰林院，密邇禁廷，延文章之士，下至僧、道、書、畫、琴、棋、數術之工皆處之，謂之待詔。胡三省注：唐天子在大明宫，翰林院在右銀臺門内；在興慶宫，院在金明門内；若在西内，院在顯福門内；若在東都及華清宫，皆有待詔之所。其待詔者，有詞學、經術、合鍊、僧道、卜祝、術藝、書弈，各别院以廩之，日晚而退。其所重者詞學。

〔七〕謝莊《月賦》：抽毫進牘，以命仲宣。李善注：毫，筆毫也。《詩·大雅》：吉甫作誦，穆如清風。

〔八〕《韻會》：蹀躞，行貌。浮雲驄，見四卷注。

〔九〕紫鴛鴦，見二卷注。金井，見三卷注。

〔一〇〕梁元帝詩：試酌新豐酒。

〔一一〕謝靈運詩：列筵皆靜寂。吕延濟注：列筵，謂四座也。

〔一二〕轉蓬，見九卷注。

〔一三〕《南史》：張纘年二十二，累遷尚書吏部郎，俄而長兼侍中。時人以爲早達。

〔一四〕垂釣翁，謂吕尚，年八十釣於渭濱，始遇文王。

其二

自古有秀色，西施與東鄰。蛾眉不可妬，況乃効其矉〔一〕。所以尹婕（音接）妤（音于），羞見邢夫人，低頭不出氣，塞默少精神〔二〕。寄語無鹽子〔三〕，如君何足珍。

〔一〕西施效矉，見二卷注。東鄰，見四卷注。

〔二〕《史記》：武帝時，幸夫人尹婕妤，與邢夫人同時幸，有詔不得相見。尹夫人自請武帝，願望見邢夫人，帝許之。即令他夫人飾，從御者數十人，爲邢夫人來前。尹夫人前見之，曰：「非邢夫人身也。」帝曰：「何以言之？」對曰：「視其身貌形狀，不足以當人主矣。」於是帝乃詔使邢夫人衣故衣，獨身來前。尹夫人望見之，曰：「此真是也。」於是乃低頭俛而泣，自痛其不如也。《史記·日者傳》：伏軾低頭，卒不能出氣。《顏氏家訓》：公私宴集，談古賦詩，塞默低頭，欠伸而已。

〔三〕無鹽，醜婦，見四卷注。

擬古十二首

青天何歷歷〔一〕，明星如白石（繆本作「白如石」）。黄姑與織女，相去不盈尺。銀河無鵲橋，非時將安適〔二〕。閨人理紈素，游子悲行役〔三〕。瓶冰知冬寒〔四〕，霜露欺遠客。客似秋葉飛，飄颻不言歸。别後羅帶長，愁寬去時衣。乘月託宵夢，因之寄金徽（當作「微」）〔五〕。

〔一〕《古詩》：衆星何歷歷。歷歷，行列貌。

〔二〕《太平御覽》：《爾雅》云：河鼓謂之牽牛。又古歌云：東飛伯勞西飛燕，黄姑織女時相見。黄姑者，即河鼓也。爲吴音訛而然。《錦繡萬花谷》：牽牛謂之河鼓，聲轉而爲黄姑也。《初學記》：天河，亦曰銀河。《白帖》：《淮南子》：烏鵲填河以成橋，而渡織女。《中華古今注》：鵲，一名神女，俗云七日填河成橋。

〔三〕顔師古《漢書注》：紈素，今之絹也。柳惲詩：念君方遠游，賤妾理紈素。

〔四〕《吕氏春秋》：見瓶水之冰，而知天下之寒。

〔五〕《舊唐書》：貞觀二十二年，契苾迴紇等十餘部落相繼歸國，太宗各因其地土，擇其部落，置爲州府。以迴紇部爲瀚海都督府，僕骨爲金微都督府云云。《新唐書》：金微都督府，以僕固部置，隸安北都護府。

蕭士贇曰：此篇傷窮兵黷武，行役無期，男女怨曠，不得遂其室家之情，感時而悲者焉。哀而不傷，怨而不誹，真有國風之體。此晦庵之所謂「聖於詩」者與？

其二

高樓入青天，下有白玉堂〔一〕。明月看欲墮〔二〕，當窗懸清光。遥夜一美人〔三〕，羅衣霑秋霜，含情弄柔瑟，彈作《陌上桑》〔四〕。絃聲何激烈，風卷繞飛梁〔五〕。行人皆躑躅（音擲逐）〔六〕，棲鳥去迴翔。但寫妾意苦，莫辭此曲傷，願逢同心者，飛作紫鴛鴦。

〔一〕古詩：黄金爲君門，白玉爲君堂。江總詩：併勝餘人白玉堂。

〔二〕《長門賦》：懸明月以自照兮。

〔三〕遥夜，長夜也。《楚辭》：靚杪秋之遥夜。

〔四〕《陌上桑》，古相和歌曲，詳六卷注。

〔五〕歌聲繞梁，見十一卷注。《魯靈光殿賦》：飛梁偃蹇以虹指。

〔六〕《韻會》：躑躅，住足也。

其三

長繩難繫日〔一〕，自古共悲辛。黄金高北斗〔二〕，不惜買陽春。石火無留光，還如世中人〔三〕。即事已如夢，後來我誰身？提壺莫辭貧，取酒會四鄰。仙人殊恍惚，未若醉中真。

〔一〕傅玄詩：歲暮景邁群光絶，安得長繩繫白日。

〔二〕《唐書·尉遲敬德傳》：王曰：「公之心如山岳然，雖積金至斗，豈能移之。」又唐人詩：身後堆金柱北斗。疑當時俚語有此。

〔三〕劉勰《新論》：人之短生，猶如石火，炯然以過。《法苑珠林》：石火無恒焱，電光非久停。

其四

清都緑玉樹〔一〕，灼爍瑶臺春〔二〕。攀花弄秀色，遠贈天仙人〔三〕。香風送紫蕊，直到扶桑津〔四〕。恥（蕭本作「取」）掇世上豔，所貴心之珍。相思傳一笑，聊欲示情親。

〔一〕《楚辭》：造旬始而觀清都。朱子注：清都，列子以爲帝之所居也。

〔二〕左思《蜀都賦》：暉麗灼爍。劉淵林注：灼爍，豔色也。劉良注：灼爍，光彩貌。鮑照詩：朝日灼爍發園華。《拾遺記》：崑崙山傍有瑶臺十二，各廣千步，皆五色玉爲臺基。

〔三〕《抱朴子》：上士舉形昇虚，謂之天仙。

〔四〕木華《海賦》：翔陽逸駭於扶桑之津。吕延濟注：扶桑之津，日出之處。

其五

今日風日好，明日恐不如。春風笑於人，何乃愁自居。吹簫舞彩鳳〔一〕，酌醴鱠神魚〔二〕，千金買一醉，取樂不求餘。達士遺天地，東門有二疏〔三〕。愚夫同瓦石，有才知卷施。無事坐悲苦，塊然涸轍鮒（鮒，古本作「魚」，蕭氏以「魚」字重上一韻，當作「鮒」，音蒲無疑，今從之）〔四〕。

〔一〕吹簫致鳳，用蕭史事，見六卷注。

〔二〕嵇康詩：鸞觴酌醴，神鼎烹魚。《説文》：醴，酒一宿熟者。曹植詩：玉尊盈桂酒，河伯獻神魚。

〔三〕《漢書》：疏廣爲太傅，兄子受爲少傅。太子每朝，因進見，太傅在前，少傅在後。父子並爲師傅，朝廷以爲榮。在位五歲，廣謂受曰：「吾聞知足不辱，知止不殆，功遂身退，天之道也。今仕宦至二千石，宦成名立，如此不去，懼有後悔。豈如父子相隨出關，歸老故鄉，以壽命終，不亦善乎？」受叩頭曰：「從大人議。」即日，父子俱移病。滿三月賜告，廣遂稱篤，上疏乞骸骨。上以其年篤老，皆許之，加賜黄金二十斤，皇太子贈以五十斤。公卿、大夫、故人、邑子設祖道，供帳東都門外，送者車數百兩，辭決而去。及道路觀者皆曰：「賢哉二大夫。」廣既歸鄉里，日令家供具設酒食，請族人、故舊、賓客，與相娛樂。

〔四〕涸轍鮒，用莊子事，見二十卷注。

其六

運速天地閉〔一〕，胡風結飛霜。百草死冬月，六龍頹西荒〔二〕。太白出東方〔三〕，彗星揚精光〔四〕。鴛鴦非越鳥，何爲眷南翔〔五〕？惟昔鷹將犬〔六〕，今爲侯與王。得水成蛟龍〔七〕，爭池奪鳳凰〔八〕。北斗不酌酒，南箕空簸揚〔九〕。

〔一〕《周易》：天地閉，賢人隱。《月令》：孟冬之月，天氣上騰，地氣下降，天地不通，閉塞而成冬。

〔二〕六龍，謂天子大駕，詳八卷注。

〔三〕《漢書》：太白出西方，失其行，夷狄敗。出東方，失其行，中國敗。《宋書》：太白出東方，利用兵，西方不利。

〔四〕《晉書》：彗星，所謂掃星，本類星，末類彗。小者數寸，長或竟天。見則兵起、大水。主掃除，除舊布新。有五色，各依五行，本精所主。史臣按：彗本無光，傅日而爲光，故夕見則東指，晨見則西指，在日南北，皆隨日光而指。頓挫其芒，或長或短，光芒所及則爲災。《唐書》：乾元三年四月丁巳，有彗星見於東方，在婁、胃間，色白，長四尺，東方疾行，歷昴、畢、觜觿、參、東井、輿鬼、柳、軒轅，至右執法西，凡五旬餘不見。閏四月辛酉朔，有彗星出於西方，長數丈，至五月乃滅。婁爲魯，胃、昴、畢爲趙，觜觿、參爲唐，東井、輿鬼爲京師分，柳其半爲周分。二彗仍見者，薦禍也。

〔五〕曹植詩：願隨越鳥，翻飛南翔。

〔六〕陳琳《檄文》：謂其鷹犬之才，爪牙可任。《韻會》：將，與也。

〔七〕《魏書·楊大眼傳》：時將南伐，李沖典選征官，用爲軍主。大眼顧謂同僚曰：「吾之今日，所謂蛟龍得水之秋，自此一舉，終不復與諸君齊列矣。」

〔八〕《晉中興書》：荀勖徙中書監爲尚書令，人賀之，乃發恚曰：「奪我鳳凰池，卿諸人何賀我耶？」

〔九〕《詩·小雅》：惟南有箕，不可以簸揚。惟北有斗，不可以挹酒漿。孔穎達《正義》云：言惟此天上，其南則有箕星，不可以簸揚米粟。其北則有斗星，不可以挹觓其酒漿。

「運速天地閉」，喻國家否運之至，如四運將終之時，天地之氣亦爲之閉塞不通。「胡風結飛霜」，喻禄山起兵爲害。「百草死冬月」，喻人民遭亂而死。「六龍頽西荒」，喻明皇西幸蜀中。「太白出東方，彗星揚精光」，謂仰觀天象，昭昭可察，災害不知何日可除。「鴛鴦非越鳥，何爲眷南翔」，謂己非南人，而向南奔走。疑太白於此時偕婦同行，故用鴛鴦爲喻。此詩其作於流夜郎之前耶？「惟昔鷹將犬，今爲侯與王」，謂出身微劣，不過效鷹犬之用，而能得尺寸之功以致身高位者多也。「得水成蛟龍」，謂將帥郭子儀、李光弼一流。「爭池奪鳳凰」，謂宰相房琯、張鎬一流。「北斗不酌酒，南箕空簸揚」，傷己無人薦達，如彼天星之中北斗，雖有斗名，而不可用之以酌酒。南箕雖有箕名，而不可用之以簸揚米穀。徒有高才，不爲人用，其自悲之意深矣。蕭氏以爲太白從永王時作詩諷其勤王而王不從，故作是詩者，非也。

其七

世路今太行〔一〕，迴車竟何託。萬族皆凋枯〔二〕，遂無少可樂。曠野多白骨〔三〕，幽魂共銷鑠。榮貴當及時，春華宜照灼〔四〕。人非崑山玉〔五〕，安得長璀（取綷切，催上聲）錯〔六〕。身没期不朽，榮名在麟閣〔七〕。

〔一〕劉孝標《廣絶交論》：世路嶮巇，一至於此。太行孟門，豈云嶄絶。太行山路最爲險峻，見五卷注。

〔二〕陶潛詩：萬族各有託。

〔三〕《魏許昌碑表》：白骨既交輝於曠野。

〔四〕蘇武詩：努力愛春華。李善注：春華，喻少時也。古《讀曲歌》：千葉紅芙蓉，照灼緑水邊。

〔五〕《韓詩外傳》：玉出於崑山。

〔六〕《説文》：璀，玉光也。《魯靈光殿賦》：下弟蔚以璀錯。

〔七〕漢宣帝圖畫功臣於麒麟閣，詳四卷注。

其八

月色不可掃，客愁不可道。玉露生秋衣〔一〕，流螢飛百草。日月終銷毁〔二〕，天地同枯槁。蟪蛄啼青松〔三〕，安見此樹老。金丹寧誤俗，昧者難精討。爾非千歲翁，多恨去世早。飲酒入玉壺〔四〕，藏身以爲寶。

〔一〕《歲華紀麗》：秋露白，故曰玉露。

〔二〕《楚辭》：白日晼晚其將入兮，明月銷鑠而減毁。

〔三〕蟪蛄，寒蟬也，詳五卷注。

〔四〕費長房見老翁賣藥，市罷，輒跳入壺中。詳九卷注。

其九

生者爲過客，死者爲歸人〔一〕。天地一逆旅，同悲萬古塵〔二〕。月兔空擣藥〔三〕，扶桑已成（一作「以爲」）薪〔四〕。白骨寂無言，青松豈知春。前後更嘆息，浮榮何足珍。

〔一〕《列子》：古者謂死人爲歸人，夫言死人爲歸人，則生人爲行人矣。

〔二〕《左傳》：保於逆旅。杜預注：逆旅，客舍也。孔穎達《正義》：逆，迎也，旅，客也，迎止賓客之處也。《莊子》：悲夫！世人直爲物逆旅耳。

〔三〕傅玄《擬天問》：月中何有？白兔擣藥。

〔四〕《楚辭章句》：東方有扶桑之木，其高萬仞，日下浴於湯谷，上拂其扶桑，爰始而登，照曜四方。

其十

仙人騎彩鳳，昨下閬風岑〔一〕。海水三清淺〔二〕，桃源一見尋〔三〕。遺我緑玉盃，兼之紫瓊琴。盃以傾美酒，琴以閑素心〔四〕。二物非世有，何論珠與金。琴彈松裏風，盃勸天上月。風月長相知，世人何倏忽。

〔一〕《十洲記》：崑崙山三角，其一角正北，干辰之輝，名曰閬風巔。

〔二〕《神仙傳》：麻姑云：「接待以來，見東海三爲桑田。向到蓬萊，水又淺於往日。」

〔三〕桃源，見二卷注。

〔四〕江淹詩：素心正如此。李善注：《方言》曰：素，本也。

其十一

涉江弄秋水，愛此荷花鮮〔一〕。攀荷弄其珠，蕩漾不成圓。佳期綵雲重〔二〕，欲贈隔遠天。相思無由見，悵望涼風前。

〔一〕吴均詩：願君早旋反，及此荷花鮮。

〔二〕《楚辭》：與佳期兮夕張。

其十二

去去復去去，辭君還憶君〔一〕。漢水既殊流，楚山亦此分。人生難稱意〔二〕，豈得長爲群。越燕喜海日，燕鴻思朔雲〔三〕。别久容華晚，琅玕不能飯〔四〕。日落知天昏，夢長覺道遠。望夫登高山，化石竟不返〔五〕。

〔一〕《古詩》：行行重行行，與君生别離。

〔二〕鮑照詩：人生不得常稱意。

〔三〕《吴越春秋》：胡馬望北風而立，越燕向日而熙，誰不愛其所近，悲其所思者乎？《酉陽雜俎》：紫胸輕小者，是越燕。《爾雅翼》：越燕，小而多聲，頷下紫，巢於門楣上，謂之紫燕，亦謂之漢燕。顔延之《赭白馬賦》：眷西極而驤首，望朔雲而蹀足。

〔四〕張衡《南都賦》：珍羞琅玕，充溢圓方。李周翰注：琅玕，玉名，飲食比之所以爲美。

〔五〕《初學記》：劉義慶《幽明録》曰：武昌北山上有望夫石，狀若人立。古傳云：昔有貞婦，其夫從役遠赴國難，攜弱子餞送此山，立望其夫，而化爲石，因以爲名焉。

感興八首

瑶姬天帝女，精彩化朝雲〔一〕。宛轉入夢宵，無心向楚君。錦衾抱秋月〔二〕，綺席空蘭芬〔三〕。茫昧竟誰測，虚傳宋玉文〔四〕。

〔一〕瑶姬，見一卷《惜餘春賦》注。

〔二〕《詩·國風》：錦衾爛兮。

〔三〕江淹詩：綺席生浮埃。

〔四〕宋玉《高唐賦》，見二卷古詩第五十八首注。

其二

洛浦有宓（宓當作虙，即古伏字。後人有作宓者，誤也。或作密音讀，更非）妃〔一〕，飄飖雪爭飛。輕雲拂素月，了可見清輝。解珮欲西去（繆本作「走」），含情詎相違。香塵動羅襪，淥水不沾衣。陳王徒作賦，神女豈同歸〔二〕。好色傷大雅，多爲世所譏。

〔一〕《楚辭·九歎》：迎宓妃於伊雒。王逸注：宓妃，神女，蓋伊洛水之精也。《史記索隱》：如淳曰：宓妃，伏羲女，溺死洛水，遂爲洛水之神。曹植《洛神賦序》：黄初三年，余朝京師，還濟洛川，古人有言，斯水之神名曰宓妃，感宋玉對楚王神女之事，遂作斯賦。

〔二〕「髣髴兮若輕雲之蔽月，飄飖兮若流風之回雪。」「願誠信之先達，解玉佩以要之。」「凌波微步，羅襪生塵。」皆賦中語也。陳王，即曹植，植以太和六年封陳王。

蕭士贇曰《高唐》、《神女》二賦，乃宋玉寓言以成文章。《洛神賦》，則子建擬之而作。後世之人如癡子聽人説夢，以爲誠有其事。太白知其託詞，而譏其傷大雅，可謂識見高遠矣。

其三

裂素持作書〔一〕，將寄萬里懷。眷眷待遠信〔二〕，竟歲無人來。征鴻務隨（繆本作「從」）陽〔三〕，又不爲我棲。委之在深篋，蠹（繆本作「塵」）魚壞其題〔四〕。何如投水（繆本作「火」）中，流落他人開。不惜他人開，但恐生是非。

〔一〕《後漢書·范式傳》：裂素爲書，以遺巨卿。李善《文選注》：纂文曰書，縑曰素。

〔二〕《東觀餘論》：古者謂使爲信，故逸少帖云：信遂不取答。《真誥》云：公至山下，又遣一信見告。《謝宣城傳》云：荆州信去倚待。《陶隱居帖》云：明旦信還，仍過取反。凡言信者，皆謂使人也。近世猶有此語，故《虞永興帖》云：事已信人口具。而今之流俗遂以遺書餽物爲信，故謂之書信，而謂前人之語亦然，不復知魏、晉以還所謂信者乃使之别名耳。

〔三〕江淹詩：遠心何所慕，雲邊有征鴻。鄭康成《毛詩箋》：雁者，隨陽而處。孔安國《尚書傳》：隨陽之鳥，鴻雁之屬。孔穎達《正義》：日之行也，夏至漸南，冬至漸北。鴻雁之屬，九月而南，正月而北。左思《蜀都賦》所云「木落南翔，冰泮北徂」是也。日，陽也，此鳥南北與日進退，隨陽之鳥，故稱陽鳥。

〔四〕古人謂書籤爲題，傳所云「隋唐藏書，皆金題玉躞」是矣。此所云題者乃書札面上手筆封題之處。

其四

芙蓉嬌緑波，桃李誇白日。偶蒙春風榮，生此豔陽質。豈無佳人色，但恐花不實。宛轉龍火飛，零落互相失。詎知凌寒松，千載長守一〔一〕。

〔一〕守一，不變其常也。

蕭士贇曰：按此篇已見二卷古詩四十七首。必是當時傳寫之殊，編詩者不能别，姑存於此卷。觀者試以首句比並而論，美惡顯然，識者自見之矣。注已見前，不復重出。

其五

十五游神仙，仙游未曾歇。吹笙吟松風，汎瑟窺海月〔一〕。西山玉童子，使我鍊金骨〔二〕。欲逐黄鶴飛，相呼向蓬闕。

〔一〕江淹詩：汎瑟卧遥帷。張銑注：汎瑟，撫瑟也。

〔二〕魏文帝詩：西山一何高，高高殊無極。上有兩仙童，不飲亦不食。《靈寳經》：鍊骨成金。

其六

西國（胡本作「北」）有美女，結樓青雲端。蛾眉豔曉月，一笑傾城歡。高節不可奪（繆本作「奪明主」）〔一〕，炯心如凝丹〔二〕。常恐彩色晚〔三〕，不爲人所觀。安得配君子，共乘（繆本作「成」）雙飛鸞。

〔一〕古詩：君亮執高節。

〔二〕《晉書》：張華曰：「臣先帝老臣，中心如丹。」

〔三〕江淹詩：彩色世所重。

琦按：此篇與二卷中古詩之二十七首互有同異，想亦是其初稿，編詩者不審，遂重列於此耳。注已見前者，不復重出。

其七

竭來荊山客〔一〕，誰爲珉玉分〔二〕。良寶絶見棄，虚持三獻君。直木忌先伐，芬蘭哀自焚。盈滿天所損，沉冥道所群。東海有碧水，西山多白雲。魯連及夷、齊，可以躡清芬。

〔一〕竭來，詳見十三卷《懷友人岑倫》詩注。

〔二〕《説文》：珉，石之美者。鮑照詩：涇渭不可雜，珉玉當早分。

蕭士贇曰：此篇已見二卷古風之三十六首，但有數語之異，是亦當時初本傳寫之殊，編詩者不忍棄，兩存之耳。注已見前者，不復重出。

其八

嘉穀隱豐草〔一〕，草深苗且稀〔二〕。農夫既不異（胡本作「易」），孤穗（音遂）將安歸？常恐委疇隴〔三〕，忽與秋蓬飛。烏得薦宗廟，爲君生光輝。

〔一〕《書·吕刑》：農殖嘉穀。《説文》：禾，嘉穀也，二月始生，八月而熟，得時之中，故謂之禾。《詩·大雅》：茀厥豐草。

〔二〕陶潛詩：草盛豆苗稀。

〔三〕曹植詩：黍稷委疇隴，農夫安所獲。

蕭士贇曰：此篇比興之詩，刺時賢不能引類拔萃以爲國用者與？「嘉穀隱豐草，草深苗且稀」，喻賢人在野，混於常人之中。「農夫既不異，孤穗將安歸」，農夫見穀之在草，而不别異之，猶賢者見賢之在野，而不薦引之也。「常恐委疇隴，忽與秋蓬飛」，喻在野之賢唯恐老之將至與草木俱腐也。「烏得薦宗廟，爲君生光輝」，在野之賢冀在位之賢引而進之，以羽儀朝廷也。嗟乎！士懷才而不遇，千載讀之，猶有感激。

寓言三首

周公負斧扆（隱綺切，衣上聲，同倚）〔一〕，成王何夔夔〔二〕？武王昔不豫，剪爪投河湄。賢聖遇讒慝，不免人君疑。天風拔大木，禾黍咸傷萎。管、蔡扇蒼蠅，公賦《鴟鴞》詩。金縢若不啟，忠信誰明之〔三〕。

〔一〕《逸周書》：成王嗣，幼弱，未能踐天子之位。周公攝政，君天下，弭亂六年而天下大治。乃會方國諸侯於宗周，大朝諸侯明堂之位，天子之位負斧扆，南面立。《禮記·明堂位》：昔者周公朝諸侯於明堂之位，天子負斧依，南鄉而立。鄭康成注：負之言背也。斧依，爲斧文屏風於户牖之間，周公於前立焉。孔穎達《禮記正義》：天子當依而立者。依狀如屏風，以絳爲質，高八尺，東西當户牖之間，繡爲斧文也。亦曰斧依。故《覲禮》曰：天子設斧依於户牖之間，左右几，天子衮冕負斧依。鄭注云：依，如今綈素屏風也，有繡斧文，所以示威也。《爾雅》云：牖户之間謂之扆。郭注云：窗東户西也。依此諸解，是設依於廟堂户牖之間，天子見諸侯則依而立，負之而南面以對諸侯也。扆、依，古字通用。

〔二〕《書·舜典》：夔夔齋慄。孔安國傳：夔夔，悚懼貌。

〔三〕《尚書》：既克商二年，王有疾弗豫，二公曰：「我其爲王穆卜。」周公曰：「未可以戚我先王。」公乃自以爲功，爲三壇同墠，爲壇於南方北面，周公立焉，植璧秉珪，乃告太王、王季、文王。公歸，納册於金縢之匱中。王翼日乃瘳。武王既喪，管叔及其群弟流言於國，曰：「公將不利於孺子。」周公乃告二公曰：「我之弗辟，我無以告我先王。」周公居東二年，則罪人斯得。於後，公乃爲詩以貽王，名之曰《鴟鴞》。王亦未敢誚公。秋大熟，未穫。天大雷電以風，禾盡偃，大木斯拔，邦人大恐。王與大夫盡弁以啟金縢之書，得周公所自以爲功代武王之説。王執書以泣曰：「昔公勤勞王家，惟余沖人勿及知。今天動威以彰周公之德。唯朕小子，其親逆我國家，禮亦宜之。」王出郊，天乃雨，反風，禾則盡起，歲則大熟。《史記·蒙恬列傳》：昔周成王初立，未離襁褓，周公旦負王以朝，卒定天下。及成王有病甚殆，周公旦自揃其爪以沉於河，曰：「王未有識，是旦執事，有罪殃，旦受其不祥。」乃書而藏之記府。及王能治國，有賊臣言：「周公旦欲爲亂久矣，王若不備，必有大事。」王乃大怒。周公旦走而奔於楚。成王觀於記府，得周公旦沉書，乃流涕曰：「孰謂周公旦欲爲亂乎！」殺言之者，而反周公旦。《魯世家》亦載此事。太白此詩蓋合二事而互言之。

蕭士贇曰：此懼讒詩也，隱括金縢之事以申其意。

其二

遥裔（音曳）雙綵鳳〔一〕，婉孌三青禽〔二〕。往還瑶臺裏，鳴舞玉山岑〔三〕。以歡秦娥意〔四〕，復得王母心。區區（繆本作「驅驅」）精衛鳥，銜木空哀吟〔五〕。

〔一〕盧思道詩：丰茸雞樹密，遥裔鶴烟稠。

〔二〕毛萇《詩傳》：婉孌，少好貌。《山海經》：三青鳥，皆西王母使也。詳六卷注。

〔三〕瑶臺、玉山，皆西王母之居。見五卷注。江淹詩：願乘青鳥翼，徑出玉山岑。

〔四〕秦娥，謂秦穆公女弄玉也。見六卷注。

〔五〕精衞銜木填海，見一卷《大鵬賦》注。

蕭士贇曰：此刺當時出入宫掖，取媚后妃、公主，以求爵位者。綵鳳、青禽，以比佞幸。瑶臺、玉山，以比宫掖。秦娥，以比公主。王母，以比后妃。精衞銜木，以比小臣懷區區報國之心，盡忠竭誠而不見知，其意微而顯矣。

其三

長安春色歸，先入青門道〔一〕。緑楊不自持，從風欲傾倒。海燕還秦宫，雙飛入簾櫳〔二〕。相思不相（繆本作「可」）見，託夢遼城東〔三〕。

〔一〕《雍録》：青門，在漢都城，爲東面南來第一門，即邵平種瓜之地也。

〔二〕謝惠連詩：升月照簾櫳。《説文》：櫳，房室之疏也。

〔三〕秦置遼西、遼東二郡，因在遼水之西、東而名。在唐時，遼西爲柳城郡及北平郡之東境，遼東爲安東都護府之地，外與奚、契丹、室韋、靺鞨諸夷相接，皆邊城也，有兵戍之。

蕭士贇曰：此閨思詩也。良人從軍，滔滔不歸，感時觸物而動懷人之思者歟？緑楊、海燕，以起興也，婉然《國風》之體，所謂「聖於詩」者，此哉！

秋夕旅懷

涼風度秋海，吹我鄉思飛。連山去無際，流水何時歸。目極（繆本作「日夕」）浮雲色，心斷明月暉。芳草歇柔豔，白露催寒衣。夢長銀漢落，覺罷天星稀。含悲（繆本作「嘆」）想舊國，泣下誰能揮。

感遇四首

吾愛王子晉，得道伊、洛濱。金骨既不毀，玉顏長自春。可憐浮丘公〔一〕，猗靡與情親〔二〕。舉手白日間，分明謝時人。二仙去已遠，夢想空殷勤。

〔一〕王子晉、浮丘公事，詳見五卷《鳳笙篇》注。

〔二〕《子虛賦》：扶輿猗靡。張銑注：猗靡，相隨貌。阮籍詩：猗靡情歡愛。

蕭士贇曰：此詩蓋有所懷，託二仙而言也。

其二

可嘆東籬菊，莖疏葉且微（胡本作「肥」）。雖言異蘭蕙，亦自有芳菲。未泛盈樽酒，徒沾清露輝。當榮君不採〔一〕，飄落欲何依。

〔一〕陶潛詩：採菊東籬下。

其三

昔余聞姮（繆本作「常」）娥，竊藥駐雲髮。不自嬌玉顔，方希鍊金骨。飛去身莫返，含笑坐明月〔一〕。紫宮誇蛾眉〔二〕，隨手會凋歇。

〔一〕《淮南子》羿請不死之藥於西王母，恒娥竊以奔月。高誘注：恒娥，羿妻。羿請不死藥於西王母，未及服之，恒娥盗食之，得仙，奔入月中，爲月精也。

〔二〕左思詩：列宅紫宮裏。李周翰注：紫宮，天子所居處。

其四

宋玉事楚王，立身本高潔。巫山賦綵雲，郢路歌白雪。舉國莫能和，巴人皆卷舌〔一〕。一惑（蕭本作「感」）登徒言〔二〕，恩情遂中絶〔三〕。

〔一〕宋玉《高唐賦》言巫山綵雲，及《對楚王問》言，客有歌於郢中，爲《陽春白雪》，其曲彌高，其和彌寡。俱詳二卷注。

〔二〕《登徒子好色賦》：大夫登徒子侍於楚王，短宋玉曰：「玉爲人體貌閑麗，口多微辭，又性好色，願王勿與出入後宫。」王以登徒子之言問宋玉。玉曰：「體貌閑麗，所受於天也；口多微詞，所學於師也；至於好色，臣無有也。」王曰：「子不好色，亦有説乎？有説則止，無説則退。」

〔三〕班婕妤詩：棄捐篋笥中，恩情中道絶。

蕭士贇曰：太白此篇，借宋玉事以申己意也。

翰林讀書言懷呈集賢繆本多「院内」二字諸學士

《唐書·百官志》：開元十三年，改麗正修書院爲集賢殿書院。五品以上爲學士，六品以下爲直學士，宰相一人爲學士知院事，常侍一人爲副知院事。又置判院一人，押院中使一人。玄宗常選耆儒，日一人侍讀，以質史籍疑義，至是，置集賢院侍讀學士、侍講直學士。其後，又增置修撰官、校理官、待制官、留院官、知校討官、文學直之員。又云：學士之職，本以文學言語被顧問，出入侍從，因得參謀議、納諫諍，其禮尤寵。而翰林院者，待詔之所也。唐制：乘輿所在，必有文詞經學之士，下至卜、醫、伎術之流，皆直於別院，以備宴見。而文書、詔令則中書舍人掌之。自太宗時，名儒學士時時召以草制，然猶未有名號，乾封以後始號北門學士。玄宗初置翰林待詔，以張説、陸堅、張九齡等爲之，掌四方表疏批答、應和文章。既而又以中書務劇，文書多壅滯，乃選文學之士號翰林供奉，與集賢院學士分掌制詔、書勑。開元二十六年又改翰林供奉爲學士，別置學士院，專掌内命。凡拜免將相、號令征伐，皆用白麻。其後選用益重，而禮遇益親，至號爲内相。又以爲天子私人，凡充其職者無定員，自諸曹尚書，下至校書郎，皆得預選。

晨趨紫禁中〔一〕，夕待金門詔〔二〕。觀書散遺帙〔三〕，探古窮至妙。片言苟會心，掩卷忽而笑。青蠅易相點〔四〕，《白雪》難同調〔五〕。本是疏散人，屢貽褊促誚。雲天屬清朗，林壑憶游眺。或時清風來，閒倚欄（一作「簷」）下嘯。嚴光桐廬溪〔六〕，謝客臨海嶠〔七〕。功成謝人間（一作「君」），從此一投釣。

〔一〕謝莊《宋孝武宣貴妃誄》：收華紫禁。李善注：王者之宫，以象紫微，故謂宫中爲紫禁。李延濟注：紫禁，即紫宫，天子所居也。

〔二〕《漢書·東方朔傳》：待詔金門，稍得親近。

〔三〕《説文》：帙，書衣也。謝靈運詩：散帙問所知。散帙者，解散其書外所裹之帙而翻閱之也。

〔四〕陳子昂詩：青蠅一相點，白璧遂成冤。蓋青蠅遺糞白玉之上，致成點污，以比讒譖之言能使修潔之士致招罪尤也。

〔五〕《白雪》，曲名，其曲彌高，其和彌寡。見二卷注。

〔六〕章懷太子《後漢書注》：桐廬縣南有嚴子陵漁釣處，今山邊有石，上下可坐十人，臨水，名曰嚴陵釣壇也。

〔七〕謝客，即謝靈運，客是其小名。詳十六卷注。靈運有《登臨海嶠》詩，張銑注：臨海，郡名。嶠，山頂也。

尋陽紫極宫感秋作

《舊唐書》：開元二十九年正月制：兩京諸州各置玄元皇帝廟。天寶二年三月，改西京玄元廟爲太清宫，東京爲太微宫，天下諸郡爲紫極宫。《方輿勝覽》：江州紫極宫，去州二里，即今天慶觀。蘇東坡曰：李太白有《潯陽紫極宮感秋》，時紫極宮，今天慶觀也。道士胡洞微以石本示予，蓋其師卓玘之所爲。

何處聞秋聲，翛（音宵）翛北窗竹〔一〕。迴薄萬古心〔二〕，攬之不盈掬〔三〕。靜坐觀衆妙〔四〕，浩然媚幽獨〔五〕。白雲南山來，就我簷下宿〔六〕。嬾從唐生決〔七〕，羞訪季主卜〔八〕。四十九年非〔九〕，一往不可復。野情轉蕭散，世道有翻覆。陶令歸去來，田家酒應熟〔一〇〕。

〔一〕謝朓詩：颯颯滿池荷，翛翛蔭窗竹。古《塘上行》：邊地多悲風，樹木何翛翛。

〔二〕《皇娥歌》：萬象迴薄化無方。

〔三〕陸機詩：攬之不盈手。

〔四〕《老子》：衆妙之門。

〔五〕謝靈運詩：幽獨賴鳴琴。

〔六〕陶潛詩：白雲宿簷端。

〔七〕張衡《思玄賦》：感蔡子之慷慨，從唐生以決疑。用唐舉相蔡澤事，見十七卷注。

〔八〕《史記》：司馬季主者，楚人也，卜於長安東市。

〔九〕《淮南子》：蘧伯玉年五十而知四十九年非。

〔一〇〕陶潛《問來使》詩：歸去來山中，山中酒應熟。

江上秋懷

餐霞臥舊壑〔一〕，散髮謝遠游〔二〕。山蟬號枯桑，始復知天秋。朔雁別海裔〔三〕，越燕辭江樓〔四〕。颯颯風卷沙，茫茫霧縈洲。黄雲結暮色，白水揚寒流。惻愴心自悲，潺湲淚難收〔五〕。蘅蘭方蕭瑟〔六〕，長嘆令人愁。

〔一〕餐霞，吞食霞氣，仙家修鍊之法，詳十三卷注。

〔二〕散髮，不冠而髮披亂也。張華詩：散髮重陰下。

〔三〕謝靈運《撰征賦》：眷轉蓬之辭根，悼朔雁之赴越。《淮南子》：游於江潯海裔。高誘注：裔，邊也。

〔四〕越燕，今之紫燕，已見本卷注。

〔五〕《楚辭》：横流涕兮潺湲。王逸注：潺湲，流貌。

〔六〕郭璞《爾雅注》：杜蘅，似葵而香。邢昺疏：《本草唐本注》云：杜蘅，葉似葵，形如馬蹄，故俗云馬蹄香。生山之陰水澤下濕地。根似細辛、白前等。《山海經》云「天帝山有草，其狀如葵，其臭如蘼蕪，名曰杜衡。可以走馬，食之已癭」，是也。

秋夕書懷一作《秋日南游書懷》

北風吹海雁，南渡落寒聲。感此瀟湘客，悽其流浪情。海懷結滄洲（一作「遠心飛蒼梧」），霞（一作「遐」）想游（繆本作「遥」）赤城〔一〕。始探蓬壺事（一作「始採蓬壺術」）〔二〕，旋覺天地輕。澹然吟（一作「思」）高秋，閑卧瞻太清。蘿月掩（一作「隱」）空幕，松霜結（繆本作「霜皓」，一作「雲散」）前楹。滅見息群動〔三〕，獵微窮至精〔四〕。桃花有源水〔五〕，可以保吾生。

〔一〕《初學記》：《名山略記》云：赤城山，一名燒山，東卿司命君所居。洞周圍三百里，上有上玉清平天。詳見七卷注。

〔二〕《拾遺記》：蓬壺，蓬萊也。

〔三〕陶潛詩：日入群動息。

〔四〕《莊子》：至精無形。

〔五〕桃花源，見二卷注。

避地司空原言懷

《一統志》：司空山，在安慶府太湖縣西北一百六十里，山極高峻。山半有洗馬池，即古司空原，李白嘗避地於此。《太平寰宇記》：司空山，在舒州太湖縣東北一百三十里。

南風昔不競〔一〕，豪聖思經綸。劉琨與祖逖（音剔），起舞雞鳴晨。雖有匡濟心，終爲樂禍人〔二〕。我則異於是，潛光皖（音近緩）水濱〔三〕。卜築司空原〔四〕，北將天柱鄰〔五〕。雪霽萬里月，雲開九江春〔六〕。俟乎太階平〔七〕，然後託微身。傾家事金鼎〔八〕，年貌可（繆本作「何」）長新。所願得此道，終然保清真。弄景奔日馭〔九〕，攀星戲河津〔一〇〕。一隨王喬去〔一一〕，長年玉天賓〔一二〕。

〔一〕《左傳》：晉人聞有楚師，師曠曰：「不害，吾驟歌北風，又歌南風。南風不競，多死聲，楚必無功。」杜預注：歌者吹律以詠八風，南風音微，故曰不競也。太白借用作晉朝南渡兵力不競解。

〔二〕《晉書》：祖逖與劉琨俱爲司州主簿，情好綢繆，共被同寢。中夜，聞荒雞鳴，蹴琨覺，曰：「此非惡聲也。」因起舞。論曰：祖逖散穀周貧，聞雞暗舞，思中原之燎火，幸天步之多艱，原其素懷，抑爲貪亂者矣。太白樂禍之論蓋本於此。《梁書》：高祖覩海内方亂，有匡濟之心。

〔三〕曹植詩：潛光養羽翼，進趣且徐徐。《太平寰宇記》：皖水，在舒州懷寧縣西北，自壽州霍山縣南流入，經縣北二里，又東南流二百四十里入大江，謂之皖口。《一統志》：皖水在潛山縣北，下流會潛水，經府城，西達大江。

〔四〕《江南通志》：太白書堂，在太湖縣司空山，李白避地於此，有「卜築司空原」之句。

〔五〕《韻會》：將，與也。《唐六典注》：霍山，一名天柱，在舒州懷寧縣，自漢以來爲南岳。《通典》：舒州懷寧縣有灊山，一名天柱山。《方輿勝覽》：天柱峰，在皖山，高三千七百丈，周三百五十里。山東有瀑布。漢武帝嘗登此山，即司元洞府，九天司命真君所主也。《江南通志》：天柱山，在安慶府潛山縣，與潛山連，其峰最高，突出衆山之上，峭拔如柱，屹然爲尊，道書謂之司元洞天。漢武帝嘗登封於此，以代南岳。山有魏左慈煉丹故跡。

〔六〕九江，在潯陽，見十四卷注。

〔七〕《長楊賦》：玉衡正而泰階平。詳一卷《明堂賦》注。

〔八〕江淹《別賦》：鍊金鼎而方堅。李善注：鍊金爲丹之鼎也。

〔九〕《廣雅》：日御謂之羲和。陳子昂詩：還丹奔日馭，卻老餌雲霞。

〔一〇〕河津，謂天河之津。

〔一一〕王喬有三：一是上古之仙人，或稱王子喬，或稱王喬，《楚辭》中累引之，見十二卷注。一是周靈王之太子晉，亦稱王子喬，見五卷注。一是後漢時河東人，爲葉縣令者，見十一卷注。

〔二三〕玉天，道家所謂玉清境之天，天寶君所治，即清微天也。又王績詩：三山銀作地，八洞玉爲天。

上崔相百憂章 原注：時在尋陽獄。

崔相，即崔渙。詳十一卷注。按太白《爲宋中丞自薦表》云：「避地廬山，遇永王東巡脅行，中道奔走，卻至彭澤，具已陳首。前後經宣慰大使崔渙及臣推覆清雪，尋經奏聞。」此詩及《萬憤詞》皆作於是時。

共工赫怒，天維中摧〔一〕。鯤鯨（音琴）噴蕩〔二〕，揚濤起雷。魚龍陷人，成此禍胎〔三〕。火焚崑（繆本作「昆」）山，玉石相磓（音堆）〔四〕。仰希霖雨，灑寶炎煨（音近威）〔五〕。箭發石開〔六〕，戈揮日迴〔七〕。鄒衍慟哭，燕霜颯來〔八〕。微誠不感，猶縶（音執。一作「贄」）夏臺〔九〕。蒼鷹搏攫〔一〇〕，丹棘崔嵬〔一一〕。豪聖凋枯，王風傷哀〔一二〕。斯文未喪，東岳豈頹〔一三〕。穆逃楚難〔一四〕，鄒脱吴災〔一五〕。見機苦遲，二公所咍（呼來切，海平聲）〔一六〕。驥不驟進〔一七〕，麟何來哉〔一八〕！星離一門〔一九〕，草擲二孩。萬憤結緝（蕭本作「習」，一作「緝」）〔二〇〕，憂從中催。金瑟玉壺〔二一〕，盡爲愁媒。舉酒太息，泣血盈杯。台星再朗，天網重恢（音魁）〔二二〕。屈法申恩〔二三〕，棄瑕（音遐）取材〔二四〕。冶長非罪，尼父無猜〔二五〕。覆盆儻舉〔二六〕，應照寒灰〔二七〕。

〔一〕《列子》：共工氏與顓頊爭爲帝，怒而觸不周之山，折天柱，絶地維。成公綏《天地賦》：共工赫怒，天柱摧折。宋玉《大言賦》：壯士憤兮絶天維。

〔二〕鯤，北溟大魚也。鯨，亦海中大魚。俱見《大鵬賦》注。

〔三〕《漢書·枚乘傳》：福生有基，禍生有胎。

〔四〕《書·胤征》：火炎崑岡，玉石俱焚。《廣韻》：磓，落也。

〔五〕《韻會》：煨，燼也。

〔六〕《西京雜記》：李廣獵於冥山之陽，見卧虎，射之，没矢飲羽，進而視之，乃石也，其形類虎。退而更射，鏃破幹折而石不傷。予嘗以問揚子雲，子雲曰：「至誠，則金石爲開。」班固《幽通賦》：李虎發而石開。

〔七〕《淮南子》：魯陽公與韓搆，戰酣，日暮，援戈而揮之，日爲之反三舍。

〔八〕李善《文選注》：《淮南子》曰：鄒衍盡忠於燕惠王，惠王信譖而繫之，鄒衍仰天而哭，正夏而天爲之降霜。

〔九〕《史記》：桀召湯而囚之夏臺，已而釋之。《索隱》曰：夏臺，獄名。《廣雅》：獄，犴也。夏曰夏臺，殷曰羑里，周曰囹圄。

〔一〇〕《漢書》：郅都遷爲中尉，是時民朴，畏罪自重，而都獨先嚴酷，致行法不避貴戚，列侯宗室見都側目而視，號曰「蒼鷹」。顔師古曰：言其鷙擊之甚。

〔一一〕《周易》：寘於叢棘。虞翻注：獄外種九棘，故稱叢棘。孔穎達《正義》：謂囚執之處以叢棘而禁之也。《初學記》：《春秋元命苞》曰：樹棘槐，聽訟於其下。棘，赤心有刺，言治人者原其心不失赤，實事所以刺人，其情令各歸實。槐之言歸也，情見歸實。《爾雅翼》：棘有赤、白二種。丹棘，即赤棘也。

〔一二〕陳子昂詩：終古代興没，豪聖莫能爭。又云：丘陵徒自出，賢聖幾凋枯。楊齊賢注：豪聖，周公也。遭流言之變，王道凋枯，故豳以下諸詩傷哀之。

〔一三〕《禮記》：孔子早作，負手曳杖，逍遥於門，歌曰：「泰山其頹乎？梁木其壞乎？哲人其萎乎？」子貢聞之曰：「泰山其頹，則吾將安仰？梁木其壞，哲人其萎，則吾將安放？夫子殆將病也。」蓋寢疾七日而没。《初學記》：泰山，五岳之東岳也。

〔一四〕《漢書》：楚元王以穆生、白生、申公爲中大夫，穆生不嗜酒，元王每置酒，常爲穆生設醴。及王戊即位，常設，後忘設焉，穆生退曰：「可以逝矣，醴酒不設，王之意怠。不去，楚人將鉗我於市。」稱疾卧。申公、白生强起之，曰：「獨不念先王之德歟？今王一旦失小禮，何足至此？」穆生曰：「《易》稱：『知幾其神乎？君子見機而作，不俟終日。』先王之所以禮吾三人者，爲道之存故也。今而忽之，是忘道也，忘道之人，胡可以久處，豈爲區區之禮哉！」遂謝病去。申公、白生獨留。王戊稍淫暴，乃與吴通謀。二人諫，不聽，胥靡之，衣之赭衣，使杵臼雅舂於市。

〔一五〕又鄒陽，齊人也。仕吴，以文辯著名。吴王以太子事怨望，稱疾不朝，陰有邪謀，陽奏書諫，吴王不納其言，於是鄒陽知吴不可説，去之梁，從孝王游。

〔一六〕《廣韻》：咍，笑也。

〔一七〕宋玉《九辯》：驥不驟進而求服兮。

〔一八〕《家語》：叔孫氏之車士曰子鉏商，採薪於大野，獲麟焉，折其前左足，載以歸。叔孫以爲不祥，棄之於郭外。使人告孔子曰：「有麕而角者，何也？」孔子往觀之，曰：「麟也，胡爲來哉？胡爲來哉？」反袂拭面，涕泣沾襟。叔孫聞之，然後取之。子貢問曰：「夫子何泣爾？」孔子曰：「麟之至，爲明王也，出非其時而見害，吾是以傷焉。」

〔一九〕鮑照《舞鶴賦》：忽星離而雲罷。李善注：星離，分散也。

〔二〇〕《楚辭·九思》：心結縎兮折摧。《博雅》：結縎，不解也。

〔二一〕江淹詩：白露滋金瑟，清風蕩玉琴。

〔二二〕《晉書》：三台，六星，兩兩而居。起文昌，列抵太微，三公之位也。在人曰三公，在天曰三台。《老子》：天網恢恢，疏而不失。《説文》：恢，大也。台星再朗，謂崔相之明察，能照見幽微。天網重恢，冀其赦己之罪。

〔二三〕丘遲《與陳伯之書》：主上屈法申恩，吞舟是漏。

〔二四〕陳琳《爲袁紹檄豫州文》：收羅英雄，棄瑕取用。

〔二五〕《史記》：公冶長，齊人，字子長。孔子曰：「長，可妻也，雖在縲絏之中，非其罪也。」以其子妻之。

〔二六〕《抱朴子》：是責三光不照覆盆之内也。

〔二七〕《三國志》：起烟於寒灰之上，生華於已枯之木。

萬憤詞投魏郎中

海水渤（當作「浡」）潏（音聿）〔一〕，人羅鯨鯢〔二〕。蓊胡沙而四塞〔三〕，始滔天於燕、齊〔四〕。何六龍之浩蕩，遷白日於秦西〔五〕。九土星分〔六〕，嗷嗷悽悽（蕭本作「栖栖」，下韻重出，恐誤）。南冠君子〔七〕，呼天而啼。戀高堂而掩泣〔八〕，淚血地而成泥。獄户（霏玉本作「時當」）春而不草〔九〕，獨幽怨而沉迷〔一〇〕。兄九江兮弟三峽〔一一〕，悲羽化之難齊〔一二〕。穆陵關北愁愛子〔一三〕，豫章天南隔老妻〔一四〕。一門骨肉散百草，遇難不復相提攜。樹榛拔桂，囚鸞寵雞〔一五〕。舜昔授禹，伯成耕犂〔一六〕。德自此衰，吾將安栖。好我者恤我，不好我者何忍臨危而相擠。子胥鴟夷〔一七〕，彭越醢醢〔一八〕，自古豪烈，胡爲此繄（音近衣）〔一九〕？蒼蒼之天，高乎視低〔二〇〕，如其聽卑，脱我牢狴（邊迷切，音篦，又音批）〔二一〕。儻辨美玉，君收白珪（與圭同）〔二二〕。

〔一〕木華《海賦》：天綱浡潏。李善注：浡潏，沸湧貌。《桓子新論》曰：夏禹之時，洪水浡潏。

〔二〕鯨鯢，以喻不靖之人，詳八卷注，此以指禄山作亂也。

〔三〕李善《文選注》：翕，聚也。

〔四〕《書·堯典》：浩浩滔天。祿山自范陽起逆，遂據燕地，燕與齊接壤，故兼言之曰「始滔天於燕、齊」也。

〔五〕《淮南子注》：言日乘車駕以六龍。詳三卷注，以喻明皇幸蜀也。蜀在秦之西，故曰秦西。

〔六〕《國語》：能平九土。韋昭曰：九土，九州之土也。《淮南子》：何謂九州？東南神州曰農土，正南次州曰沃土，西南戎州曰滔土，正西弇州曰并土，正中冀州曰白土，西北台州曰肥土，正北濟州曰成土，東北薄州曰隱土，正東陽州曰伸土。左思《蜀都賦》：九土星分，萬國錯峙。

〔七〕《左傳》：晉侯觀於軍府，見鍾儀，問之曰：「南冠而縶者，誰也？」有司對曰：「鄭人所獻楚囚也。」使稅之，召而弔之，再拜稽首。問其族，對曰：「伶人也。」使與之琴，操南音。公語范文子，文子曰：「楚囚，君子也。」

〔八〕蕭士贇曰：高堂，喻朝廷也。琦按：世之稱父母多曰高堂，太白詩中絶無思親之句，疑其遷化久矣。考《漢書·賈誼傳》曰：人主之尊譬如堂，群臣如陛，衆庶如地，故陛九級上，廉遠地，則堂高。陛亡級，廉近地，則堂卑。高者難攀，卑者易陵，理勢然也。蕭氏以高堂爲喻朝廷，其説近是。

〔九〕《梁書》：抱痛圜門，含憤獄户。

〔一〇〕劉公幹詩：沉迷簿領書，回回自昏亂。

〔一一〕《文獻通考》：九江，在江州之西北，詳十四卷注。《四川通志》：巫峽，在巫山縣東三十里，與西陵峽、歸峽並稱三峽。上自夔州，下至歸州、夷陵州，凡七百里中皆三峽之地。

〔一二〕羽化，如仙人之化生羽翼，蓋謂弟兄天各一方，欲如飛仙之輕舉遠逝而相聚會，不能得也。

〔一三〕《唐書·地理志》：沂州沂水縣北有穆陵關。《山東通志》：穆陵關，在沂水縣北一百二十里，古齊關也。《一統志》：穆陵關，在青州大峴山上。《左傳》：齊桓公曰：「賜我先君履，南至於穆陵。」即此。又《元和郡縣志》：穆陵關，在黄州麻城縣西八十八里，在穆陵山上。是穆陵關有二處，而太白所稱者，則齊地之穆陵關也。蓋是時伯禽尚在東魯未歸耳。

〔一四〕豫章，郡名，唐時屬江南西道，又謂之洪州，在潯陽郡之南。疑太白卧廬山時，家室寓此，《流夜郎寄内》詩曰「南來不得豫章書」，可見。

〔一五〕《後漢書》：公卿所舉，率黨其私，所謂「放鴟鴞而囚鸞鳳」。

〔一六〕《莊子》：堯治天下，伯成子高立爲諸侯。堯授舜，舜授禹，伯成子高辭爲諸侯而耕。禹往見之，則耕在野。禹趨就下風，立而問焉，曰：「昔堯治天下，吾子立爲諸侯，堯授舜，舜授予，吾子辭爲諸侯而耕，敢問其故何也？」子高曰：「昔堯治天下，不賞而民勸，不罰而民畏。今子賞罰而民且不仁，德自此衰，刑自此立，後世之亂自此始矣。夫子闔行耶？無落吾事。」俋俋乎耕而不顧。

〔一七〕《説苑》：吴王賜子胥屬鏤之劍，曰：「子以此死。」子胥乃自刺殺。吴王取子胥尸，盛以鴟夷，浮之江中。《漢書》：比干剖心，子胥鴟夷。應劭曰：吴王取馬革爲鴟夷，盛子胥而沉之江。鴟夷，榼形。顔師古曰：鴟夷，即今之盛酒鴟夷幐。高誘《吕覽注》：革囊之大者爲鴟夷。《史記索隱》：韋昭云：以皮作鴟鳥形，名曰鴟夷。鴟夷，皮榼也。服虔云：用馬革作囊以裹尸，投之於江。

〔一八〕《史記》：漢誅梁王彭越，醢之，盛其醢，偏賜諸侯。

〔一九〕《廣韻》：緊，辭也。《韻會》：緊，語助也。

〔二〇〕《莊子》：天之蒼蒼，其正色耶。《吕氏春秋》：天之處高而聽卑。

〔二一〕《初學記》：狴牢者，亦獄别名。《家語》：孔子爲魯司寇，有父子訟者，夫子同狴執之。王肅注：狴，獄牢也。

〔二二〕《詩·小雅》：白圭之玷，尚可磨也。

琦按：《太白集》中，稱其兄者五人：新平長史粲也，襄陽少府皓也，虞城宰錫也，中都明府某也，徐王延年也。稱其弟者十七人：金城尉叔卿也，臨洺令皓也，舍人臺卿也，南平太守之遥也，宣州長史昭也，單父主簿凝也，鄱陽司馬昌峘也，溧陽尉濟也，京兆參軍令問也，不言職位者延陵也，冽也，幼成也，況也，襄也，綰也，錞也，浮屠談皓也。大抵皆從兄弟也。此詩有云「兄九江兮弟三峽」，與下文「愛子」「老妻」並言，似指其親兄弟而言。上有兄，下有弟，則太白乃其仲歟？然兄弟之名則無可據，姑表出之，以俟淹博者之詳考。

荆州賊亂蕭本作「平」臨洞庭言懷作

《通鑑》：乾元二年八月，襄州將康楚元、張嘉延據州作亂，刺史王政奔荆州。楚元自稱南楚霸王。九月，張嘉延襲破荆州，荆南節度使杜鴻漸棄城走，澧、朗、郢、峽、歸等州，官吏聞之，爭潛竄山谷。十一月，康楚元等衆至萬餘人。商州刺史、充荆襄等道租庸使韋倫發兵討之，駐於鄧之境，招諭降者，厚撫之，伺其稍怠，進軍擊之，生擒楚元，其衆遂潰，得其所掠租庸二百萬緡，荆、襄皆平。

修蛇橫洞庭，吞象臨江島。積骨成巴陵，遺言聞楚老〔一〕。水窮三苗國〔二〕，地窄三湘道〔三〕。歲晏天崢嶸〔四〕，時危人枯槁。思歸阻喪亂，去國傷懷抱。郢路方丘墟〔五〕，章華亦傾倒〔六〕。風悲猿嘯苦，水落鴻飛早。日隱西赤沙，月明東城草〔七〕。關河望已絶，氛霧行當掃〔八〕。長叫天可聞，吾將問蒼昊〔九〕。

〔一〕《淮南子》：堯乃使羿斷修蛇於洞庭。高誘注：修蛇，大蛇，吞象三年而出其骨之類。《元和郡縣志》：昔羿屠巴蛇於洞庭，其骨若陵，故曰巴陵。

〔二〕孔安國《尚書傳》：三苗之國左洞庭、右彭蠡，在荒服之例，去京師二千五百里。《通典》：岳州古蒼梧之野，亦三苗國之地。青草、洞庭湖在焉，二湖相連，青草在南，洞庭在北。注云：凡今長沙、衡陽諸郡，皆古三苗之地。

〔三〕三湘，詳一卷《悲清秋賦》注。

〔四〕《楚辭》：歲既晏兮孰華予。王逸注：晏，晚也。鮑照《舞鶴賦》：歲崢嶸而愁暮。李善注：《廣雅》曰：崢嶸，高貌。歲之將盡，猶物之高也。

〔五〕《通典》：江陵郡，今之荆州。春秋以來，楚國之都謂之郢都，西通巫、巴，東接雲、夢，亦一都會也。《楚辭》：惟郢路之遼遠。左思《魏都賦》：臨淄牢落，鄢郢丘墟。吕延濟注：丘墟，謂居人少也。

〔六〕《方輿勝覽》：江陵府有章華臺。晉杜預云：「在今南郡華容城中。」華容，即今監利。

〔七〕《水經注》：洞庭湖水廣圓五百餘里，日月若出没於其中。《方輿勝覽》：洞庭湖在巴陵縣西，西吞赤沙，南連青草，横亘七八百里。《岳陽風土記》：赤沙湖，在華容縣南，夏秋水泛，與洞庭洪通。杜甫《道林岳麓詩》所謂「殿角插入赤沙湖」也。《一統志》：赤沙湖，在洞庭湖西，夏秋水泛，與洞庭爲一，涸時惟見赤沙。舊記云：洞庭南連青草，西亘赤沙，七八百里，又謂之三湖。《初學記》：盛弘之《荆州記》云：巴陵南有青草湖，周迴數百里，湖南有青草山，因以爲名。《一統志》：青草湖，一名巴丘湖，北連洞庭，南接瀟湘，東納汨羅之水，每夏秋水泛，與洞庭爲一，水涸則此湖先乾，青草生焉。琦按：「城草」，恐是「青草」之訛，然青草在南，而詩云「東青草」，則又未敢定也。

〔八〕江淹詩：皇晉遘陽九，天下横氛霧。張銑注：氛霧，喻亂賊也。

〔九〕王延壽《魯靈光殿賦》：承蒼昊之純殷。張載注：蒼、昊，皆天之稱也，春爲蒼天，夏爲昊天。

覽鏡書懷

得道無古今，失道還衰老。自笑鏡中人，白髮如霜草。捫心空嘆息，問影何枯槁？桃李竟何言〔一〕，終成南山皓〔二〕。

〔一〕《史記》：桃李不言，下自成蹊。

〔二〕南山四皓，見二十二卷注。

田園言懷

賈誼三年謫〔一〕，班超萬里侯〔二〕。何如牽白犢〔三〕，飲水對清流〔四〕。

〔一〕《漢書》：賈誼爲長沙傅，三年，有服飛入誼舍，止於坐隅。誼既以謫居長沙，長沙卑濕，誼自傷悼，以爲壽不得長，乃爲賦以自廣。

〔二〕《後漢書》：班超行詣相者，曰：「祭酒，布衣諸生耳，而當封侯萬里之外。」超問其狀，相者指曰：「生燕頷虎頭，飛而食肉，此萬里侯相也。」後使西域，西域五十餘國悉皆納質内屬，封超爲定遠侯。

〔三〕《淮南子》：宋人好善者家，無故黑牛生白犢。

〔四〕《高士傳》：許由，堯召爲九州長，由不欲聞之，洗耳於潁濱。時其友巢父牽犢欲飲之，見由洗耳，問其故，對曰：「堯欲召我爲九州長，惡聞其聲，是故洗耳。」巢父曰：「子若處高岸深谷，人道不通，誰能見子？子故浮游，欲聞求其名譽，污吾犢口。」牽犢上流飲之。詩意謂仕宦而不得志如賈誼一流，得志如班超一流，皆羈旅異方，不如巢、許隱居獨樂，安步田園之爲善也，其旨深矣。

江南春懷

青春幾何時，黃鳥鳴不歇〔一〕。天涯失鄉（一作「歸」）路，江外老華髮〔二〕。心飛秦塞雲，影滯楚關月。身世殊爛熳，田園久蕪没。歲晏何所從〔三〕？長歌謝金闕〔四〕。

〔一〕《埤雅》：黄鳥，亦名黎黄，其色黎黑而黄也。鳴則蠶生。韓子曰「以鳥鳴春」，若黄鳥之類，其善鳴者也。陰陽運作推移，時至氣動，不得不爾，故先王以候節令。

〔二〕華髮，見九卷注。

〔三〕歲晏，見本卷注。

〔四〕《楚辭章句》：謝，去也。金闕，猶金門。「長歌謝金闕」，見不復有仕進之意。

聽蜀僧濬彈琴

蜀僧抱緑綺〔一〕，西下峨眉峰〔二〕。爲我一揮手〔三〕，如聽萬壑松。客心洗流水〔四〕，遺響入霜鐘〔五〕。不覺碧山暮，秋雲暗幾重。

〔一〕緑綺，司馬相如之琴也，見二十卷注。

〔二〕《唐書·地理志》，嘉州羅目縣有峨眉山。

〔三〕嵇康《琴賦》：伯牙揮手。李善注：揮，動也。

〔四〕流水，見十六卷注。

〔五〕《山海經》：豐山有九鐘焉，是知霜鳴。郭璞注：霜降則鐘鳴，故言知也。

魯東門觀刈蒲

《埤雅》：蒲，水草也，似莞而褊，有脊，生於水涯，柔滑而温，可以爲席。

魯國寒事早〔一〕，初霜刈渚蒲〔二〕。揮鐮（音廉）若轉月〔三〕，拂水生連珠。此草最可珍，何必貴龍鬚〔四〕，織作玉牀席，欣承清夜娱。羅衣能再拂，不畏素塵蕪〔五〕。

〔一〕陸倕詩：江關寒事早，夜露傷秋草。

〔二〕梁簡文帝詩：渚蒲變新節。

〔三〕《方言》：刈鉤，自關而西或謂之鉤，或謂之鐮。顔師古《急就篇注》：鉤，即鐮也，形曲如鈎，因以名云。

〔四〕《蜀本草》：龍芻，叢生，莖如綖，所在有之，俗名龍鬚草，可爲席。

〔五〕謝朓《咏席》詩：但願羅衣拂，無使素塵彌。

詠鄰女東窗海石榴

《太平廣記》：新羅多海紅并海石榴。唐贊皇李德裕言：花名中帶「海」者，悉從海東來。

魯女東窗下，海榴世所稀。珊瑚映緑水〔一〕，未足比光輝。清香隨風發〔二〕，落日好鳥歸。願爲東南枝，低舉拂羅衣。無由一（蕭本作「共」）攀折，引領望金扉〔三〕。

〔一〕潘岳《安石榴賦》：似長離之棲鄧林，若珊瑚之映緑水。

〔二〕《古詩》：清商隨風發。

〔三〕潘岳詩：引領望京室。王延壽《魯靈光殿賦》：排金扉而北入。張銑注：扉，門扉也。

南軒松

南軒有孤松，柯葉自綿冪（音密）〔一〕。清風無閑時，蕭灑終日夕。陰生古苔緑，色染秋烟碧。何當凌雲霄，直上數千尺。

〔一〕綿冪，枝葉稠密而相覆之意。

詠山樽二首 前一首一作《詠柳少府山癭木樽》

蟠木不彫飾〔一〕，且將斤斧（繆本作「斧斤」）疏。樽成山岳勢，材是棟梁餘。外與金罍並〔二〕，中涵玉醴虛〔三〕。慙君垂拂拭，遂忝玳筵居〔四〕。

〔一〕《漢書》：蟠木根柢，輪囷離奇。顔師古注：蟠木，屈曲之木也。

〔二〕金罍，酒器，見七卷注。

〔三〕張衡《思玄賦》：噏青岑之玉醴兮。吕向注：玉醴，玉泉也。嵇康《琴賦》：玉醴湧其前。吕延濟注：玉醴，玉漿也，味如酒。此詩之意，則以玉醴爲酒也。

〔四〕江總詩：玳筵歡趣密。

其二

擁腫寒山木〔一〕，嵌（立銜切，音近龕）空成酒樽〔二〕。愧無江海量，偃蹇在君門。

〔一〕《莊子》：吾有大樹，人謂之樗。其大本擁腫而不中繩墨。

〔二〕《甘泉賦》：嵌巖巖其龍鱗。顔師古注：嵌，開張貌。

初出金門尋王侍御不遇咏壁上鸚鵡 一作《勑放歸山留別陸侍御不遇詠鸚鵡》

落羽辭金殿，孤鳴託（蕭本作「吒」）繡衣〔一〕。能言終見棄〔二〕，還向隴西（繆本作「山」）飛。

〔一〕御史繡衣，見十一卷注。

〔二〕張華《禽經注》：鸚鵡，出隴西，能言鳥也。

紫藤樹

紫藤挂雲木，花蔓宜陽春。密葉隱歌鳥，香風留（蕭本作「流」）美人。

《筆談》：黄環，即今之朱藤也。葉如槐，其花穗懸，紫色，如葛花，可作菜食，火不熟，亦有小毒。京師人家園圃中作大架種之，謂之「紫藤花」者是也，實如皂莢。《蜀都賦》所謂「青珠黄環」者，「黄環」即此藤之根，古今皆種以爲庭檻之飾。

觀放白鷹二首

八月邊風高，胡鷹白錦毛。孤飛一片雪，百里見秋毫。

其二

寒冬十二月〔一〕，蒼鷹八九毛〔二〕。寄言燕雀莫相啅（音捉）〔三〕，自有雲霄萬里高。

〔一〕蘇武詩：寒冬十二月，晨起踐嚴霜。

〔二〕鷹一歲色黄，二歲色變次赤，三歲而色始蒼矣，故謂之蒼鷹。八九毛者，是始獲之鷹，剪其勁翮，令不能遠舉颺去。

〔三〕啅，衆口貌，太白借用作嘲誚意。

此詩《河嶽英靈集》以爲高適之作，題云《見薛大臂鷹作》。適集亦載此詩。

觀博平王志安少府山水粉圖

唐河北道博州博平郡有博平縣。

粉壁爲空天，丹青狀江海。游雲不知歸，日見白鷗在。博平真人王志安，沉吟至此願挂冠〔一〕。松溪石磴（音鐙，或作「嶝」，音義同。繆本作「嶝」）帶秋色〔二〕，愁客思歸坐（繆本作「生」）曉寒。

〔一〕《南史》：蕭眎素爲諸暨令，到縣十餘日，挂衣冠於縣門而去。《釋常談》：休官謂之挂冠。西漢馮萌見王莽篡逆，乃曰：「不去，禍將及身。」遂解冠挂於城東門而去。

〔二〕《韻會》：磴，登涉之道也。

題雍丘崔明府丹竈

唐河南道汴州陳留郡有雍丘縣。

美人爲政本忘機，服藥求仙事不違。葉縣已泥丹竈畢，瀛洲當伴赤松歸〔一〕。先師有訣神將助〔二〕，大聖無心火自飛。九轉但能生羽翼〔三〕，雙鳧忽去定何依〔四〕。

〔一〕瀛洲，海中仙山，見十五卷注。赤松子，古仙人，見二卷注。

〔二〕《抱朴子》：古之道士合作神藥，必入名山，山神必助之爲福，藥必成。

〔三〕又云：一轉之丹服之，三年得仙。二轉之丹服之，二年得仙。三轉之丹服之，一年得仙。四轉之丹服之，半年得仙。五轉之丹服之，百日得仙。六轉之丹服之，四十日得仙。七轉之丹服之，二十日得仙。八轉之丹服之，十日得仙。九轉之丹服之，三日得仙。魏文帝詩：服藥四五日，身輕生羽翼。

〔四〕《風俗通》：俗説孝明帝時，尚書郎河東王喬遷爲葉令。喬有神術，每月朔嘗詣臺朝。帝怪其來數而無車騎，密令太史候望。言其臨至時，常有雙鳧從南飛來，因伏伺，見鳧舉羅，但得一雙舄耳。使尚方識視，四年中所賜尚書官屬履也。

觀元丹丘坐巫山屏風

昔游三峽見巫山〔一〕，見畫巫山宛相似。疑是天邊十二峰，飛入君家綵屏裏。寒松蕭颯如有聲，陽臺微茫如有情〔二〕。錦衾瑶席何寂寂〔三〕，楚王神女徒盈盈〔四〕。高咫尺，如千里〔五〕，翠屏丹崖粲如綺。蒼蒼遠樹圍荆門，歷歷行舟泛巴水〔六〕。水石潺湲萬壑分〔七〕，烟光草色俱氳氛〔八〕。溪花笑日何年發，江客聽猿幾歲聞。使人對此心緬邈〔九〕，疑入高（蕭本作「嵩」，誤）丘夢綵雲。

〔一〕《太平寰宇記》：巫山縣有巫山。盛弘之《荆州記》云：沿峽二十里有新崩灘至巫峽，因山而名也，首尾一百六十里。舊云：自三峽取蜀，數千里恒是一山，此蓋好大之言也。惟三峽七百里，兩岸連山，略無缺處，重巖疊嶂，隱天蔽日，自非亭午夜分，不見日月，所謂高山尋雲，怒湍流水，絶非人境。神女廟，在峽之岸。

〔二〕《四川省志》：巫山在夔州巫山縣東三十里，形如「巫」字，有峰十二，曰：望霞、翠屏、朝雲、松巒、集仙、聚鶴、淨壇、上昇、起雲、棲鳳、登龍、望聖也。此十二峰者，不聚一面，乃江繞此山，周遭有十二峰，繪者不得不彙爲一圖耳。陽臺山，在巫山縣治西北，高丘山亦在其間。

〔三〕《楚辭》：瑶席兮玉瑱。王逸注：瑶玉爲席。湯惠休詩：錦衾瑶席爲誰芳。

〔四〕《高唐賦》載巫山神女與楚王夢遇，自言「妾在巫山之陽，高丘之岨，旦爲朝雲，暮爲行雨，朝朝暮暮，陽臺之下」，是也。後人立神女廟於山下，今謂妙用真人祠。

〔五〕《南史》：蕭賁善畫，於扇上圖山水，咫尺之内，便覺萬里爲遥。

〔六〕荆門，在巫山之下流。巴水，在巫山之上流。《一統志》：荆門山，在湖廣荆州宜都縣西北五十里大江南，與虎牙相對。《水經注》：巴水出晉昌郡宣漢縣巴嶺山，西南流，歷巴中，經巴城故城南，李嚴所築大城北，西南入江。《四川通志》：巴江，在重慶府巴縣東北，閬水與白水合流，曲折三回如巴字，因名巴江。琦謂：詩中所云巴水，似指巴地所經之水而言，不專謂曲折三回之巴江也。

〔七〕《廣韻》：潺湲，水流貌。

〔八〕氛氳，祥氣也。

〔九〕謝靈運詩：緬邈區中緣。張銑注：緬邈，髣髴也。

求崔山人百丈崖瀑布圖

《天台山志》：百丈巖，在天台縣西北二十五里崇道觀西北，與瓊臺相望，峭險東隘，四山牆立。下爲龍湫，翠蔓蒙絡，水流聲潨然，盤潤繞麓，入爲靈溪。由高視下，淒神寒骨。

百丈素崖裂，四山丹壁開。龍潭中噴射，晝夜生風雷。但見瀑（音僕）泉落〔一〕，如潨（音叢）雲漢來〔二〕。聞君寫真圖，島嶼備縈迴。石黛刷幽草〔三〕，曾青澤古苔〔四〕。幽緘儻相傳〔五〕，何必向天台。

〔一〕《韻會》：瀑，飛泉懸水也。

〔二〕溕，水會也。

〔三〕徐陵《玉臺新詠序》：南都石黛，最發雙蛾。《韻會》：黛，《説文》：畫眉墨也。本作黱，今作黛。

〔四〕《荀子·王制篇》：南海則有羽翮、齒革、曾青、丹干焉。楊倞注：曾青，銅之精，可繪畫及化黄金者。出蜀山越崖。又《正論篇》：加之以丹矸，重之以曾青。楊倞注：曾青，銅之精，形如珠者，其色極青，故謂之曾青。

〔五〕謝惠連詩：盈筐自予手，幽緘候君開。李延濟注：幽密緘封也。

見野草中有名蕭本作「曰」白頭翁者

《名醫别録》：白頭翁，處處有之。近根處有白茸，狀似白頭老翁，故以爲名。《唐本草》：白頭翁，其葉似芍藥而大。抽一莖，莖頭一花，紫色，似木槿花。實大者如雞子，白毛寸餘，皆披下如纛。頭正似白頭老翁，故名焉。陶言「近根有白茸」，似不識也。

醉入田家去，行歌荒野中。如何青草裏，亦有白頭翁？折取對明鏡，宛將衰鬢同。微芳似相誚，留（繆本作「流」）恨向東風。

流夜郎題葵葉

慚君能衛足〔一〕，嘆我遠移根。白日如分照，還歸守故園。

〔一〕《左傳》：鮑莊子之智不如葵，葵猶能衛其足。杜預注：葵傾葉向日，以蔽其根。

瑩禪師房觀山海圖

真僧閉精宇，滅跡含達觀〔一〕。列障（繆本作「嶂」）圖雲山〔二〕，攢峰入霄漢。丹崖森在目，清晝疑卷幔〔三〕。蓬壺來軒窗，瀛海入几案〔四〕。烟濤爭噴薄，島嶼（音序）相凌亂〔五〕。征帆飄空中，瀑水灑天半。崢嶸若可涉，想像徒盈嘆。杳與真心冥，遂諧靜者翫。如登赤城裏〔六〕，揭涉（繆本作「步」）滄洲畔〔七〕。即事能娛人，從兹得蕭（蕭本作「消」）散。

〔一〕謝靈運詩：滅跡入雲峰。

〔二〕《韻會》：障，步障也。

〔三〕《廣韻》：幔，帷幔也。

〔四〕《拾遺記》：蓬壺，蓬萊也。瀛海，大海也。見廿二卷注。

〔五〕《初學記》：海中山曰島，海中洲曰嶼。

〔六〕《登真隱訣》云：赤城山下有丹洞，在三十六洞天數，其山足丹。

〔七〕《韻會》：褰裳渡水，由膝以下曰揭。

白鷺鷥

白鷺下秋水，孤飛如墜霜。心閑且未去，獨立沙洲傍。

詠槿二首

槿，繆本作「桂」。琦案詩辭，前首是詠槿，次首乃咏桂也。二本各有誤處，識者定之。

《本草衍義》：木槿，花如小葵，淡紅色，五葉成一花，朝開暮斂。湖南北人家多種植之，以爲籬障。《韻會》：槿，木名。《爾雅》：櫬也。其花朝生暮落，一名「日及」，一名「蕣華」，蓋取一瞬之義。

園花笑芳年，池草豔春色。猶不如槿花，嬋（音禪。繆本作「嬗」，音近駢）娟玉堦側〔一〕。芬榮何夭促，零落在瞬息。豈若瓊樹枝，終歲長翕赩（音釋，又音赫）〔二〕。

〔一〕《廣韻》：嬋娟，好姿態貌。嬗娟，美貌。又云：舞貌。

〔二〕江淹詩：終歲如瓊草，紅華長翕赩。又云：瑶草正翕赩。吕向注：翕赩，茂鬱貌。

其二

世人種桃李，多（蕭本作「皆」）在金、張門〔一〕。攀折爭捷徑〔二〕，及此春風暄。一朝天霜下，榮耀難久存。安知南山桂，緑葉垂芳根。清陰亦可託，何惜樹君園。

〔一〕《漢書·蓋寬饒傳》：上無許、史之屬，下無金、張之託。顔師古注：許氏、史氏有外屬之恩，金氏、張氏自託在於近狎也。

〔二〕《離騷》：夫唯捷徑以窘步。王逸注：捷，疾也。徑，邪道也。

白胡桃

紅羅袖裏分明見，白玉盤中看卻無。疑是老僧休念誦，腕前推下水精珠〔一〕。

〔一〕《初學記》：沈懷遠《南越志》云：海中有火珠、明月珠、水精珠。

巫山枕障

巫山枕障畫高丘，白帝城邊樹色秋。朝雲夜入無行處，巴水横天更不流〔一〕。

〔一〕巫山，在巫山縣。白帝城，在奉節縣。俱在夔州之東。高丘，在巫山之陽。巴水，即巫山下所經之水。俱見前注。

南奔書懷 一作《自丹陽南奔道中作》

遥夜何漫漫（一作「時旦」）〔一〕，空歌白石爛。甯戚未匡齊〔二〕，陳平終佐漢〔三〕。攙搶（攙，初銜切，插平聲。搶，音撑。與欃槍同）掃河、洛〔四〕，直割鴻溝半〔五〕。曆數方未遷〔六〕，雲雷屢（一作「起」）多難〔七〕。天人秉旄鉞〔八〕，虎竹光藩翰〔九〕。侍筆黃金臺，傳觴青玉案〔一〇〕。不因秋風起，自有思歸嘆〔一一〕。主將動讒疑，王師忽離叛。自來白沙上（一作「兵羅滄海上」）〔一二〕，鼓噪丹陽岸〔一三〕。賓御如浮雲〔一四〕，從風各消散。舟中指可掬〔一五〕，城上骸爭爨〔一六〕。草草出近關，行行昧前算〔一七〕。南奔劇星火，北寇無涯畔。顧乏七寶鞭，留連道傍（繆本作「邊」）翫〔一八〕。太白夜食昴，長虹日中貫〔一九〕。秦、趙興天兵，茫茫九州亂。感遇（一作「結」）明主恩，頗高祖遜言。過江誓流水，志在清中原〔二〇〕。拔劍擊前柱〔二一〕，悲歌難重論。

〔一〕《楚辭》：靚杪秋之遥夜。遥夜，長夜也。

〔二〕《孟子疏》：《三齊記》云：齊桓公夜出迎客，甯戚疾擊其牛角高歌曰：「南山粲，白石爛，生不遭堯與舜禪。短布單衣適至骭，從昏飯牛薄夜半。長夜曼曼何時旦？」桓公乃召與語，悦之，遂以爲大夫。

〔三〕《史記》：陳平曰：「臣事魏王，魏王不能用臣説，故去事項王。項王不能信人，其所任愛非諸項即妻之昆弟，雖有奇士不能用，平乃去楚。聞漢王之能用人，故歸大王。」

〔四〕《爾雅》：彗星爲欃槍。曹植《武帝誄》：欃搶北掃，舉不浹辰。

〔五〕《史記》：項羽乃與漢王約，中分天下，割鴻溝而西者爲漢，鴻溝而東者爲楚。

〔六〕《書·大禹謨》：天之曆數在汝躬。孔安國傳：曆數，謂天道也。《正義》云：曆數，謂天曆運之數，帝王易姓而興，故言曆數爲天道。

〔七〕雲雷，用《周易·屯卦》義，其卦以震遇坎，故取象雲雷。其義以乾坤始交而遇險難，故名屯。屯，難也。

〔八〕《魏略》：邯鄲淳詣臨淄侯植，歸，對其所知嘆植之才，以爲天人。《周書》：王左杖黄鉞，右秉白旄以麾。

〔九〕虎竹，銅虎符、竹使符也。見五卷《塞下曲》注。《詩·大雅》：价人維藩，大宗維翰。

〔一〇〕黄金臺，見二卷注。青玉案，見十三卷注。

〔一一〕張翰爲齊王冏東曹掾，因秋風起，思吴中菰菜、蓴羹、鱸魚膾，遂命駕而歸。見三卷注。

〔一二〕《文獻通考》：真州，本唐揚州揚子縣之白沙鎮。胡三省《通鑑注》：今真州治所，唐之白沙鎮也，時屬廣陵郡。《揚州府志》：白沙洲，在儀真縣城外，濱江，地多白沙，故名。按《南史》，南齊於白沙置一軍，即此。

〔一三〕《左傳》：越子爲左右句卒，使夜或左或右，鼓譟而進。按《唐書·地理志》，江南東道潤州，又謂之丹陽郡，領丹徒、丹陽、金壇、延陵四縣。

〔一四〕鮑照詩：賓御紛颯沓。

〔一五〕《左傳》：楚疾進師，車馳卒奔乘晉軍。桓子不知所爲，鼓於軍中，曰：「先濟者有賞。」中軍、下軍爭舟，舟中之指可掬也。

〔一六〕又《左傳》：華元夜入楚師，登子反之牀，起之曰：「寡君使元以病告，曰：敝邑易子而食，析骸以爨。」杜預注：爨，炊也。

〔一七〕《魏書·陸真傳》：東平王道符反於長安，殺雍州刺史魚元明，關中草草。《洛陽伽藍記》：洛中草草，猶不自安。《左傳》：蘧伯玉遂行，從近關出。謝惠連詩：倚伏昧前算。

〔一八〕《晉書·明帝紀》：王敦將舉兵内向，帝密知之，乃乘巴、滇駿馬微行，至于湖陰，察敦營壘而出。有軍士疑帝非常人。又敦方晝寢，夢日環其城，驚起，曰：「此必黄鬚鮮卑奴來也。」於是使五騎物色追帝。帝亦馳去，馬有遺糞，輒以水灌之。見逆旅賣食嫗，以七寶鞭與之，曰：「後有騎來，可以此示也。」俄而追者至，問嫗，嫗曰：「去已遠矣。」因以鞭示之。五騎傳玩，稽留遂久。又見馬糞冷，以爲信遠，而止不追。

〔一九〕《漢書》：荆軻慕燕丹之義，白虹貫日，太子畏之。衛先生爲秦畫長平之事，太白食昴，昭王疑之。應劭曰：燕太子丹質於秦，始皇遇之無禮。丹亡去，厚養荆軻，令西刺秦王，精誠感天，白虹爲之貫日也。蘇林曰：白起爲秦伐趙，破長平軍，欲遂滅趙。遣衛先生説昭王益兵糧，爲應侯所害，事用不成，其精誠上達於天，故太白爲之食昴。昴，趙分也。將有兵，故太白食昴。食者，干歷之也。

〔二〇〕《晉書》：祖逖爲奮威將軍、豫州刺史，渡江，中流擊楫而誓曰：「祖逖不能清中原而復濟者，有如大江。」詞色壯烈，衆皆慨嘆。

〔二〕江淹《恨賦》：拔劍擊柱，弔影慙魂。

琦按：此篇首引甯戚、陳平，蓋以自況思得見用於世之意。「攙搶掃河、洛，直割鴻溝半」，謂祿山反逆，覆陷兩京，河北河南半爲割據。天人，謂永王璘。至德元載七月，上皇制以永王璘充山南東路、嶺南、黔中、江南西路四道節度使，江陵大都督，出鎮江陵，所謂「天人秉旄鉞，虎竹光藩翰」也。「侍筆黄金臺，傳觴青玉案。不因秋風起，自有思歸歎」，謂在永王軍中雖蒙禮遇，而早動思歸之志，當是察其已有逆謀，不可安處矣。太白之於永王璘，與張翰之於齊王冏事略相類，故引以爲喻。惜乎其不能如翰之勇決，潔身早去，致遭污累也。璘以季廣琛、渾惟明、馮季康爲將。及淮南採訪使李成式與河北招討判官李銑合兵討璘，季廣琛召諸將謂曰：「吾屬從王至此，天命未集，人謀已墮，不如及兵鋒未交，早圖去就。死於鋒鏑，永爲逆臣矣。」諸將皆然之，於是季廣琛以麾下奔廣陵，渾惟明奔江寧，馮季康奔白沙。所謂「主將動讒疑，王師忽離畔」也。「自來白沙上，鼓譟丹陽岸。賓御如浮雲，從風各消散」，言軍中擾亂，賓幕奔逃之狀，璘與成式將趙侃戰新豐而敗，非水戰也。璘至鄱陽郡，司馬陶備閉城拒之，璘怒，命焚其城，非久攻也。其曰「舟中指可掬，城上骸爭爨」，甚言其撓敗之形有若此耳。「草草出近關，行行昧前算。南奔劇星火，北寇無涯畔。顧乏七寶鞭，留連道傍翫」，自言奔走匆遽之狀。「太白夜食昴，長虹日中貫」，喻己爲國之精誠可以上干天象。「秦、趙興天兵，茫茫九州亂。感遇明主恩，頗高祖逖言，過江誓流水，志在清中原」，明己之所以從璘者，實因天下亂離，四方雲擾，欲得一試其用，以擴清中原，如祖逖耳，非敢有逆志也。「拔劍擊前柱，悲歌難重論」，自傷其志之不能遂，而反有從王爲亂之名，身敗名裂，更向何人一爲申論。拔劍擊柱，慷慨悲歌，出處之難，太白蓋自嗟其不幸矣。蕭士贇曰：「此篇用事偏枯，句意倒雜，決非太白之作。」果真灼見其爲非太白之詩耶？抑爲太白諱而故爲此言耳？

李太白全集卷之二十五

錢塘王琦琢崖輯注
王縉端臣王思謙藴山較

古近體詩共九十首

題隨州紫陽先生壁

唐時隨州，又謂之漢東郡，屬山南東道。紫陽先生，見二十九卷《漢東紫陽先生碑銘》。

神農好長生〔一〕，風俗久已成。復聞紫陽客，早署丹臺名〔二〕。喘息飡妙氣〔三〕，《步虛》吟真聲〔四〕。道與古仙合，心將元化并〔五〕。樓疑出蓬海，鶴似飛玉京〔六〕。松雪窗外曉〔七〕，池水堦下明。忽耽笙歌樂，頗失軒冕情。終願惠金液〔八〕，提攜凌太清〔九〕。

〔一〕《史記正義》：《括地志》云：厲山，在隨州隨縣北百里，山東有石穴。昔神農生於厲鄉，所謂列山氏也。春秋時爲厲國。

〔二〕《藝文類聚》：《真人周君傳》曰：紫陽真人周義山，字委通，汝陰人也。入蒙山，遇羨門子乘白鹿，執羽蓋，仗青毛之節，侍從十餘玉女，乃再拜叩頭，乞長生要訣。羨門子曰：「子名在丹臺玉室，何憂不仙？」

〔三〕《抱朴子》：閉藏喘息。又曰，粗氣，是喘息之氣也。《楚辭》：飡六氣而飲沆瀣兮。

〔四〕《異苑》：陳思王游山，忽聞空裏誦經聲，清遠遒亮，解音者則而寫之，爲神仙聲。道士效之，作步虛聲。《樂府古題要解》：《步虛詞》，道觀所唱，備言衆仙縹緲輕舉之美。

〔五〕陳子昂詩：古之得仙道，信與元化并。

〔六〕玉京，詳五卷注。又《一統志》：玉京洞，在赤城山，道書十大洞天之第六。晉許邁嘗居此，《與王羲之書》云「自山陰至臨海，多有金庭玉堂仙人芝草」，謂此。庾信詩：玉京傳相鶴，太乙授飛黿。

〔七〕顏延年詩：山明望松雪。

〔八〕金液，仙家上藥，詳十三卷注。

〔九〕《楚辭》：若王僑之乘雲兮，載赤霄而游太清。

題元丹丘山居

故人棲東山，自愛丘壑美。青春卧空林，白日猶不起。松風清襟袖，石潭洗心耳。羨君無紛喧，高枕碧霞裏。

題元丹丘潁陽山居并序

唐河南府有潁陽縣，本武林縣，載初元年析河南、伊闕、嵩陽置，開元十五年更名潁陽。

丹丘家於潁陽，新卜别業，其地北倚馬嶺〔一〕，連峰嵩丘，南瞻鹿臺〔二〕，極目汝海〔三〕，雲巖映鬱，有佳致焉。白從之游，故有此作。

〔一〕《元和郡縣志》：馬嶺山，在河南府密縣南十五里，洧水所出。

〔二〕《一統志》：鹿臺山，在南陽府汝州北二十里，有臺狀若蹲鹿。

〔三〕枚乘《七發》：南望荆山，北望汝海。李善注：汝稱海，大言之也。《一統志》：汝水源出嵩縣分水嶺，經流郟縣，合扈澗、長橋等水，戴液、團造等溪，東流入淮。

仙游渡潁水，訪隱同元君。忽遺蒼生望〔一〕，獨與洪崖群〔二〕。卜地初晦跡，興言且成文。却顧北山斷，前瞻南嶺分。遥通汝海月，不隔嵩丘雲。之子合逸趣，而我欽清芬〔三〕。舉跡倚松石，談笑迷朝曛。益（繆本作「終」）願狎青鳥〔四〕，拂衣棲江濆。

〔一〕《通鑑》：謝安雖爲布衣，時人皆以公輔期之，士大夫至相謂曰：「安石不出，當如蒼生何！」

〔二〕薛綜《西京賦注》：洪崖，三皇時伎人。

〔三〕陸機《文賦》：誦先人之清芬。

〔四〕江淹詩：青鳥海上游。李善注：《吕氏春秋》曰：海上有人好青者，朝至海上而從青游，青至者前後數百。其父曰：「聞汝從青游，盍取來？我欲觀之。」其子明旦至海上，群青翔而不下。劉良注：青鳥，海鳥也。琦按：此詩所謂「青鳥」，當是用此事。然考今《吕氏春秋》本「青」作「蜻」，而注以爲蜻蜓小蟲，與李氏所引不同。疑今本之訛也。詩意謂潁陽别業，固盡丘壑之美，而己之所好更在江湖，是以欲與青鳥相狎而棲息江濆。范傳正稱：「太白偶乘扁舟，一日千里，或遇勝境，終年不移。」逸情所寄，不即此可見歟？

題瓜洲新河餞族叔舍人賁

胡三省《通鑑注》：揚州江都縣南三十里有瓜洲鎮，正對京口北固山。所謂新河，即今之瓜洲運河是也。

齊公鑿新河，萬古流不絕。豐功利生人〔一〕，天地同朽滅。兩橋對雙閣，芳樹有行列，愛此如甘棠〔二〕，誰云敢攀折。吴（蕭本作「美」）關倚此固，天險自兹設〔三〕。海水落斗門〔四〕，潮

（蕭本作「湖」）平見沙汭（而拙切，音爇。繆本作「泬」，音血）〔五〕。我行送季父，弭（音米）棹徒流悦〔六〕。楊花滿江來，疑是龍山雪〔七〕。惜此林下興，愴爲山陽別〔八〕。瞻望清路塵〔九〕，歸來空寂蔑（蕭本作「滅」，複第二韻，恐誤）〔一〇〕。

〔一〕《舊唐書·玄宗紀》：開元二十六年，潤州刺史齊澣開伊婁河於揚州南瓜洲浦。又《齊澣傳》：開元二十五年，遷潤州刺史。潤州北界隔大江，至瓜步沙尾，紆匯六十里，船繞瓜步，多爲風濤所漂損。澣乃移其漕路於京口埭下，直渡江二十里。又開伊婁河二十五里，即達揚子縣。自是免漂損之患，歲減腳錢數十萬，迄今利濟焉。

〔二〕《風俗通》：召公當農桑之時，重爲所煩勞，不舍鄉亭，止於棠樹之下，聽訟決獄，百姓各得其所。壽九十餘乃卒。後人思其德美，愛其樹而不敢伐。《詩·甘棠》之所作也。

〔三〕宋文帝詩：極望周天險，留察浹神京。

〔四〕《新唐書》：江南送租庸調物，以歲二月至揚州，入斗門。

〔五〕木華《海賦》：雲錦散文於沙汭之際。李善注：毛萇《詩傳》曰：芮，崖也。「芮」與「汭」通。《左傳集解》：水之隈曲曰汭。《説文》：汭，水相入也。泬，水從孔穴疾出也。或疑《廣韻》、《韻會》諸書屑薛韻中無「汭」字，當以「泬」爲是者。琦按：江淹《擬古詩》「赤玉隱瑶溪，雲錦被沙汭」、「昨發赤亭渚，今宿浦陽汭」，皆作爇音讀，與設、絶、滅、雪、別字相叶，何疑於此詩耶？

〔六〕江淹詩：弭棹阻風雪。李善注：弭，止也。

〔七〕鮑照詩：胡風吹朔雪，千里度龍山。

〔八〕阮籍、阮咸叔姪與嵇康等寓居河内山陽，共爲竹林之游，見十二卷注。

〔九〕曹植詩：君若清路塵。

〔一〇〕謝靈運詩：各勉日新志，音塵慰寂蔑。寂蔑，猶寂寞也。

洗腳亭

詩乃送行之作，題内似有缺文。

白道向姑熟〔一〕，洪亭臨道旁。前有吴（蕭本作「昔」）時井，下有五丈牀〔二〕。樵女洗素足，行人歇金裝〔三〕。西望白鷺（繆本作「鳥」）洲〔四〕，蘆花似朝霜。送君此時去，回首淚成行（一作「雙」）。

〔一〕白道，大路也。人行跡多，草不能生，遥望白色，故曰白道。唐詩多用之，鄭谷「白道曉霜迷」，韋莊「白道向村斜」，是也。《通典》：宣州當塗縣城即晉姑熟城也。胡三省《通鑑注》：姑熟，前漢丹陽春穀縣地。今太平州當塗縣即姑熟之地，縣南二里有姑熟溪，西入大江。陸游曰：「姑熟城在當塗北。」

〔二〕牀，井欄也。

〔三〕傅玄《秋胡行》：遂下黄金裝。梁簡文《登山馬詩》：間樹識金裝。

〔四〕《景定建康志》：白鷺洲，在城之西，與城相望，周迴十五里。《江南志》：白鷺洲在江寧縣西南大江中。

勞勞亭

《景定建康志》：勞勞亭，在城南十五里，古送别之所。吴置亭在勞勞山上，今顧家寨大路東即其所。《江南通志》：勞勞亭，在江寧府治西南。

天下傷心處，勞勞送客亭。春風知别苦，不遣柳條青。

題金陵王處士水亭

原注：此亭蓋齊朝南苑，又是陸機故宅。《江南通志》：南苑，在江寧府城外瓦棺寺東北。

《方輿勝覽》：陸機宅，《圖經》云在上元縣南五里，秦淮之側，有二陸讀書堂在焉。

王子耽玄言，賢豪多在門。好鵝尋道士〔一〕，愛竹嘯名園〔二〕。樹色老（一作「秀」）荒苑，池光蕩華軒〔三〕。北（諸本皆作「此」，今校從《文苑英華》本）堂見明月〔四〕，更憶陸平原〔五〕。掃拭（諸本皆作「地」，今校從《文苑英華》本）青玉簟，爲余置金尊。醉罷（一作「後」）欲歸去，花枝宿鳥喧。何時復來此，再（一作「更」）得洗囂煩。

〔一〕《法書要録》：王羲之性好鵝。山陰曇禳村有一道士養好鵝十餘，王清旦乘小船故往，意大願樂，乃告求市易，道士不與，百方譬説不能得。道士乃言：「性好道，久欲寫河上公《老子》，縑素早辦，而無人能書。府君若能自屈，書《道德經》各兩章，便合群以奉。」羲之便住半日，爲寫畢，籠鵝而歸。

〔二〕《世説》：王子猷嘗行過吴中，見一士大夫家極有好竹。主已知子猷當往，乃洒掃施設，在廳事坐相待。王肩輿徑造竹下，諷嘯良久。

〔三〕王微詩：長想憑華軒。吕延濟注：軒，樓上鉤欄也。華者，有華飾文彩也。

〔四〕陸機詩：安寢北堂上，明月入我牖。照之有餘輝，攬之不盈手。

〔五〕《晉書·陸機傳》：成都王穎以機參大將軍軍事，表爲平原内史。

題嵩山逸人元丹丘山居并序

白久在廬、霍，元公近游嵩山〔一〕，故交深情，出處無間，喦（古巖字）信頻及，許爲主人，欣然適會本意。當冀長往不返，欲便舉家就之，兼書共游，因有此贈。

〔一〕廬山，在今江西九江、南康二府界内。霍山，在今江南廬州界内。嵩山，在今河南登封、洛陽、鞏、密四縣界内。詳見前注。

家本紫雲山〔一〕，道風未淪落〔二〕。沉（繆本作「況」）懷丹丘志〔三〕，沖賞歸寂寞。揭來游閩荒〔四〕，捫涉窮禹鑿〔五〕。夤緣汎潮海〔六〕，偃蹇陟廬、霍。憑雷躡天窗，弄景憩霞閣。且欣登眺美，頗愜隱淪諾。三山曠幽期〔七〕，四岳聊所託〔八〕。故人契嵩、潁〔九〕，高義炳丹雘（屋角切，汪入聲）〔一〇〕。滅跡遺紛囂，終言本峰壑。自矜林端好，不羨市朝樂。偶與真意并，頓覺世情薄。爾能折芳桂，吾亦採蘭若〔一一〕。拙妻好乘鸞，嬌女愛飛鶴。提攜訪神仙，從此鍊金藥〔一二〕。

〔一〕紫雲山，在綿州彰明縣西南四十里，峰巒環秀，古木樛翠，地里書謂常有紫雲結其上，故名。岡來自北爲天倉，爲龍洞；其東爲風洞，爲仙人青龍洞，爲露香臺；其西爲𧄍頤，爲白雲洞；其南爲天台，爲帝舜洞，爲桃溪源，爲天生橋。有道宫建其中，名崇仙觀，觀中有黄籙寶宫，世傳爲唐開元二十四年神人由他山徙置于此，宫之三十六柱皆檀木，鐵繩隱跡在焉。此山地誌不載，宋魏鶴山作記，載集中。太白生于綿州，所謂家本紫雲山者，蓋謂是山歟？

〔二〕《梁書》：道風素論，坐鎮雅俗。

〔三〕《楚辭》：仍羽人于丹丘兮，留不死之舊鄉。

〔四〕竭來，詳見十三卷注。閩，今福建地，在唐時爲建州、福州、泉州、漳州、汀州五郡之地。東甌與閩地相連接，在唐時爲温州、台州、處州三郡之地。秦時立閩中郡，合東甌在内。至漢始分東甌，以立東海王。太白生平未嘗入閩，而温、台、處三州則游歷多見於詩歌，疑此詩所謂「閩荒」者，指東甌之地而言也。

〔五〕《説苑》：禹鑿龍門，闢伊闕，平治水土。

〔六〕左思《吴都賦》：夤緣山岳之岊。

〔七〕三山，謂海中三神山。

〔八〕《左傳》：四岳三塗。杜預注：四岳，東岳岱，西岳華，南岳衡，北岳恒。蓋古稱四岳，不兼中岳在内，後世兼中岳而言，故稱五岳也。

〔九〕嵩山、潁水，詳九卷注。《史記·扁鵲傳》：竊聞高義之日久矣。

〔一〇〕《書·梓材》：惟其塗丹雘。孔穎達《正義》：雘，是采色之名，有青色者，有朱色者。「炳丹雘」即炳若丹青之義。

〔一一〕顔延年詩：芬馥歇蘭若。李周翰注：蘭若，香草，幽蘭、杜若也。

〔一二〕金藥，金丹，上藥也。

題江夏修静寺原注：此寺是李北海舊宅。

李邕爲北海太守，以文字名天下，時人稱爲李北海，詳十九卷注。

我家北海宅，作寺南江濱。空庭無玉樹，高殿坐幽人。書帶留青草〔一〕，琴堂（一作「臺」）冪（音覔）素塵〔二〕。平生種桃李，寂滅不成春。

〔一〕《三齊記》：鄭玄教授于不期山，山下生草，形如薤，長尺餘，堅韌異常，土人名曰「康成書帶」。

〔二〕《韻會》：冪，覆也。

改九子山爲九華山聯句并序

《太平御覽》：《九華山録》曰：此山奇秀，高出雲表，峰巒異狀，其數有九，故號九子山焉。李白因游江漢，覩其山秀異，遂更號曰九華。山之上有池塘數畝，水田千石。其池有魚，長者半尋，頒首赬尾，朱鬐丹腹。人欲觀之，叩木魚即躍，以可食之物散於池中，食訖而藏焉。其水流洩爲龍池，溢爲暴泉，入龍潭溪。

青陽縣南有九子山〔一〕，山高數千丈，上有九峰如蓮華。按圖徵名，無所依據。太史公南游，略而不書〔二〕。事絶（許本作「出」）古老之口，復闕名賢之紀，雖靈仙往復，而賦詠罕聞。予乃削其舊號，加以九華之目。時訪道江、漢，憩於夏侯迴之堂，開簷岸幘〔三〕，坐眺松雪，因與二三子聯句，傳之將來。

〔一〕《太平寰宇記》：青陽縣，天寶元年割秋浦、南陵、涇三縣置，在青山之陽，故號曰青陽。屬宣州，永泰元年隸池州。

〔二〕《史記·太史公自序》：二十而南游江、淮，上會稽，探禹穴，闚九疑，浮於沅、湘。

〔三〕《説文》：髮有巾曰幘。岸幘，謂脱其巾而露額也。《世説》：謝奕在桓温座席，岸幘嘯詠，無異常日。

妙有分二氣〔一〕，靈山開九華。（李白）層標遏遲日〔二〕，半壁明朝霞。（高霽）積雪曜陰壑，飛流歕（音噴。蕭本作「歕」）陽崖〔三〕。（韋權輿。「權」一作「瓘」）青熒（音螢）玉樹色〔四〕，縹緲羽人家〔五〕。（李白）

〔一〕孫綽《天台山賦》：太虛遼廓而無閡，運自然之妙有，融而爲川瀆，結而爲山阜。李善注：妙有，謂一也。言大道運彼自然之妙，一而生萬物也。《老子》曰：道生一。王弼曰：一，數之始，而物之極也。謂之爲「妙有」者，欲言有，不見其形，則非有，故謂之妙；欲言其無，物由之以生，則非無，故謂之有。斯乃無中之有，謂之妙有也。

〔二〕層標，謂山峰之層疊者。「標」當作「⿰山票」，一作「⿰山剽」。《廣韻》：⿰山剽，山峰是也。遲日，春日也，見五卷注。

〔三〕謝靈運詩：朝旦發陽崖。

〔四〕《羽獵賦》：玉石嶜崟，眩耀青熒。顏師古注：青熒，言其色青而有光熒也。李善注：青熒，光明貌。

〔五〕羽人，仙人也，見二十卷注。

題宛溪館

吾憐宛溪好，百尺照心明（一作「久照心益明」）。何（蕭本作「可」）謝新安水，千尋見底清〔一〕。白沙留月色，緑竹助秋聲。卻笑嚴湍上〔二〕，於今獨擅名。

〔一〕《江南通志》：宛溪，在寧國府東，水至清澈。新安江，在徽州府，其源有四，一出歙之黟山，一出休寧之率山，一出績溪之大鄣山，一出婺源之浙嶺。四水皆達歙浦，會流至嚴州，合金華水，入浙江。爲灘凡三百六十。水至清，深淺皆見底。

〔二〕《一統志》：七里灘，在嚴州桐廬縣西，一名嚴陵瀨，即漢嚴光垂釣處。

題東溪公幽居

杜陵賢人清且廉〔一〕，東溪卜築歲將淹〔二〕。宅近青山同謝朓〔三〕，門垂碧柳似陶潛〔四〕。好鳥迎春歌後院，飛花送酒舞前簷。客到但知留一醉，盤中衹有水精鹽〔五〕。

〔一〕《雍録》：杜陵，在長安東南二十里。

〔二〕《韻會》：淹，久留也，滯也，久也。

〔三〕《方輿勝覽》：青山，在當塗縣東南三十里。齊宣城太守謝朓築室於山南，遺址猶存。絶頂有謝公池。唐天寶間改爲謝公山。山下有青草市，一名謝家市。

〔四〕《南史》：陶潛少有高趣，宅邊有五柳樹，故嘗著《五柳先生傳》，蓋以自況。

〔五〕《梁書》：中天竺國有真鹽，色正白，如水精。《魏書》：太宗賜崔浩御縹醪酒十斛，水精戎鹽一兩。《金樓子》：胡中白鹽，産于山崖，映日光明如水精，胡人以供國廚，名君王鹽，亦名玉華鹽。

嘲魯儒

魯叟談《五經》，白髮死章句。問以經濟策，茫如墜烟霧。足著遠游履〔一〕，首戴方山（繆本作「頭」）巾〔二〕。緩步從直道，未行先起塵。秦家丞相府，不重褒（音包）衣人〔三〕。君非叔孫通〔四〕，與我本殊倫。時事且未達，歸耕汶水濱〔五〕。

〔一〕曹植《洛神賦》：踐遠游之文履。

〔二〕《莊子》：宋鈃、尹文作華山之冠以自表。注云：華山上下均平，作冠象之，表己心均平也。後人所謂「方山冠」蓋出於此。

〔三〕秦家丞相，謂李斯。《史記・李斯傳》：丞相謬其説，絀其辭，乃上書：「請諸有文學、《詩》、《書》、百家語者，蠲除去之。令到三十日弗去，黥爲城旦。」始皇可其議，收去《詩》、《書》、百家之語，以愚百姓。《漢書》：雋不疑，褒衣博帶，盛服至門上謁。顔師古注：褒，大裾也，言著褒大之衣，廣博之帶。而説者乃以爲朝服垂褒之衣，非也。

〔四〕《史記》：叔孫通説上曰：「臣願徵魯諸生，與臣弟子共起朝儀。」於是叔孫通使徵魯諸生三十餘人，魯有兩生不肯行，曰：「今天下初定，死者未葬，傷者未起，又欲起禮樂。禮樂所由起，積德百年而後可興也。吾不忍爲公所爲，公所爲不合古，吾不行，公往矣，無汙我。」叔孫通笑曰：「若真鄙儒也，不知時變。」遂與所徵三十人西。

〔五〕《説文》：汶水出琅邪朱虛東泰山，東入濰。桑欽説汶水出泰山萊蕪，西南入泲。

懼讒

二桃殺三士〔一〕，詎假劍如霜〔二〕。衆女妬蛾眉〔三〕，雙花競（蕭本作「竟」）春芳。魏姝信鄭袖（蕭本作「褏」，古字同），掩袂對懷王。一惑巧言子，朱顔成死（一作「損」）傷〔四〕。行將泣團扇〔五〕，戚戚愁人腸。

〔一〕晏子以二桃殺三士，見三卷《梁甫吟》注。

〔二〕魏文帝詩：歐氏寶劍，何爲低昂？白如積雪，利若秋霜。

〔三〕《離騷》：衆女嫉予之蛾眉兮，謡諑謂予以善淫。

〔四〕《戰國策》：魏王遺楚王美人，楚王悦之。夫人鄭袖知王之悦新人也，甚愛新人，衣服玩好擇其所喜而爲之，宫室卧具擇其所善而爲之，愛之甚於王。王曰：「鄭袖知寡人之悦新人也，其愛之甚於寡人。此孝子之所以事親，忠臣之所以事君也。」鄭袖知王以己爲不妬也，因謂新人曰：「王愛子美矣，然惡子之鼻，子見王則必掩鼻。」新人見王，因掩其鼻。王謂鄭袖曰：「新人見寡人則掩其鼻，何也？」鄭袖曰：「妾不知也。」王曰：「雖惡，必言之。」鄭袖曰：「其似惡聞王之臭也。」王曰：「悍哉！」令劓之，無使逆命。

〔五〕班婕妤《怨歌行》：新裂齊紈素，皎潔如霜雪。裁爲合歡扇，團團似明月。出入君懷袖，動摇微風發。常恐秋節至，涼風奪炎熱。棄捐篋笥中，恩情中道絶。

觀獵

太守耀清威，乘閒弄晚輝。江沙横獵騎，山火繞行圍〔一〕。箭逐雲鴻落〔二〕，鷹隨月兔飛。

不知白日暮，歡賞夜方歸。

〔一〕庾信詩：山火即時燃。山火，獵者燒草以驅逼禽獸之火也。

〔二〕《抱朴子》：飛繳墮雲鴻，沉綸引魴鯉。

觀胡人吹笛

胡人吹玉笛，一半是秦聲〔一〕。十月吴山曉，《梅花》落敬亭〔二〕。愁聞《出塞》（音賽）曲〔三〕，淚滿逐臣纓。卻望長安道，空懷戀主情。

〔一〕《漢書·楊惲傳》：家本秦也，能爲秦聲。

〔二〕楊齊賢曰：古者，羌笛有《落梅花》曲。《輿地廣記》：宣州宣城縣有敬亭山。

〔三〕《古今注》：横吹，胡樂也。張博望入西域，傳其法於西京，唯得《摩訶》、《兜勒》二曲。李延年因胡曲更造新聲二十八解。魏、晉以來二十八解不復具存，世用者《黄鵠》、《隴頭》、《出關》、《入關》、《出塞》、《入塞》、《折楊柳》、《黄覃子》、《赤之陽》、《望行人》十曲。

軍行

驪馬新跨（一作「誇」）白玉鞍〔一〕，戰罷沙場月色寒〔二〕。城頭鐵鼓聲猶震，匣裏金刀血未乾。

〔一〕《史記集解》：徐廣曰：赤馬黑髦曰騮。吴均詩：白玉鏤衢鞍，黄金馬腦勒。

〔二〕胡三省《通鑑注》：唐人謂沙漠之地爲沙場。

從軍行

百戰沙場碎鐵衣，城南已合數重圍。突營射殺呼延將〔一〕，獨領殘兵千騎歸。

〔一〕《晉書·匈奴傳》：其四姓有呼延氏、卜氏、蘭氏、喬氏，而呼延氏最貴。

平虜將軍妻

平虜將軍婦，入門二十年。君心自不悦，妾寵豈能專。出解牀前帳，行吟道上篇。古人不吐井〔一〕，莫忘昔纏綿〔二〕。

〔一〕古樂府：王宋者，平虜將軍劉勳妻也，入門二十餘年。後勳悦山陽司馬氏女，以宋無子，出。還於道中作詩二首，曰：「翩翩牀前帳，張以蔽光輝。昔將爾同去，今將爾同歸。緘藏篋笥裏，當復何時披？」又曰：「誰言去婦薄，去婦情更重。千里不吐井，況乃昔所奉。遠望未爲遥，踟蹰不得並。」程大昌曰：「『千里不吐井，況乃昔所奉』，謂嘗飲此井，雖舍而去之千里，知不復飲矣，然猶以嘗飲乎此而不忍吐也，況昔所嘗奉以爲君子者乎！

〔二〕陸機詩：疇昔之游，好合纏綿。

春夜洛城聞笛

誰家玉笛暗飛聲，散入春風滿洛城。此夜曲中聞《折柳》〔一〕，何人不起故園情。

〔一〕《折楊柳》，古曲名，見前四首注。

嵩山採菖蒲者

神人（蕭本作「仙」）多古貌，雙耳下垂肩。嵩岳逢漢武，疑是九疑仙。我來採菖蒲，服食可延年。言終忽不見〔一〕，滅影入雲烟〔二〕。喻帝竟莫悟，終歸茂陵田〔三〕。

〔一〕《神仙傳》：漢武上嵩山，登大愚石室，起道宫，使董仲舒、東方朔等齋潔思神。至夜，忽見有仙人，長二丈，耳出頭巔，垂下至肩。武帝禮而問之，仙人曰：「吾九疑之人也。聞中岳石上菖蒲一寸九節，可以服之長生，故來採耳。」忽然失人所在。帝顧侍臣曰：「彼非復學道服食者，必中岳之神以喻朕耳。」爲之採菖蒲服之，經三年，帝覺悶不快，遂止。時從官多服，然莫能持久，唯王興聞仙人教武帝服菖蒲，乃採服之不息，遂得長生。鄰里老少皆云世世見之，竟不知所之。

〔二〕謝靈運《山居賦》：廣滅影於崆峒，許遁音於箕山。

〔三〕《漢書·武帝紀》：後元二年二月丁卯，帝崩於五柞宫；三月甲申，葬茂陵。臣瓚曰：茂陵，在長安西北八十里。田，即後人所謂墓田也。盧照鄰詩：花月茂陵田。

金陵聽韓侍御吹笛

韓公吹玉笛，倜（音惕）儻流英音〔一〕。風吹繞鍾山〔二〕，萬壑皆龍吟〔三〕。王子停鳳管〔四〕，師襄掩瑶琴〔五〕。餘韻（蕭本作「響」）渡江去，天涯安可尋。

〔一〕《廣韻》：倜儻，不羈也。江淹《横吹賦》：出天下之英音。

〔二〕《景定建康志》：鍾山，一名蔣山，在城東北一十五里。

〔三〕馬融《笛賦》：近世雙笛從羌起，羌人伐竹未及已。龍鳴水中不見已，截竹吹之聲相似。

〔四〕《列仙傳》：王子喬者，周靈王太子晉也，好吹笙，作鳳凰鳴。沈約詩：沃若動龍驂，參差凝鳳管。

〔五〕《家語》：孔子學琴於師襄子，襄子曰：「吾雖以擊磬爲官，然能於琴。」江淹詩：金簫哀夜長，瑶琴怨暮多。

流夜郎聞酺不預

《漢書·文帝紀》：賜酺五日。服虔曰：酺，音蒲。文穎注：酺，音步。漢律，三人以上無故群飲酒，罰金四兩，今詔横賜得令聚會飲食五日也。顔師古注：酺之爲言布也，王德布於天下而合聚飲食爲酺。服音是也。唐時無三人群飲之禁，所謂賜酺者，蓋聚作伎樂，年高者得賜酒食耳。《唐書》：至德二載十二月，賜民酺五日。此詩當是至德二載所作。

北闕聖人歌太康〔一〕，南冠君子竄遐荒〔二〕。漢酺聞奏鈞天樂〔三〕，願得風吹到夜郎。

〔一〕北闕，見五卷注。《詩·國風》：無已太康。毛傳曰：康，樂也。魏明帝《野田黄雀行》：百姓謳吟詠太康。

〔二〕南冠君子，用《左傳》鍾儀事，見二十四卷注。《漢書·韋賢傳》：撫寧遐荒。遐荒，謂遠方荒僻之地。

〔三〕鈞天樂，用趙簡子事，見一卷注。

放後遇恩不霑

天作雲與雷，霈然德澤開〔一〕。東風日本至，白雉越裳來〔二〕。獨棄長沙國，三年未許回。何時入宣室，更問洛陽才〔三〕。

〔一〕首二句暗用《周易》「雷雨作解，君子以赦過宥罪」意。

〔二〕《史記正義》：倭國，西南大海中島居，凡百餘小國，在京師南萬三千五百里，武后改倭國爲日本國。《韓詩外傳》：成王之時，有越裳氏，重九譯而至，獻白雉。「東風」、「白雉」二句，言遠人皆蒙恩澤之意。

〔三〕《史記》：賈生，名誼，洛陽人也。爲長沙王太傅三年，有鵩飛入賈生舍，止於座隅。楚人命鵩曰「服」。賈生既以謫居長沙，長沙卑濕，自以爲壽不得長，傷悼之，乃爲賦以自廣。後歲餘，賈生徵見。孝文帝方受釐，坐宣室，因感鬼神事，而問鬼神之本。賈生具道所以然之狀。至夜半，文帝前席。既罷，曰：「吾久不見賈生，自以爲過之，今不及也。」《三輔黄圖》：宣室，未央前殿正室也。庾信詩：欣兹河朔飲，對此洛陽才。

宣城見杜鵑花

蜀國曾聞子規鳥〔一〕，宣城還見杜鵑花〔二〕。一叫一回腸一斷，三春三月憶三巴〔三〕。

〔一〕子規，一名杜鵑，蜀中最多，春暮則鳴，聞者悽惻。

〔二〕杜鵑花，處處有之，即今之映山紅也。以二三月中杜鵑鳴時盛開，故名。

〔三〕三巴，巴郡、巴西、巴東也，詳見四卷注。太白本蜀地綿州人，綿州在唐時亦謂之巴西郡，因在異鄉，見杜鵑花開，想蜀地此時杜鵑應已鳴矣，不覺有感而動故國之思。楊升庵引此詩以爲太白是蜀人非山東人之一證。或以此詩爲杜牧所作《子規詩》，非也。

白田馬上聞鶯

白田，地名，今江南寶應縣有白田渡，當是其處。

黄鸝啄紫椹（音甚），五月鳴桑枝〔一〕。我行不記日，誤作陽春時。蠶老客未歸〔二〕，白田已繰絲（一作「吴人欲蚕絲」）。驅馬又前去，捫心空自悲（一作「嗤」）〔三〕。

〔一〕陸璣《詩疏》：黄鳥，黄鸝留也，或謂之黄栗留。幽州人謂之黄鶯，一名倉庚，一名商庚，一名鵹黄，一名楚雀。齊人謂之摶黍，關西謂之黄鳥，一云鸝黄。當椹熟時來在桑間，故里語曰：「黄栗留，看我麥黄椹熟不？」亦是應節趨時之鳥也。椹本作葚，桑實也。生青，熟則紫色。

〔二〕《埤雅》：蠶足於葉，三俯三起，二十七日而老。

〔三〕宋之問詩：越俗鄙章甫，捫心空自憐。

三五七言

楊齊賢曰：古無此體，自太白始。

秋風清，秋月明。落葉聚還散，寒鴉（繆本作「烏」）棲復驚〔一〕。相思相見知何日，此時此夜難爲情。

〔一〕《本草綱目》：慈烏，北人謂之寒鴉，以冬月尤盛也。

《滄浪詩話》以此詩爲隋鄭世翼之詩，《臞仙詩譜》以此篇爲無名氏作，俱誤。

雜詩

白日與明月，晝夜尚（一作「常」）不閑。況爾悠悠人，安得久世間。傳聞海水上，乃有蓬萊山。玉樹生緑葉，靈仙每登攀。一食駐玄髮，再食留紅顔〔一〕。吾欲從此去，去之無時還。

〔一〕《列子》：蓬萊山，在渤海之東，其山高下周旋三萬里，其頂平處九千里。其上珠玕之樹皆叢生，華實皆有滋味，食之皆不老不死。所居之人皆仙聖之種。孫綽《天台山賦》：玄聖之所游化，靈仙之所窟宅。江淹詩：玄髮已改素。

寄遠十二首

三鳥别王母〔一〕，銜書來見過。腸斷若剪絃〔二〕，其如愁思何！遥知玉窗裏〔三〕，纖手弄雲和〔四〕。奏曲有深意，青松交女蘿。寫水山（繆本作「落」）井中，同泉豈殊波。秦心與楚恨，皎皎爲誰多？

〔一〕三鳥，三青鳥，西王母使也。見六卷《相逢行》注。
〔二〕鮑照《傷逝賦》：離若剪絃。
〔三〕梁簡文帝詩：何時玉窗裏，夜夜更縫衣。
〔四〕《舊唐書》：如箏稍小曰雲和。《文獻通考》：雲和琵琶，如箏，用十三絃，施柱，彈之足黄鐘一均而倍六聲，其首爲雲象，因以名之。非周官雲和琴瑟之制也。又：唐清樂部有雲和箏，蓋其首象雲，與雲和琴瑟之制同矣。

其二

青樓何所在？乃在碧雲中。寶鏡挂秋水（一作「月」），羅衣輕春風。新妝坐落日，悵望金（一作「錦」）屏空。念此（一作「剪綵」）送短書，願因（一作「同」）雙飛鴻〔一〕。

〔一〕江淹詩：袖中有短書，願寄雙飛燕。李周翰注：短書，小書也。

其三

本作一行書〔一〕，殷勤道相憶。一行復一行，滿紙情何極。瑶臺有黄鶴，爲報青樓人〔二〕：

朱顏凋落盡，白髮一何新。自知未應還（一作「老」），離居（一作「君」）經三春〔三〕。桃李今若爲，當窗發光彩。莫使香風飄，留與（一作「取」）紅芳待〔四〕。

〔一〕何遜詩：欲寄一行書。
〔二〕江淹《去故鄉賦》：願使黄鶴兮報佳人。
〔三〕《楚辭》：將以遺兮離居。
〔四〕江淹詩：瑶色行應罷，紅芳幾爲樂。

其四

玉筯落春（一作「清」）鏡〔一〕，坐愁湖陽水〔二〕。聞（一作「且」）與陰麗華〔三〕，風烟接鄰里〔四〕。青春已復過，白日忽相催。但恐荷（一作「飛」）花晚，令人意已摧。相思不惜夢，日夜向陽臺〔五〕。

〔一〕《白帖》：甄后面白，淚雙垂如玉筯。劉孝威詩：誰憐雙玉筯，流面復流襟。
〔二〕《古西門行》：何能坐愁拂鬱。湖陽縣，本漢舊縣，唐時隸唐州淮安郡。
〔三〕陰麗華，漢光武帝之后，南陽新野人。見七卷《南都行》注。

〔四〕自新野至湖陽，道里遠近不及百里，所謂「風烟接鄰里」也。

〔五〕陽臺，見二卷注。

其五

遠憶巫山陽，花明淥江暖。躊躇未得往，淚向南雲滿。春風復無情，吹我夢魂斷。不見眼中人，天長音信短。

此詩與樂府《大堤曲》相同，惟首三句異耳，編者重入。注已見前者，不復再出。

其六

陽臺隔楚水，春草生黄河（一作「陰雲隔楚水，轉蓬落渭河」）。相思無日夜，浩蕩若流波。流波向海去，欲見終無因（一作「定繞珠江濱」）。遥將一點淚，遠寄如花人。

其七

妾(一作「昔」)在春陵東〔一〕,君居漢江島。百里望花光,往來成白道〔二〕。(一作「日日采蘼蕪〔三〕,上山成白道」。又「百里」,蕭本作「一日」。)一爲雲雨別,此地生秋草。秋草秋蛾飛〔四〕,相思愁落暉。何由一相見,滅燭解羅衣〔五〕。(末二句一作「昔時攜手去,今時流淚歸。遥知不得意,玉筯點羅衣」四句。)

〔一〕《通典》:漢春陵故城在今隨州棗陽縣東。

〔二〕白道,注見本卷《洗腳亭》注。

〔三〕《本草别録》云:芎藭葉名蘼蕪。蘇頌曰:四五月生葉,似水芹、胡荽、蛇牀輩,作叢而莖細,其葉倍香,江東蜀人採以作飲,七八月開碎白花。《古詩》:上山採蘼蕪,下山逢故夫。

〔四〕江淹《扇上綵畫賦》:促織兮始鳴,秋蛾兮載飛。

〔五〕《子夜四時歌》:開窗秋月光,滅燭解羅裳。

其八

憶昨東園桃李紅碧枝〔一〕，與君此時初别離。金瓶落井無消息〔二〕，令人行嘆復坐思。坐思行歎成楚、越〔三〕，春風玉顔畏銷歇〔四〕。碧窗紛紛下落花，青樓寂寂空明月。兩不見，但相思，空留錦字表心素，至今緘愁不忍窺〔五〕。

〔一〕阮籍詩：嘉樹下成蹊，東園桃與李。
〔二〕《淮南王篇》：金瓶素綆汲寒漿。釋寶月詩：莫作瓶落井，一去無消息。
〔三〕鮑照詩：安能行嘆復坐愁。
〔四〕又鮑照詩：容華坐銷歇。
〔五〕江總詩：横波翻瀉淚，束素反緘愁。

其九

長短春草緑，緣階（繆本作「門」）如有情。卷葹心獨苦，抽卻死還生〔一〕。覩物知妾意，希君種後庭。閑時當採掇，念此莫相輕。

〔一〕《藝文類聚》：《南越志》曰：寧鄉縣草多卷葹，拔心不死。江、淮間謂之「宿莽」。

其十

魯縞（音稿）如玉霜〔一〕，筆（一作「剪」）題月支（蕭本作「氏」）書〔二〕。寄書白鸚鵡〔三〕，西海慰（繆本作「畏」）離居。行數雖不多，字字有委曲。天末如見之〔四〕，開緘淚相續。淚盡恨轉深，千里同此心（繆本作「千里若在眼，萬里若在心」）。相思千萬里，一書直千金。

〔一〕顏師古《漢書注》：縞，繒之精白者也。魯縞，魯地所作之繒。詳十七卷注。

〔二〕月支，漢時西域國名。《史記》、《漢書》皆作月氏。《史記正義》：氏音支。涼、甘、肅、瓜、沙等州，本月氏國之地。《漢書》云本居敦煌、祁連間是也。後人皆作月支。

〔三〕《初學記》：《南方異物志》曰：鸚鵡有三種：青者大如烏臼；一種白，大如鴟鴞；一種五色，大於青者。交州、巴南皆有之。《桂海虞衡志》：白鸚鵡，大如小鵝，亦能言。羽毛玉雪，以手撫之，有粉粘著指掌，如蛺蝶翅。用白鸚鵡寄書，事奇而未詳所本。

〔四〕謝莊《月賦》：氣霽地表，雲斂天末。

其十一此首一作《贈遠》

美人在時花滿堂，美人去後餘空牀。牀中繡被卷不寢（一作「更不卷」），至今三載聞餘（一作「猶聞」）香。香亦竟不滅，人亦竟不來。相思黄葉落（一作「盡」），白露濕（一作「點」）青苔。

其十二

愛君芙蓉嬋娟之豔色〔一〕，若（蕭本作「色」）可飡兮難再得〔二〕。憐君冰玉清迴之明心〔三〕，情不極兮意已深。朝共琅玕之綺食〔四〕，夜同鴛鴦之錦衾〔五〕。恩情婉孌忽爲别〔六〕，使人莫錯亂愁心。亂愁心，涕如雪，寒燈厭夢魂欲絶，覺來相思生白髮。盈盈漢水若可越〔七〕，可惜凌波步羅襪〔八〕。美人美人兮歸去來，莫作朝雲暮雨兮（繆本缺「暮雨兮」三字）飛陽臺〔九〕。

〔一〕《西京雜記》：卓文君姣好，臉際常若芙蓉。《廣韻》：嬋娟，好貌。

〔二〕陸機詩：鮮膚一何盛，秀色若可飡。

〔三〕鮑照《舞鶴賦》：抱清迴之明心。

〔四〕阮籍詩：朝餐琅玕實。

〔五〕《西京雜記》：趙飛燕女弟在昭陽殿，遺飛燕鴛鴦被。陳子昂詩：聞有鴛鴦綺，復有鴛鴦衾。

〔六〕《韻會》：婉孌，美好也。

〔七〕《古詩》：盈盈一水間，脈脈不得語。

〔八〕曹植《洛神賦》：凌波微步，羅韈生塵。

〔九〕雲雨、陽臺，見二卷注。

長信宮

《漢書》：趙飛燕姊弟從自微賤興，踰越禮制，寖盛於前。班倢伃失寵，稀復進見。趙氏姊弟驕妬，倢伃恐久見危，求供養太后長信宮，上許焉。《三輔黄圖》：長信宮，漢太后常居之。按《通靈記》：太后，成帝母也。后宮在西，秋之象也，秋主信，故宮殿以「長信」爲名。

月皎昭陽殿〔一〕，霜清長信宮。天行乘玉輦〔二〕，飛燕與君同〔三〕。更有歡娱（一作「别有留情」）處，承恩樂未窮。誰憐團扇妾，獨坐怨秋風〔四〕。

〔一〕《西京雜記》：趙飛燕女弟居昭陽殿。

〔二〕李德林詩：天行肅輦路。沈炯詩：玉輦迎飛燕，金山賞鄧通。

〔三〕按《漢書》：成帝游於後庭，嘗欲與班倢伃同輦載，倢伃辭曰：「觀古圖畫，聖賢之君皆有名臣在側，三代末主，乃有嬖女。今欲同輦，得無近似乎？」上善其言而止。太白翻其事而用之，言飛燕與君同輦而行，化實爲虛，畦徑都別。

〔四〕班倢伃詩：新裂齊紈素，鮮潔如霜雪。裁爲合歡扇，團團似明月。出入君懷袖，動搖微風發。常恐秋節至，涼飆奪炎熱。棄捐篋笥中，恩情中道絕。

長門怨二首

《樂府古題要解》：《長門怨》，爲漢武帝陳皇后作也。后，長公主嫖女，字阿嬌。及衛子夫得幸，后退居長門宮，愁悶悲思。聞司馬相如工文章，奉黄金百斤，令爲解愁之詞。相如作《長門賦》，帝見而傷之，復得親幸者數年。後人因其賦爲《長門怨》焉。

天回北斗挂西樓〔一〕，金屋無人螢火流〔二〕。月光欲到長門殿，別作深宮一段愁。

〔一〕宋之問詩：地隱東巖室，天回北斗車。

〔二〕金屋，見四卷注。

其二

桂殿長愁不記春〔一〕，黄金四屋起秋塵〔二〕。夜懸明鏡青天上，獨照長門宫裏人〔三〕。

〔一〕沈約詩：恩暢蘭席，歡同桂殿。

〔二〕鮑照詩：高墉宿寒霧，平野起秋塵。

〔三〕《長門賦》：懸明月以自照兮，徂清夜於洞房。吕向注：月在空如懸也。

春怨

白馬金羈遼海東〔一〕，羅帷繡被卧春風。落月低軒窺燭盡，飛花入户笑牀空〔二〕。

〔一〕盧思道詩：白馬金羈俠少年。遼海，即古遼東郡地，方千有餘里，南臨大海，故文人多稱遼海。

〔二〕梁簡文帝《序愁賦》：玩飛花之入户，看斜暉之度寮。蕭子範詩：落花徒入户，何解妾牀空。

代贈遠 一作《寄遠》

妾本洛陽人，狂夫幽燕客。渴飲易水波〔一〕，由來多感激。胡馬西北馳〔二〕，香騣摇緑絲〔三〕。鳴鞭從此去〔四〕，逐虜蕩邊陲〔五〕。昔去有好言，不言久離别。燕支多美女〔六〕，走馬輕風雪。見此不記人，恩情雲雨絶。啼流玉筯盡〔七〕，坐恨金閨切。織錦作短書，腸隨回文結〔八〕。相思欲有寄，恐君不見察。焚之揚其灰〔九〕，手跡自此滅。

〔一〕《元和郡縣志》：河北道易州易縣有易水，一名故安河，出縣西寬中谷。《周官》曰：并州，其浸淶、易。燕太子丹送荆軻易水之上，即此水也。陶潛詩：渴飲易水流。

〔二〕曹植詩：白馬飾金羈，聯翩西北馳。

〔三〕《廣韻》：騣，馬鬣也。

〔四〕謝靈運詩：鳴鞭適大河。

〔五〕《左傳》：虔劉我邊陲。《廣韻》：陲，邊也。

〔六〕燕支山，見四卷注。

〔七〕玉筯，見本卷注。

〔八〕武后《璇璣圖序》：苻堅時，秦州刺史扶風竇滔妻蘇氏，名蕙，字若蘭，知識精明，儀容秀麗，然性近於急，頗傷嫉妬。滔拜安南將軍，留鎮襄陽，不與偕行。蘇悔恨自傷，因織錦爲回文，五采相宣，瑩心輝目，縱廣八寸，題詩二百餘首，計八百餘言，縱横反覆，皆爲文章，才情之妙，超今邁古，名曰《璇璣圖》。讀者不能悉通，蘇氏笑曰：「徘徊宛轉，自爲語言，非我家人，莫之能解。」遂發蒼頭齎至襄陽。滔覽之，感其妙絶，迎蘇氏於漢南，恩好愈重。

〔九〕古《有所思》曲：聞君有他心，拉雜摧燒之。摧燒之，當風揚其灰。

陌上贈美人 一云《小放歌行》。一首在第三，此是第二篇。

駿馬驕行踏落花，垂鞭直拂五雲車〔一〕。美人一笑褰珠箔，遥指紅（一作「青」）樓是妾家。

〔一〕《真誥》：赤水山中學道者朱孺子，八月五日，西王母遣迎，即日乘五色雲車登天。庾信《步虚詞》：東明九芝盛，北燭五雲車。五雲車，仙人所乘者，此蓋誇美言之。

閨情

流水去絶國，浮雲辭故關。水或戀前浦，雲猶歸舊山〔一〕。恨君流（一作「龍」）沙去〔二〕，棄妾漁陽間〔三〕。玉筯夜垂（一作「日夜」）流〔四〕，雙雙落朱顔。黄鳥坐相悲，緑楊誰更攀。織錦心草草，挑燈淚斑斑。窺鏡不自識，況乃狂夫還。

〔一〕張協詩：流波戀舊浦，行雲思故山。

〔二〕《元和郡縣志》：居延海，在甘州張掖縣東北一百六十里，即居延澤。古文以爲流沙者，其沙風吹流行，故曰「流沙」。《通典》：沙州，古流沙地，其沙風吹流行，在郡西八十里。《太平御覽》：流沙，在玉門關外。《唐書・西域傳》：吐谷渾西北有流沙數百里。《地理今釋》：流沙，在今陝西嘉峪關外索科鄂模以北，東至賀蘭山，西至廢沙州界，幾南北千餘里，東西數百里。其沙隨風流行，隨處有之。

〔三〕漁陽，古北戎無終子國也。戰國時屬燕，秦於其地置漁陽郡，二漢及隋因之。唐爲幽州地，開元十八年析幽州置薊州，後謂薊州爲漁陽郡。

〔四〕玉筯，見前注。

代別情人

清水本不動，桃花發岸旁。桃花弄水色，波蕩摇春光。我悦子容豔，子傾我文章。風吹緑琴去，曲度《紫鴛鴦》〔一〕。昔作一水魚，今成兩枝鳥。哀哀長雞鳴，夜夜達五曉〔二〕。起折相思樹〔三〕，歸贈知寸心。覆水不可收〔四〕，行雲難重尋。天涯有度鳥，莫絶瑶華音〔五〕。

〔一〕緑綺琴，司馬相如之琴也。曲度，猶度曲，謂隱度作新曲。俱見二十卷注。《紫鴛鴦》，疑即所度之曲名。

〔二〕《焦仲卿妻詩》：中有雙飛鳥，自名爲鴛鴦。仰頭相向鳴，夜夜達五更。

〔三〕左思《吴都賦》：相思之樹。劉淵林注：相思，大樹也，材理堅邪，斫之則文，可作器，其實如珊瑚，歷年不變，東冶有之。

〔四〕《三國志注》：覆水不可收也。

〔五〕《楚辭》：折疏麻兮瑶華，將以遺兮離居。王逸注：瑶華，玉華也。謝朓詩：惠而能好我，問以瑶花音。

代秋情

幾日相别離，門前生穭（音吕）葵〔一〕。寒蟬聒梧桐〔二〕，日夕長鳴悲。白露濕螢火，清霜零兔絲〔三〕。空掩紫（一作「閨掩」）羅袂，長啼無盡時。

〔一〕《廣韻》：穭，自生稻也。《廣雅》：葵，菜也，嘗傾葉向日，不令照其根。
〔二〕蔡邕《月令章句》：寒蟬應陰而鳴，鳴則天涼，故謂之寒蟬也。
〔三〕兔絲，蔓草也，多生荒野古道中，蔓延草木之上，有莖而無葉，細者如綫，粗者如繩，黄色，子入地而生。初生有根，及纏物而上，其根自斷，蓋假氣而生，亦一異也。

對酒

蒲萄酒〔一〕，金叵（音頗）羅〔二〕，吴姬十五細馬馱〔三〕。青黛畫眉紅錦靴〔四〕，道字不正嬌唱歌。玳瑁筵中懷裏醉〔五〕，芙蓉帳裏（一作「底」）奈君何〔六〕。

〔一〕《史記》：大宛左右以蒲萄爲酒，富人藏酒至萬餘石，久者十數歲不敗。《太平寰宇記》：蒲萄酒，西域有之，前代或有貢獻。及貞觀中破高昌，收馬乳蒲萄實，於苑中種之，并得其酒法，太宗自損益之，造酒，酒成，凡有八色，芳香酷烈，味兼醍醐。既頒賜群臣，京師始識其味。
〔二〕《北齊書》：神武宴僚屬，於坐失金叵羅。竇泰令飲酒者皆脱帽，於祖珽髻上得之。《邵氏聞見後録》：近世以洗爲叵羅，若洗豈可置之髻上？未知叵羅是何物。
〔三〕《唐六典注》：隴右諸牧監使，每年簡細馬五十匹進。其翔麟鳳苑廄，別簡粗壯敦馬一百匹，與細馬同進。按此知所謂細馬乃駿馬之小者耳。

〔四〕《中華古今注》：梁天監中，武帝詔宮人作白妝青黛眉。《韻會》：青黛似空青而色深。《本草》：青黛，從波斯國來，今以太原并廬陵、南康等處染澱甕上沫紫碧色者用之。

〔五〕昭明太子《七契》：身託玳瑁之筵。

〔六〕鮑照詩：七綵芙蓉之羽帳，九華蒲萄之錦衾。

怨情

新人如花雖可寵，故人似玉猶來重。花性飄揚不自持，玉心皎潔終不移。故人昔新今尚故，還見新人有故時〔一〕。請看陳后黃金屋〔二〕，寂寂珠簾生網絲。

〔一〕江總詩：故人雖故昔經新，新人雖新復應故。

〔二〕金屋，見四卷注。

湖邊採蓮婦

小姑織白紵，未解將人語〔一〕。大嫂採芙蓉〔二〕，溪湖千萬重。長兄行不在，莫使外人逢。

願學秋胡婦〔三〕，貞心比古松〔四〕。

〔一〕《韻會》：將，與也。

〔二〕《古今注》：芙蓉，一名荷華，生池澤中，實曰蓮，花之最秀異者。

〔三〕《列女傳》：潔婦者，魯秋胡子妻也。既納之五日，去而官於陳。五年乃歸，未至家，見路旁婦人採桑，秋胡子悦之，下車謂曰：「若曝採桑，吾行道遠，願託桑蔭下飡，下齎休焉。」婦人採桑不輟。秋胡子謂曰：「力田不如逢豐年，力桑不如見國卿。吾有金，願以與夫人。」婦人曰：「嘻！夫採桑力作，紡績織紝，以供衣食，奉二親，養夫子。吾不願金，所願卿無有外意，妾亦無淫佚之志。收子之齎與笥金。」秋胡子遂去，至家，奉金遺母。使人唤婦至，乃向採桑者也。秋胡子慚。婦曰：「子束髮辭親往仕，五年乃還，當所悦馳驟，揚塵疾至。今也，乃悦路旁婦人，下子之糧以金與之，是忘母也。忘母不孝。好色淫佚，是汚行也。汚行不義。夫事親不孝，則事君不忠；處家不義，則治官不理。孝義並忘，必不遂矣。妾不忍見。」遂去而東走，投河而死。

〔四〕范雲《寒松》詩：凌風知勁節，負雪見貞心。

怨情

美人卷珠簾，深坐嚬蛾眉。但見淚痕濕，不知心恨誰。

代寄情繆本多「人」字楚辭體

君不來兮，徒蓄怨積思而孤吟〔一〕。雲陽（當作「陽雲」）一去〔二〕，以（蕭本作「已」）遠隔巫山緑水之沉沉。留餘香兮染繡被，夜欲寢兮愁人心〔三〕。朝馳余馬於青樓〔四〕，恍若空而夷猶〔五〕。浮雲深兮不得語，卻惆悵而懷憂。使青鳥兮銜書〔六〕，恨獨宿兮傷離居〔七〕。何無情而雨（繆本作「兩」）絶〔八〕，夢雖往而交疏。横流涕而長嗟〔九〕，折芳洲之瑶花〔一〇〕。送飛鳥以極目，怨夕陽之西斜〔一一〕。願爲連根同死之秋草，不作飛空之落花。

〔一〕《楚辭·九辯》：蓄怨兮積思，心煩憺兮忘食事。

〔二〕《子虚賦》：於是楚王乃登陽雲之臺。孟康注：雲夢中高唐之臺，宋玉所賦者，言其高出雲之陽也。琦按：詩意正暗用《高唐賦》中神女事，知「雲陽」乃「陽雲」之誤爲無疑也。

〔三〕曹攄詩：薄暮愁人心。

〔四〕《楚辭·九歌》：朝馳余馬兮江皋，夕濟兮西澨。

〔五〕又云：君不行兮夷猶。王逸注：夷猶，猶豫也。

〔六〕沈約詩：銜書必青鳥，嘉客信龍鑣。

〔七〕又《九歌》：將以遺兮離居。
〔八〕傅玄詩：昔君與我兮形影潛結，今君與我兮雲飛雨絶。
〔九〕又《九歌》：横流涕兮潺湲。
〔一〇〕又云：採芳洲兮杜若。王逸注：芳洲，香草叢生水中之處。又《九歌》：折疏麻兮瑶花。王逸注：瑶花，玉花也。謝靈運詩：瑶花未堪折。李周翰注：瑶花，麻花也，其色白，故比於瑶。此花香，服食可致長壽，故以爲美。
〔一一〕劉琨詩：夕陽忽西流。

學古思邊

銜悲上隴首，腸斷不見君。流水若有情，幽哀從此分。蒼茫愁邊色，惆悵落日曛。山外接遠天，天際復有雲。白雁從中來，飛鳴苦難聞。足繫一書札，寄言歎（蕭本作「難」）離群。離群心斷絶，十見花成雪。胡地無春暉，征人行不歸。相思杳如夢，珠淚濕羅衣。

思邊 一作《春怨》

去年何時君別妾，南園綠草飛蝴蝶〔一〕。今歲何時妾憶君，西山白雪暗秦雲〔二〕。玉關去此三千里〔三〕，欲寄音書那可聞！

〔一〕張景陽詩：蝴蝶飛南園。

〔二〕西山即雪山，又名雪嶺。上有積雪，經夏不消。在成都之西，正控吐蕃，唐時有兵戍之。杜子美詩「西山白雪高」、「西山白雪三城戍」，正指此地。

〔三〕玉關，詳見三卷注。

口號吴王美繆本作「舞」人半醉

口號，即口占也，詳九卷注。

風動荷花水殿香〔一〕，姑蘇臺上見（繆本作「宴」）吴王。西施醉舞嬌無力，笑倚東窗白玉牀〔二〕。

〔一〕徐陵詩：荷開水殿香。

〔二〕《十六國春秋》：石虎正會，殿上施白玉牀、流蘇帳。

琦按：吴王，即爲廬江太守之吴王也。以其所宴之地比之姑蘇，以其美人比之西施，乃席上口占，以寓笑謔之意耳。若作詠古，味同嚼蠟。

折荷有贈

涉江翫秋水，愛此紅蕖鮮〔一〕。攀荷弄其珠，蕩漾不成圓。佳人綵雲裏，欲贈隔遠天。相思無因見，悵望涼風前。

〔一〕紅蕖，紅荷也。

此篇即前卷《擬古》之第十一首，只五字不同。

代美人愁鏡二首

明明金鵲鏡〔一〕，了了玉臺前〔二〕。拂拭皎（蕭本作「交」）冰月，光輝何清圓。紅顔老昨日，白髪多去年。鈆（音沿，與鉛同）粉坐相誤〔三〕，照來空淒然。

〔一〕《太平御覽》：《神異經》曰：昔有夫妻將别，破鏡，人各執半以爲信。其妻與人通，鏡化爲鵲，飛至夫前，夫乃知之。後人因鑄鏡爲鵲，安背上。自此始也。

〔二〕《女紅餘志》：淑文所寶，有對鳳垂龍玉鏡臺。淑文名婉，姓李氏，賈充妻。

〔三〕《韻會》：鉛粉，胡粉也，以鉛燒煉而成，故曰鉛粉。

其二

美人贈此盤龍之寶鏡〔一〕，燭我金縷之羅衣〔二〕。時將紅袖拂明月，爲惜普照之餘輝〔三〕。影中金鵲飛不滅，臺下青鸞思獨絶〔四〕。藁砧一别若箭弦〔五〕，去有日，來無年。狂風吹卻妾心斷，玉筯并墮菱花前〔六〕。

〔一〕蕭子顯詩：明鏡盤龍刻，簪羽鳳凰雕。

〔二〕劉孝威詩：瓊筵玉笥金縷衣。

〔三〕《抱朴子》：三光以普照著明。

〔四〕《藝文類聚》：宋范泰《鸞鳥詩序》曰：昔罽賓王結罝峻卯之山，獲一鸞鳥，甚愛之，欲其鳴而不能致也。乃飾以金籠，享以珍羞，對之愈戚，三年不鳴。其夫人曰：「嘗聞鳥見其類而後鳴，何不懸鏡以映之。」王從其意。鸞覩影悲鳴，哀響沖霄，一奮而絶。劉昭《後漢書注補》：鸞，鳳類，而色青。

〔五〕《樂府古題要解》：古詞「藁砧今何在」。藁砧，砆也，蓋婦人謂其夫之隱語也。

〔六〕玉筯，淚也。江總詩：紅樓千愁色，玉筯兩行垂。《飛燕外傳》：七出菱花鏡一奩。《埤雅》：舊説鏡謂之菱花，以其面平光影所成如此。庾信《鏡賦》云「照壁而菱花自生」是也。《爾雅翼》：昔人取菱花六觚之象以爲鏡。

贈段七娘

羅襪凌波生網塵〔一〕，那能得計訪情親。千杯緑酒何辭醉，一面紅妝惱殺人。

〔一〕曹植《洛神賦》：凌波微步，羅襪生塵。

別内赴徵三首

王命三徵去未還，明朝離別出吴關。白玉高樓看不見，相思須上望夫山〔一〕。

〔一〕望夫山，見二十二卷注。

其二

出門妻子强牽衣，問我西行幾日歸。歸（繆本作「來」）時儻佩黄金印〔一〕，莫見（蕭本作「學」）蘇秦不下機〔二〕。

〔一〕《初學記》：衞宏《漢舊儀》曰：列侯，黄金印，龜鈕，文曰印。丞相、將軍，黄金印，龜鈕，文曰章。《新書》：天子之相，號爲丞相，黄金之印。

〔二〕《戰國策》：蘇秦説秦王，書十上而説不行，去秦而歸。至家，妻不下紝，嫂不爲炊，父母不與言。

其三

翡翠爲（一作「高」）樓金作梯〔一〕，誰人獨宿倚門啼（一作「卷簾愁坐待鳴雞」）？夜坐（繆本作「泣」）寒燈連曉月，行行淚盡楚關西。

〔一〕郭璞詩：翹手攀金梯。

秋浦寄内

我今尋陽去〔一〕，辭家千里餘。結荷見（蕭本作「捲」）水宿，卻寄大雷書〔二〕。雖不同辛苦，愴離各自居。我自入秋浦〔三〕，三年北信疏。紅顔愁落盡（蕭本作「日」），白髮不能除。有客自梁苑〔四〕，手攜五色魚〔五〕，開魚得錦字，歸問我何如。江山雖道阻，意合不爲殊。

〔一〕尋陽郡，唐時之江州也，隸江南西道。

〔二〕鮑照《登大雷岸與妹書》：吾自發寒雨，全行日少。加秋潦浩汗，山溪猥至，渡泝無邊，險徑游歷，棧石星飯，結荷水宿，旅客辛貧，波路壯闊。始以今日食時僅及大雷。塗發千里，日踰十晨，嚴霜慘節，悲風斷肌，去親爲客，如何如何。《太平寰宇記》：舒州望江縣有大雷池，水西自宿松縣界流入雷池，又東流經縣南，去縣百里，又東入於海。江行百里爲大雷口，又有小雷口。宋鮑明遠有《登大雷岸與妹書》，乃此地。

〔三〕秋浦縣，唐時隸江南西道之池州。

〔四〕梁苑，在唐爲河南道宋州之宋城縣。

〔五〕魚書，詳十一卷注。

自代内贈

寶刀裁（繆本作「截」）流水，無有斷絶時。妾意逐君行，纏綿亦如之。别來門前草，秋巷春轉碧（「巷」當是「黄」字之訛。繆本作「春盡秋轉碧」）。掃盡更還（繆本作「還更」）生，萋萋滿行跡。鳴鳳始相（蕭本作「何」）得，雄驚雌各飛。游雲落何山？一往不見歸。估客發大樓（一作「東海」）〔一〕，知君在秋浦。梁苑空錦衾，陽臺夢行雨〔二〕。妾家三作相，失勢去西秦。猶有舊歌管，淒清聞四鄰。曲度入紫雲〔三〕，啼無眼中人（繆本多「女弟爭笑弄，悲羞淚盈巾」二句）〔四〕。妾似井底桃〔五〕，開花向誰笑？君如天上月，不肯一回照。窺鏡不自識，别多憔悴深。安得秦吉了〔六〕，爲人道寸心。

〔一〕估客，商人也。古樂府有《估客樂》。大樓山，在池州府城南，唐時爲秋浦縣地。

〔二〕陽臺行雨，蓋言惟夢中得相見耳。事見二卷注。

〔三〕宗楚客三爲宰相。曲度，曲之節奏。俱詳十五卷注。

〔四〕陸機詩：髣髴眼中人。

〔五〕井底桃，即四卷「桃李出深井」之意。今庭中天井是也。蕭子顯詩：桐生井底葉交加。

〔六〕《太平廣記》：秦吉了，容、管、廉、白州産此鳥，大約似鸚鵡，嘴脚皆紅，兩眼後夾腦有黄肉冠。善效人言，語音雄大、分明於鸚鵡。以熟雞子和飯如棗飼之。《桂海虞衡志》：秦吉了，如鸜鵒，紺黑色，丹咮黄距，目下連項有深黄文，項毛有縫，如人分髮。能人言，比於鸚鵡尤慧，大抵鸚鵡聲如兒女，吉了聲則如丈夫，出邕州溪洞中。

秋浦感主人歸燕寄内

霜凋（繆本作「朽」）楚關木，始知殺氣嚴〔一〕。寥寥金天廓〔二〕，婉婉緑紅潛。胡燕別主人〔三〕，雙雙語前簷。三飛四迴顧，欲去復相瞻。豈不戀華屋〔四〕，終然謝珠簾。我不及此鳥，遠行歲已淹。寄書道中嘆，淚下不能緘。

〔一〕《月令》：仲秋之月，殺氣浸盛。江淹詩：殺氣起嚴霜。劉良注：殺氣，寒氣也。

〔二〕陳子昂詩：金天方肅殺，白露始專征。

〔三〕《爾雅翼》：胡燕比越燕而大，臆前白質黑章，其聲亦大。巢懸於大屋兩榱間，其長有容匹素者，謂之蛇燕。

〔四〕謝靈運詩：華屋非蓬居。呂向注：華，畫飾也。

送内尋廬山女道士李騰空二首

《方輿勝覽》：延真觀，在南康軍城北四十里，舊名昭德。唐女真李騰空所居。騰空，宰相李林甫之女。《廬山志》：蔡尋真，侍郎蔡某女也。李騰空，宰相李林甫女也。幼並超異，生富貴而不染，遂爲女冠，同入廬山。蔡居屏風疊之南，李居屏風疊之北，學三洞法，以丹藥、符籙救人疾苦。至三元八節，會於詠真洞，以相師講。貞元中，九江守許渾以狀聞，昭德皇后賜以金帛、土田。已而蜕去，門人收簪簡瘞之。鄉俗歲時祭祀不絶。昭德崩，許渾入朝，因乞賜觀額，以昭追奉，詔以詠真洞尋真觀，騰空所居，爲昭德觀。

君尋騰空子，應到碧山家。水舂雲母碓（音對）〔一〕，風掃石楠花〔二〕。若戀幽居好，相邀弄紫霞。

〔一〕白居易詩有「何處水邊碓，夜舂雲母聲」及「雲碓無人水自舂」之句。自注云：廬山中雲母多，故以水碓擣鍊，俗呼爲雲碓。

〔二〕《本草衍義》：石楠，葉似枇杷葉之小者而背無毛。正二月間開花，冬有二葉爲花苞，苞既開，中有十餘花，大小如椿花，甚細碎。每一苞約彈許大，成一毬，一花六葉，一朵有七八毬，淡白緑色。花罷，去年葉盡脱，漸生新葉。《詩人玉屑》：詩體有借對，孟浩然「厨人具雞黍，稚子摘楊梅」，太白「水春雲母碓，風掃石楠花」，少陵「竹葉於人既無分，菊花從此不須開」，是也。

其二

多君相門女〔一〕，學道愛神仙。素手掬青靄（哀上聲），羅衣曳紫烟〔二〕。一往屏風疊〔三〕，乘鸞著玉鞭（一作「不著鞭」）。

〔一〕多，猶重也。

〔二〕鮑照《與妹書》：左右青靄，表裏紫霄。《韻會》：靄，雲集貌。

〔三〕屏風疊，在廬山，見十一卷注。

贈内

三百六十日，日日醉如泥。雖爲李白婦，何異太常妻〔一〕。

〔一〕《後漢書》：周澤爲太常，清潔循行，盡敬宗廟。常卧病齋宫，其妻哀澤老病，闚問所苦。澤大怒，以妻干犯齋禁，遂收送詔獄謝罪。當世疑其詭激，時人爲之語曰：「生世不諧，作太常妻，一歲三百六十日，三百五十九日齋，一日不齋醉如泥。」

在尋陽非所寄内

《後漢書・陳蕃傳》：或禁錮閉隔，或死徙非所。《晉書・曹攄傳》：獄有死囚，歲夕，攄行獄，愍之，曰：「卿等不幸，致此非所。」後人以囹圄爲「非所」，本此。劉長卿有《非所留繫聞長州軍笛聲》，亦用其字。

聞難知慟哭，行啼入府中。多君同蔡琰〔以冉切，音近兖〕，流淚請曹公〔一〕。知登吴章嶺〔二〕，昔與死無分。崎嶇行石道〔三〕，外折入青雲。相見若悲歎，哀聲那可聞！

〔一〕《後漢書》：陳留董祀妻者，同郡蔡邕女也，名琰，字文姬。祀爲屯田都尉，犯法當死，文姬詣曹操請之。時公卿名士及遠方使驛坐者滿堂，操謂賓客曰：「蔡伯喈女在外，今爲諸君見之。」及文姬進，蓬首徒行，叩頭請罪，音辭清辯，旨甚酸哀，衆皆改容。操曰：「誠實相矜，然文狀已去，奈何？」文姬曰：「明公廐馬萬匹，虎士成林，何惜疾足一騎，而不濟垂死之命乎？」操感其言，乃追原祀罪。

〔二〕《江西通志》：吴章山，在九江、南康二府之界，西去九江府城三十里，南去南康府城四十五里，與廬山相接，嶺路峻隘。宋孔武仲《吴章嶺詩》云：廬山北轉是吴章，巖草紛紛静有香。或云：昔有吴章者居此，故名。或謂吴障山，以其爲吴之障也。周必大《泛舟游山録》：上吴章嶺，亂石聱牙，頗亦險峻。嶺脊分江東、西兩路界，過界便見五老峰，是爲山南。

〔三〕《韻會》：崎嶇，山險也。

南流夜郎寄内

夜郎天外怨離居〔一〕，明月樓中音信疏。北雁春歸看欲盡，南來不得豫章書〔二〕。

〔一〕《古詩》：同心而離居，憂傷以終老。

〔二〕《一統志》：章山，在湖廣德安府城東四十里，古文以爲内方山。《左傳》：吴自豫章與楚夾漢。舊圖經云：豫章，即今之章山。唐李白娶安陸許氏，逮流夜郎，妻在父母家，有《寄内》詩云「南來不得豫章書」，亦言安陸之豫章也。琦按：魏顥序：「太白始娶於許，終娶於宗。」則此時之婦乃宗也，因寓居豫章，故云。《一統志》猶以流夜郎時之婦爲許相之女，以豫章爲德安府之豫章山，俱誤。

越女詞五首

長干吴兒女〔一〕，眉目豔星月〔二〕。屐上足如霜〔三〕，不着鴉頭襪。

〔一〕《江南通志》：長干里，在江寧府城南五里。

〔二〕梁武帝詩：容色玉耀眉如月。

〔三〕《晉書·五行志》：初作屐者，婦人頭圓，男子頭方。圓者順之義，所以别男女也。至太康初，婦人屐乃頭方，與男無别。則知古婦人亦著屐也。

其二

吴兒多白皙，好爲蕩舟劇〔一〕。賣眼擲春心〔二〕，折花調行客〔三〕。

〔一〕《史記》：齊桓公與蔡女戲船中，夫人蕩舟，桓公止之不止。

〔二〕賣眼，即楚《騷》「目成」之意。梁武帝《子夜歌》：賣眼拂長袖，含笑留上客。

〔三〕調，嘲笑也。《世説》：康僧淵目深而鼻高，王丞相每調之。

其三

耶溪採蓮女〔一〕，見客棹歌回。笑入荷花去，佯羞不出（繆本作「肯」）來。

〔一〕《雲笈七籤》：若耶溪，在越州會稽縣南。

其四

東陽素足女，會稽素舸（音歌）郎〔一〕。相看月未墮，白地斷肝腸〔二〕。

〔一〕《唐書·地理志》：婺州東陽郡有東陽縣，越州會稽郡有會稽縣，俱隸江南東道。

〔二〕白地，猶俚語所謂「平白地」也。

按謝靈運有《東陽溪中贈答》二詩，其一曰：「可憐誰家婦，緣流洗素足。明月在雲間，迢迢不可得。」其一曰：「可憐誰家郎，緣流乘素舸。但問情若何，月就雲中墮。」此詩自二作點化而出。

其五

鏡湖水如月，耶溪女如雪〔一〕。新妝蕩新波，光景兩奇絶。

〔一〕鏡湖，在會稽、山陰兩縣界。若耶溪，在會稽縣東南，北流入于鏡湖。詳見六卷注。

浣紗石上女

《一統志》：浣紗石，在若耶溪側，是西施浣紗之所。或云在苧蘿山下。

玉面耶溪女，青蛾紅粉妝〔一〕。一雙金齒屐〔二〕，兩足白如霜。

〔一〕《古詩》：娥娥紅粉妝。

〔二〕《南越志》：軍安縣女子趙嫗著金箱齒屐。

示金陵子 一作《金陵子詞》

《妝樓記》：金陵子能作醉來妝。

金陵城東誰家（一作「金陵」）子，竊聽琴聲碧（一作「夜」）窗裏。落花一片天上來，隨人直渡西江水。楚歌吴語嬌不成，似能未能最有情。謝公正要東山妓，攜手林泉處處行〔一〕。

〔一〕《通鑑》：謝安每游東山，常以妓女自隨。

出妓金陵子呈盧六四首

安石東山三十春，傲然攜妓出風塵。樓中見我金陵子，何似陽臺雲雨人？

其二

南國新豐酒，東山小妓歌〔一〕。對君君不樂，花月（蕭本作「有」）奈愁何。

〔一〕梁元帝詩：試酌新豐酒，遥勸陽臺人。陸放翁《入蜀記》：早發雲陽，過新豐小憩。李太白詩云「南國新豐酒，東山小妓歌」，又唐人詩云「再入新豐市，猶聞舊酒香」，皆謂此地，非長安之新豐也。然長安新豐亦出名酒，見王摩詰詩。至今居民市肆頗盛。

其三

東道烟霞主〔一〕，西江詩酒筵。相逢不覺醉，日墮歷陽川〔二〕。

〔一〕《左傳》：若舍鄭以爲東道主。

〔二〕《唐書·地理志》：淮南道和州歷陽郡有歷陽縣。

其四

小妓金陵歌楚聲，家僮丹砂學鳳鳴〔一〕。我亦爲君飲清酒，君心不肯向人傾。

〔一〕丹砂，太白奴名，見魏顥《李翰林集序》中。學鳳鳴，謂吹笙也。梁武帝《鳳笙曲》：朱脣玉指學鳳鳴。

巴女詞

巴水急如箭〔一〕，巴船去若飛。十月三千里，郎行幾歲歸？

〔一〕唐之渝州、涪州、忠州、萬州等處，皆古時巴郡地。其水流經三峽下至夷陵。當盛漲時，箭飛之速，不是過矣。

哭晁卿衡蕭本作「行」

《舊唐書》：日本國，開元初遣使來朝，因請儒士授經，詔四門助教趙元默就鴻臚寺教之。所得錫賚盡市文籍，泛海而還。其偏使朝臣仲滿慕中國之風，因留不去，改姓名爲朝衡，仕歷左補闕、儀王友。衡留京師五十年，好書籍，放歸鄉，逗遛不去。上元中擢衡爲左散騎常侍、鎮南都護。《新唐書》：朝衡歷左補闕、儀王友，多所該識，久乃還；天寶十二載，朝衡復入朝，云云。王維有《送秘書晁監還日本國詩序》，趙驊有《送晁補闕歸日本詩》，儲光羲有《洛中貽朝校書衡詩》。蓋「晁」字即古「朝」字，朝衡、晁衡，實一人也。新、舊《唐書》俱不言衡終于何年，據太白是詩，則衡返棹日本而死矣，豈上元以後事耶？抑得之傳聞之譌耶？

日本晁卿辭帝都〔一〕，征帆一片遶蓬壺〔二〕。明月不歸沉碧海，白雲愁色滿蒼梧〔三〕。

〔一〕《唐書》：日本，古倭奴也，去京師萬四千里，直新羅東南，在海中島而居。國無城郭，聯木爲柵落，以草茨屋。左右小島五十餘，皆自名國，而臣附之。後稍習夏音，惡倭名，更號日本。使者自言：國近日所出，以爲名。或曰：日本乃小國，爲倭所并，故冒其號，使者不以情，故疑焉。

〔二〕《拾遺記》：蓬壺，蓬萊也。

〔三〕《水經注》：東北海中有大洲，謂之郁洲，《山海經》所謂「郁山在海中」者也。言是山自蒼梧徙此，云山上猶有南方草木。崔季珪之叙《述初賦》，言：郁州者，故蒼梧之山也。心悦而怪之，聞其上有仙人石室也，乃往觀。見一道人獨處，休休然不談不對，顧非己及也。即其賦所云「吾夕濟於郁洲」者也。《一統志》：淮安府海州朐山東北海中有大洲，謂之鬱洲，又名郁洲，一名郁州山，一名蒼梧山，或云昔從蒼梧飛來。

自溧水道哭王炎三首

《説文》：溧水，出丹陽溧水縣。《元和郡縣志》：溧水，在宣州溧水縣南六里。《江南通志》：

溧水，一名瀨水，在溧陽縣西北，上承丹陽湖，東流爲宜興之荆溪，入太湖，舊名永陽江，又名中江。《一統志》：王炎，宣城人，與李白爲友，嘗游蜀。及死，白詩輓之。

白楊雙行行，白馬悲路傍。晨興見曉月，更似發雲陽〔一〕。溧水通吴關，逝川去未央。故人萬化盡〔二〕，閉骨茅山岡〔三〕。天上墜玉棺〔四〕，泉中掩龍章〔五〕。名飛日月上，義與風雲翔。逸氣竟莫展〔六〕，英圖俄夭傷。楚國一老人，來嗟龔勝亡〔七〕。有言不可道，雪泣憶（繆本作「惜」）蘭芳〔八〕。

〔一〕謝靈運《廬陵王墓下》詩：曉月發雲陽，落日次朱方。李善注：《越絶書》：曲阿爲雲陽縣。

〔二〕任昉《哭范僕射》詩：一朝萬化盡，猶我故人情。

〔三〕江淹《恨賦》：烟斷火絶，閉骨泉裏。《太平寰宇記》：茅山，在句容縣南五十里，本名句曲山，其山形如「句」字三曲。昔茅山君得道於此，後人遂名焉。其山接句容、金壇、延陵三縣界。

〔四〕玉棺，漢王喬事，見十一卷注。

〔五〕趙景真《與嵇茂齊書》：表龍章於裸壤。李善注：龍，袞龍之服也；章，章甫之冠也。

〔六〕陸雲《南征賦》：雄聲泉涌，逸氣風亮。

〔七〕《漢書·王莽傳》：遣謁者持安車印綬，即拜楚國龔勝爲太子師友祭酒，勝不應徵，不食而死。龔勝本傳：勝死，有老父來弔，哭甚哀，既而曰：「嗟乎！薰以香自燒，膏以明自銷。龔生竟夭天年，非吾徒也。」遂趨而出，莫知其誰。

〔八〕謝靈運詩：楚老惜蘭芳。《吕氏春秋》：吴起雪泣而應之。高誘注：雪，拭也。

其二

王公希代寶，棄世一何早。弔死不及哀，殯宫已秋草〔一〕。悲來欲脱劍，挂向何枝好〔二〕？哭向茅山雖未摧，一生淚盡丹陽道〔三〕。

〔一〕言弔死而不及其新哀之時，殯宫之上已生秋草，蓋言久也。與《左傳》「贈死不及尸，弔生不及哀」句同意異。陸機詩：哀鳴興殯宫。

〔二〕《論衡》：延陵季子過徐，徐君好其劍，季子以當使於上國，未之許與。季子使還，徐君已死，季子解劍，帶其冢樹。御者曰：「徐君已死，尚誰爲乎？」季子曰：「前已心許之矣，可以徐君死故負吾心乎？」遂帶劍於冢樹而去。

〔三〕溧水，在兩漢時乃丹陽郡之地，故曰丹陽道。

其三

王家碧瑶樹〔一〕，一樹忽先摧。海内故人泣，天涯弔鶴來〔二〕。未成霖雨用，先夭（許本作「失」）濟川材〔三〕。一罷《廣陵散》〔四〕，鳴琴更不開。

〔一〕《淮南子》：絳樹在其南，碧樹、瑶樹在其北。《世説》：王戎云：「太尉神姿高徹，如瑶林瓊樹，自然是風塵表物。」

〔二〕《陶侃别傳》：侃丁母憂在墓下，忽有二客來弔，不哭而退，儀服鮮異。知非常人，遣隨視之，但見雙鶴沖天而去。

〔三〕《書·説命》：若濟巨川，用汝作舟楫。若歲大旱，用汝作霖雨。

〔四〕《晉書》：嵇康將刑東市，顧視日影，索琴彈之，曰：「昔袁孝尼嘗從吾學《廣陵散》，吾每靳固之，《廣陵散》於今絶矣。」初，康嘗游乎洛西，暮宿華陽亭，引琴而彈。夜分，忽有客詣之，稱是古人，與康共談音律，辭致清辯，因索琴彈之，而爲《廣陵散》，聲調絶倫，遂以授康，仍誓不傳人，亦不言其姓字。

哭宣城善釀紀叟

紀叟黄泉裏，還應釀老春〔一〕。夜臺無曉日〔二〕，沽酒與何人？（一作《題戴老酒店》，云：「戴老黄泉下，還應釀大春。夜臺無李白，沽酒與何人？」）

〔一〕老春，是紀叟所釀酒名，唐人名酒多帶「春」字。

〔二〕陸機詩：送子長夜臺。李周翰注：墳墓一閉，無復見明，故云長夜臺，後人稱夜臺，本此。沈約《傷美人賦》：忽淪軀於夜臺。盧照鄰詩：夜臺無曉箭，朝奠有虚尊。

宣城哭蔣徵君華

敬亭埋玉樹，知是蔣徵君〔一〕。安（繆本作「果」）得相如草，空（繆本作「仍」）餘封禪文〔二〕。池臺空有月，詞賦舊凌雲〔三〕。獨挂延陵劍〔四〕，千秋在古墳。

〔一〕《一統志》：蔣華墓，在敬亭山。華，唐人，嘗與李白游，白詩曰：「敬亭山下墓，知是蔣徵君。」《世説》：庾文康亡，何揚州臨葬云：「埋玉樹著土中，使人情何能已已。」

〔二〕《史記》：相如既病免，家居茂陵。天子曰：「司馬相如病甚，可往從悉取其書。若不然，後失之矣。」使所忠往，而相如已死，家無書。問其妻，對曰：「長卿固未嘗有書也。時時著書，人又取去，即空居。長卿未死時，爲一卷書，曰有使來求書，奏之。無他書。」其遺札言封禪事。所忠奏其書，天子異之。

〔三〕《漢書》：武帝好神仙，相如上《大人賦》，欲以諷，帝反縹縹有凌雲之志。

〔四〕延陵劍，見前三首注。

李太白全集卷之二十六

錢塘王琦琢崖輯注
王濟魯川較

表書共九首

爲吴王謝責赴行在遲滯表

《通鑑》：天寶十四載十二月，安禄山以張通晤爲睢陽太守，與陳留長史楊朝宗將胡騎千餘東略地，郡縣官多望風降走，惟東平太守嗣吴王祇、濟南太守李隨起兵拒之。郡縣之不從賊者，皆依吴王爲名。十五載二月，上以吴王祇爲靈昌太守、河南都知兵馬使。三月戊辰，吴王祇擊謝元同，走之，拜陳留太守、河南節度使。五月，太常卿張垍薦夷陵太守虢王巨有勇略，上徵吴王祇爲太僕卿，以巨爲陳留譙郡太守、河南節度使。至德二載十一月，張鎬率魯炅、來瑱、吴王祇、李嗣業、李奂五節度，徇河南、河東郡縣，皆下之。其赴行在，疑在徵爲太僕卿時事。《漢書》：徵詣行在所。顏師古曰：天子或在京師，或出巡狩，不可豫定，故言行在所耳。《三輔黄圖》：行在所，天子以四海爲家，不以京師宫室居處爲常，則當乘車輿以行天下，車輿所至，奏事皆曰行在。《獨斷》：天子所在曰行在所。《十六國春秋》：天子以四海爲家，故行曰乘輿，止曰行在。

臣某言：伏蒙聖恩，追赴行在，臣誠惶誠恐，頓首頓首（繆本少二字）〔一〕。臣聞胡馬矯首〔二〕，嘶北風以跼顧〔三〕；越禽歸飛，戀南枝而刷羽〔四〕。所以流波思其舊浦〔五〕，落葉墜於本根〔六〕。在物尚然，矧於臣子。

〔一〕《齊東野語》：今臣僚上表所稱「誠惶誠恐」及「誠歡誠喜，頓首稽首」者，謂之「中謝」、「中賀」，自唐以來，其體如此。蓋臣某以下，略叙數語，便入此句，然後敷陳其詳。

〔二〕《古詩》：胡馬依北風，越鳥巢南枝。《水經注》：胡馬感北風之思，遂頓羈絶絆，驤首而馳。晨發京城，食時至燉煌北塞外，長鳴而去。揚雄《甘泉賦》：仰矯首以高視兮。劉良注：矯，舉也。

〔三〕潘岳《寡婦賦》：馬悲鳴而跼顧。劉良注：跼顧，踡跼顧眄不前也。

〔四〕潘岳詩：徒懷越鳥志，眷戀想南枝。梁簡文帝詩：銜苔入淺水，刷羽向沙洲。

〔五〕張協詩：流波戀舊浦。

〔六〕張駿《東門行》：休否有終極，落葉思本莖。

臣位叨盤石〔一〕，辜負明時〔二〕；才闕總戎〔三〕，謬當强寇。駑拙有素〔四〕，天實知之。伏惟陛下重紐乾綱〔五〕，再清國步〔六〕，憨（當作「愍」）臣不逮〔七〕，賜臣生全。歸見白日，死無遺恨。

〔一〕《韻會》：叨，濫也。《漢書》：高帝王子弟，地犬牙相制，所謂盤石之宗也。

〔二〕《韻會》：孤，負也。毛氏曰：孤負之孤，當作「孤」，俗作「辜」，非。

〔三〕《隋書》：總戎塞表，胡虜清塵。

〔四〕盧思道《孤鴻賦序》：才本駑拙，性實疏懶。

〔五〕范甯《穀梁傳序》：周道衰陵，乾綱絶紐。疏曰：乾綱者，乾爲陽，喻天子；坤爲陰，喻諸侯。天子總統萬物，若綱紀衆紐，故曰乾綱。絶紐者，紐是連繫之詞，諸侯背叛，四海分崩，若紐之絶，故曰絶紐。

〔六〕《詩·大雅》：國步斯頻。朱子注：步，猶運也。

〔七〕《廣韻》：愍，憐也。憨，聰也。二字異義，世多以「愍」作「憨」，非是。

然臣年過耳順，風瘵（音債）日加〔一〕。鋒鏑（音的）殘骸，劣有餘喘〔二〕。雖決力上道〔三〕，而心與願違。貴貪尺寸之程，轉增犬馬之戀〔四〕。非有他故，以疾淹留。

〔一〕郭璞《爾雅注》：今江東呼病曰瘵。

〔二〕《廣韻》：劣，弱也，少也。

〔三〕《陳書·高祖紀》：決力取之。

〔四〕曹植《上責躬應詔詩表》：不勝犬馬戀主之情。

今大舉天兵，掃除戎羯（音揭）〔一〕。所在郵驛〔二〕，徵發交馳。臣逐便水行，難於陸進，瞻望丹闕，心魂若飛。慚墜履之還收〔三〕，喜遺簪之再御〔四〕。不勝涕戀屏（音并）營之至〔五〕。謹奉表以聞（繆本少「謹奉表以聞」五字）。

〔一〕《韻會》：羯本地名，上黨武鄉羯室也。晉匈奴別部居之，後因號胡戎爲羯。

〔二〕《説文》：郵，境上行書舍也。驛，置騎也。一云步傳爲郵，馬傳爲驛。

〔三〕《新書》：楚昭王與吴人戰，楚軍敗，昭王走，而履決背而行，失之。行三十步，復旋取履。及至于隨，左右問曰：「王何惜一踦履乎？」昭王曰：「楚國雖貧，豈愛一踦履哉！惡與偕出，勿與俱反也。」自是之後，楚國之俗，無相棄者。

〔四〕《韓詩外傳》：孔子出游少原之野，有婦人中澤而哭，其音甚哀。孔子使弟子問焉。曰：「夫子何哭之哀？」婦人曰：「向者刈蓍薪，亡吾蓍簪，吾是以哀也。」弟子曰：「刈蓍薪而亡蓍簪，有何悲焉？」婦人曰：「非傷亡簪也，蓋不忘故也。」

〔五〕《廣雅》：屏營，怔伀也。《國語》：屏營傍偟於山林之中。《後漢書》：夙夜屏營，未知所立。蓋言惶懼之意。後人表箋言激切屏營，正是此義。

爲宋中丞請都金陵表

宋名若思，爲御史中丞。

臣某言：臣誠惶誠恐，頓首頓首。臣聞社稷無常奉〔一〕，明者守之；君臣無定位，暗者失之。所以父作子述，重光疊輝〔二〕。天未絶晉〔三〕，人惟戴唐。以功德有厚薄〔四〕，運數有修短。功高而福祚長永，德薄而政教陵遲〔五〕。三后之姓〔六〕，於今爲庶，非一朝也。

〔一〕《左傳》：社稷無常奉，君臣無定位，自古已然。杜預注：奉之無常人，言惟德也。

〔二〕《書·顧命》：昔君文王武王宣重光。

〔三〕《左傳》：介之推曰：「獻公之子九人，唯君在矣。惠、懷無親，外内棄之。天未絶晉，必將有主，主晉祀者非君而誰？」

〔四〕《漢書·谷永傳》：以功德有厚薄，期質有修短。

〔五〕《王嘉傳》：縱心恣欲，法度陵遲。顔師古注：陵遲，即陵夷也，言漸頹替也。《魏書》：政教陵遲，至於凋薄。

〔六〕《左傳》：三后之姓，於今爲庶，主所知也。杜預注：三后，虞、夏、商也。

伏惟陛下欽六聖之光訓，擁千載之鴻休〔一〕。有國之本〔二〕，群生屬望。粤自明兩〔三〕，光岐之陽〔四〕。昔有周太王之興，發跡於此，天啟有類，豈人事與？

〔一〕六聖，高祖、太宗、高宗、中宗、睿宗、玄宗也。《書·顧命》：用答揚文武之光訓。孔安國傳：用對揚聖祖文武之大教。《隋書》：鴻休永播，久而彌新。

〔二〕《北齊書》：太子國之根本。

〔三〕《周易》：明兩作離，大人以繼明照於四方。

〔四〕唐時岐州領天興、岐山、扶風、麟游、普潤、寶雞、盩厔、虢、郿九縣，屬關内道，去京師三百十七里。周太王遷國於岐山之下，即其地也。《魯頌》云：后稷之孫，實惟太王，居岐之陽，實始剪商。天寶元年，改稱扶風郡。肅宗即位於靈武，改稱扶風爲鳳翔郡。二載，遂駐蹕於鳳翔。其年十月，克復兩京，始還長安。

皇朝百五十年，金革不作。逆胡竊號，剥亂中原。雖平嵩丘、填伊洛〔一〕，不足以掩宮城之骸骨〔二〕；決洪河、灑秦雍〔三〕，不足以蕩犬羊之羶臊〔四〕。毒浸區宇〔五〕，憤盈穹旻。此乃猛士奮劍之秋，謀臣運籌之日〔六〕。夫不拯横流〔七〕，何以彰聖德；不斬巨猾〔八〕，無以興神功。十亂佐周而克昌〔九〕，四凶及虞而乃去〔一〇〕。去元凶者〔一一〕，非陛下而誰。

〔一〕嵩丘，嵩山也，爲河南巨鎮。伊、洛二水，爲河南巨川。見一卷《明堂賦》注。

〔二〕《唐書·地理志》：西京宫城，長千四百四十步，廣九百六十步，周四千八百六十步，其崇三丈有半。東都宫城，長千六百二十步，廣八百有五步，周四千九百二十一步，其崇四丈八尺。以象北辰藩衛，曰紫微城。《雍録》：唐都城三重，外一重名京城，内一重名皇城，又内一重名宫城，亦名子城。

〔三〕洪河，黄河也。《西京賦》：帶以洪河、涇、渭之川。唐之西京，古秦地，在《禹貢》爲雍州之域，故曰秦雍。

〔四〕《周禮》：羊泠毛而毳，羶；犬赤股而躁，臊。《正義》云：依庖人職。注：臊，謂犬也；羶，謂羊也；泠毛，謂毛長也；毳，謂毛别聚結者，此羊肉必羶也。赤股者，股裏無毛，謂之赤股，非謂肉赤，而走又躁疾，犬有如此者，其肉必臊。鄭康成《周禮注》：杜子春云：臊，犬膏；羶，羊脂也。

〔五〕張衡《東京賦》：區宇乂寧。穹旻，天也。《爾雅疏》：李巡云：仰視天形，穹隆而高，其色蒼蒼，故曰穹蒼。旻，閔也，言其以仁慈之恩，覆閔在下，則稱旻天。今曰穹旻，蓋變文稱之。

〔六〕《漢書》：運籌幃幄之中，決勝千里之外。

〔七〕傅亮《修張良廟教》：夷項定漢，大拯横流。

〔八〕《東京賦》：巨猾間釁，竊弄神器。

〔九〕《書·泰誓》：予有亂臣十人，同心同德。《正義》云：亂，治也，謂我治理之臣，有十人也。《論語》引此，而孔子論之，有一婦人焉，則十人之中，其一是婦人，故先儒鄭玄等皆以十人爲文母、周公、太公、召公、畢公、榮公、太顛、閎夭、散宜生、南宫适也。

〔一〇〕《左傳》：昔帝鴻氏有不才子，天下之民謂之渾敦；少皞氏有不才子，天下之民謂之窮奇；顓頊氏有不才子，天下之民謂之檮杌。此三族也，世濟其凶，增其惡名。以至於堯，堯不能去。縉雲氏有不才子，天下之民以比三凶，謂之饕餮。舜臣堯，賓於四門，流四凶族，投諸四裔，以禦魑魅。

〔一一〕《宋書》：志梟元凶，少雪仇耻。

且道有興廢，代有中季〔一〕。漢當三七，莽亦爲災〔二〕；赤伏再起〔三〕，丕業終光〔四〕。非陛下至神至聖，安能勃然中興乎。

〔一〕《漢書·谷永傳》：時世有中季，天道有盛衰。顔師古注：中，讀爲仲。

〔二〕《宋書》：漢元、成世，道士言讖者云，赤厄三七，三七，二百一十年，有外戚之篡；祚極三六，當有龍飛之秀，興復祖宗。及莽篡漢，漢二百一十年矣。莽十八年而敗，光武興焉。

〔三〕赤伏，見九卷注。

〔四〕司馬相如《封禪文》：天下之壯觀，王者之丕業。

以臣料人事得失，敢獻疑於陛下〔一〕。臣猶望愚夫千慮，或冀一得〔二〕。

〔一〕《列子》：北山愚公，其妻獻疑。

〔二〕《漢書》：廣武君曰：臣聞智者千慮，必有一失；愚者千慮，亦有一得。

何（當作「向」）者？賊臣楊國忠蔽塞天聰〔一〕，屠割黎庶；女弟席寵〔二〕，傾國弄權〔三〕。九土泉貨，盡歸其室。怨氣上激，水旱荐臻〔四〕；重羅暴亂，百姓力屈。即欲平殄蝥（音茅）賊〔五〕，恐難應期。且圖萬全之計，以成一舉之策。

〔一〕《魏書》：樹列朋黨，蔽塞天聰。

〔二〕《舊唐書・楊國忠傳》：太真妃即國忠從祖妹也。《書・畢命》：茲殷庶士，席寵惟舊。孔安國傳：居寵日久。《正義》云：席者，人之所處，故爲居之義。

〔三〕《太真外傳》：楊氏權傾天下，每有囑請，臺、省、府、縣，若奉詔敕。四方奇貨，童僕、駝馬，日輸其門。《瀟湘録》：楊國忠權勢漸高，四方奉貢珍寶，莫不先獻之。豪富奢華，朝庭間無敵。

〔四〕《通鑑》：天寶十三載，自去歲水旱相繼，關中大飢。《詩·大雅》：饑饉薦臻。

〔五〕《左傳》：率我蟊賊，以來摇蕩我邊疆。杜預注：蟊賊，食禾稼蟲名。

今自河以北，爲胡所淩〔一〕；自河之南，孤城四壘〔二〕。大盜蠶食〔三〕，割爲洪溝〔四〕；宇宙峴屼（繆本作「杌」）〔五〕，昭然可覩。

〔一〕淩，淩轢，謂踐蹈也。

〔二〕《禮記》：四郊多壘。鄭康成注：壘，軍壁也。

〔三〕《漢書》：稍蠶食六國。顔師古注：蠶食，謂漸吞滅之，如蠶食葉也。孔穎達《毛詩正義》：蠶食者，蠶之食桑，漸漸以食，使桑盡也。

〔四〕洪溝，即鴻溝，見十一卷注。

〔五〕峴屼，不安也，見三卷注。

臣伏見金陵舊都，地稱天險。龍盤虎踞〔一〕，開扃自然。六代皇居，五福斯在〔二〕。雄圖霸跡〔三〕，隱軫由存〔四〕。咽喉控帶，縈錯如繡〔五〕。天下衣冠士庶，避地東吴，永嘉南遷〔六〕，未盛於此。

〔一〕龍盤虎踞，見七卷注。

〔二〕《石林燕語》：太一有五福、大游、小游、四神、天一、地一、直符、君綦、臣綦、民綦，凡十神，皆天之貴神。而五福所臨，無兵疫。《玉海》：説者謂太一貴神有十，而尊曰五福。遷徙有常，率四十五歲而一易靈游所直之方，祥慶駢集，雨暘時叙，農扈屢豐，民物阜康，無或疵癘。

〔三〕《晉書》：武略雄圖，比蹤前烈。

〔四〕謝靈運詩：隱軫邑里密，緬邈江海遼。

〔五〕《史記》：秦、韓之地形，相錯如繡。

〔六〕《宋書》：晉永嘉大亂，幽、冀、青、并、兗州及徐州之淮北，流民相率過淮，亦有過江在晉陵郡界者。

臣又聞湯及盤庚，五遷其邑〔一〕，典謨訓誥，不以爲非；衛文徙居楚丘〔二〕，風人流詠。

〔一〕《尚書序》：盤庚五遷，將治亳，殷民咨胥怨，作《盤庚》三篇。孔安國傳：自湯至盤庚，凡五遷都。《史記》：帝盤庚之時，殷已都河北，盤庚渡河南，復居成湯之故居，乃五遷，無定處，殷民咨胥皆怨，不欲徙。盤庚乃告諭諸侯大臣。《正義》曰：湯自南亳遷西亳，仲丁遷敖，河亶甲居相，祖乙居耿，盤庚渡河南居西亳，是五遷也。

〔三〕《毛詩傳》：定之方中，美衛文公也。衛爲狄所滅，東徙渡河，野處漕邑。齊桓公攘夷狄而封之，文公徙居楚丘，始建城市，營宫室，得其時制，百姓悦之，國家殷富焉。

伏惟陛下因萬人之蕩析〔一〕，乘六合之譸（音舟）張〔二〕，去扶風萬有一危之近邦，就金陵太山必安之成策。苟利於物，斷在宸衷。

〔一〕《書·盤庚》：今我民用蕩析離居。

〔二〕《書·無逸》：無或胥譸張爲幻。孔安國傳：譸張，誑也。劉琨《答盧諶書》：自頃輈張，困於逆亂。李善注：侜張，驚懼之貌。舊説「侜」「譸」通用，是太白所用譸張字，當作驚懼解。

況齒革羽毛之所生，楩（音胼）楠豫章之所出〔一〕，元龜大貝〔二〕，充牣其中〔三〕；銀坑鐵冶〔四〕，連綿相屬。剗（音産）銅陵爲金穴〔五〕，煮海水爲鹽山〔六〕。以征則兵强，以守則國富。横制八極，克復兩京，俗畜來蘇之歡，人多徯后之望〔七〕。

〔一〕《禹貢》：揚州厥貢齒、革、羽、毛、惟木。孔安國傳：齒，象牙；革，犀皮；羽，鳥羽；毛，旄牛尾；

木，梗、梓、豫章。《正義》曰：梗、梓、豫章，此三者，是揚州美木，故傳舉以言之。所貢之木，不止於此。

〔二〕《大禹謨》：昆命於元龜。《正義》曰：元龜，謂大龜也。《白虎通》：江出大貝，海出明珠。《尚書正義》：伏生《書傳》云：散宜生之江淮，取大貝如大車之渠。

〔三〕《子虚賦》：充仞其中者，不可勝紀。

〔四〕《唐書·地理志》：揚州廣陵郡有丹陽監、廣陵監錢官二，江都縣有銅，六合縣有銅、有鐵，海陵縣有鹽官，天長縣有銅，昇州江寧郡上元縣有銅、有鐵，句容縣有銅，溧水縣有銅，溧陽縣有銅、有鐵。

〔五〕剗，削也。銅陵，出銅之山。金穴，藏金之窟。

〔六〕《漢書》：採山銅以爲錢，煮海水以爲鹽。

〔七〕《書·仲虺之誥》：攸徂之民，室家相慶曰：「徯我后，后來其蘇。」徯，待也。后，君也。蘇，復生也。

陛下西以峨嵋爲壁壘〔一〕，東以滄海爲溝池，守海陵之倉，獵長洲之苑〔二〕。雖上林、五柞（音昨）〔三〕，復何加焉。

〔一〕峨嵋山，見三卷注。

〔二〕《漢書·枚乘傳》：轉粟西向，陸行不絕，水行滿河，不如海陵之倉。修治上林，雜以離宫，積聚玩好，圈守禽獸，不如長洲之苑。晉灼曰：海陵，海中山爲倉也。臣瓚曰：海陵，縣名也，有吴太倉。服虔曰：長洲，吴苑。孟康曰：以江水洲爲苑也。韋昭曰：長洲在吴東。《太平寰宇記》：海陵倉，即漢吴王濞之倉也。枚乘上書曰：轉粟西向，水行滿河，不如海陵之倉。謂海渚之陵，因以爲倉，今已堙滅。長洲苑在蘇州長洲縣西南七十里。《藝文類聚》：《吴地記》曰：長洲，在姑蘇南，太湖北岸，闔閭所游獵處也。吴先主使徐詳至魏，魏太祖謂詳曰：「孤願越横江之津，與孫將軍游姑蘇之上，獵長洲之苑，吾志足矣。」

〔三〕上林苑、五柞宫，俱見一卷《大獵賦》注。

上皇居天帝運昌之都〔一〕，儲（音除）精真一之境〔二〕。有虞則北閉劍閣〔三〕，南扃（涓熒切，音駉）瞿塘〔四〕，蚩尤、共工，五兵莫向〔五〕，一聖高枕，人何憂哉！飛章問安，往復巴峽，朝發白帝，暮宿江陵〔六〕，首尾相應，率然之舉〔七〕。

〔一〕左思《蜀都賦》：遠則岷山之精，上爲井絡，天帝運期而會昌。劉淵林注：《河圖括地象》曰：岷山之地，上爲井絡，帝以會昌，神以建福，上爲天井。昌，慶也。言天帝於此會慶建福也。

〔二〕《甘泉賦》：儲精垂恩。李善注：儲精，儲畜精誠也。羅苹《路史注》：《三皇經》云：皇人者，泰帝之所使，在峨眉山。黄帝往受真一五牙之法。楊谷《授道記》云：黄帝見天皇真一之經而不決，遂周流四方，謁皇人於峨眉，而問真一之道。其言大率論水火絳宫大淵之事云。

〔三〕劍閣，見三卷《蜀道難》注。

〔四〕瞿塘，見四卷《長干行》注。《説文》：扃，外閉之關也。

〔五〕《述異記》：軒轅之初立也，有蚩尤氏，兄弟七十二人，銅頭鐵額，食鐵石。軒轅誅之於涿鹿之野，蚩尤能作雲霧。涿鹿，今在冀州，有蚩尤神，俗云人身牛蹄，四目六手。今冀州人掘地得髑髏，如銅鐵者，即蚩尤之骨也。秦、漢間説蚩尤氏耳鬢如劍戟，頭有角，與軒轅鬬，以角觸人，人不能向。羅苹《路史注》：《世本》云：蚩尤作五兵，戈、矛、戟、酋矛、夷矛。黄帝誅之涿鹿之野。《淮南子》：昔共工之力，觸不周之山，使地東南傾。與高辛爭爲帝，遂潛於淵，宗族殘滅，繼嗣絶祀。《文獻通考》：女媧末年，共工氏任智刑以强，霸而不王。與祝融戰，不勝，怒觸不周山以死。

〔六〕朝發白帝，暮宿江陵，詳見二十卷《早發白帝城》詩注。

〔七〕《禮記正義》：《兵書》云：善用兵者，似率然。率然者，常山蛇也。擊其首則尾至，擊其尾則首至，擊其中則首尾俱至。

不勝屏營瞻雲望日之至〔一〕，謹先奉表陳情以聞（「謹先」以下八字繆本缺）。

〔一〕《晉書·張軌傳》：瞻雲望日，孤憤義傷。

爲宋中丞自薦表

臣某聞，天地閉而賢人隱〔一〕，雲雷屯而君子用〔二〕。

〔一〕《周易》：天地閉，賢人隱。孔穎達《正義》：謂二氣不相交通，天地否閉，賢人潛隱。

〔二〕又《周易》：雲雷屯，君子以經綸。王弼注：君子經綸之時也。

臣伏見前翰林供奉李白，年五十有七。天寶初，五府交辟〔一〕，不求聞達〔二〕，亦由子真谷口，名動京師〔三〕。上皇聞而悦之，召入禁掖〔四〕。既潤色於鴻業〔五〕，或間草（郭本作「進」）於王言，雍容揄揚，特見褒賞。爲賤臣詐詭，遂放歸山，閑居製作，言盈數萬。屬逆胡暴亂，避地廬山，遇永王東巡脅行，中道奔走，卻至彭澤。具已陳首。前後經宣慰大使崔渙及臣推覆清雪〔六〕，尋經奏聞。

〔一〕《後漢書·張楷傳》：五府連辟，舉賢良方正，不就。章懷太子注：五府，太傅、太尉、司徒、司空、大將軍也。

〔二〕《三國志》：諸葛亮遭漢末擾亂，隨叔父玄避難荆州，躬耕於野，不求聞達。

〔三〕《華陽國志》：鄭子真，褒中人也。玄靜守道，履至德之行，乃其人也。教曰，忠孝愛敬，天下之至行也；神中五徵，帝王之要道也。成帝元舅大將軍王鳳備禮聘之，不應。家谷口，世號谷口子真。《漢書》：谷口鄭子真，不詘其志，耕於巖石之下，名震於京師。

〔四〕顔師古《漢書注》：掖門，非正門，而在兩旁，若人之臂掖也。《雍録》：《御覽》曰：出禁省爲殿門，外出大道爲掖門。禁掖者，謂禁中之掖門也。

〔五〕班固《兩都賦序》：以興廢繼絶，潤色鴻業。李善注：言能發起遺文，以光讚大業也。

〔六〕《唐書·宰相表》：至德元載七月庚午，蜀郡太守崔涣爲門下侍郎、同中書門下平章事。十一月戊午，涣爲江南宣慰使。

臣聞古之諸侯進賢受上賞，蔽賢受明（郭本作「顯」）戮。若三適（郭本作「道」）稱美，必九錫光（繆本作「先」）榮〔一〕，垂之典謨（繆本作「謀」），永以爲訓。臣所管李白，實審無辜，懷經濟之才，抗巢、由之節。文可以變風俗，學可以究天人〔二〕，一命不霑〔三〕，四海稱屈。

〔一〕《漢書》：元朔元年詔曰：進言受上賞，蔽賢蒙顯戮，古之道也。其與中二千石、禮官、博士議，不舉賢者罪。有司奏議曰：古者，諸侯貢士，一適謂之好德，再適謂之賢賢，三適謂之有功，乃加九錫。服虔曰：適，適得其人也。應劭曰：九錫，一曰車馬，二曰衣服，三曰樂器，四曰朱户，五曰納陛，六曰虎賁，七曰鈇鉞，八曰弓矢，九曰秬鬯。此皆天子制度，尊之，故事事錫予，但數少耳。張晏曰：九錫，經本無文。《周禮》以爲九命，《春秋説》有之。臣瓚曰：九錫備物，伯者之盛禮。齊桓、晉文猶不能備。今三進賢便受之，似不然也。當受進賢之一錫。《尚書大傳》云：三適謂之有功，賜以車服、弓矢是也。

〔二〕《梁書・鍾嶸傳》：文麗日月，學究天人。

〔三〕《周禮》：一命受職，再命受服，三命受位，四命受器，五命賜則，六命賜官，七命賜國，八命作牧，九命作伯。孔穎達《禮記正義》：天子上士三命，中士再命，下士一命。後世以受初品官爲一命，本此。

伏惟陛下大明廣運，至道無偏，收其希世之英，以爲清朝之寶。昔四皓遭高皇而不起〔一〕，翼惠帝而方來，君臣離合，亦各有數，豈使此人名揚宇宙，而枯槁當年。傳曰：舉逸人而天下歸心。伏惟陛下，迴太陽之高輝，流覆盆之下照〔二〕，特請拜一京官，獻可替否〔三〕，以光朝列〔四〕，則四海豪俊，引領知歸。不勝慺慺（音樓，又音臚）之至〔五〕，敢陳薦以聞。

〔一〕四皓，見四卷注。

〔二〕《抱朴子》：是責三光不照覆盆之内也。

〔三〕《後漢書》：君以兼覽博照爲德，臣以獻可替否爲忠。《爾雅》：替，止也。《廣韻》：替，廢也，滅也。

〔四〕潘岳《秋興賦序》：攝官承乏，猥厠朝列。

〔五〕《後漢書·楊賜傳》：豈敢愛惜垂没之年，而不盡其慺慺之心哉。章懷太子注：慺慺，猶勤勤也。

代壽山答孟少府移文書

《方輿勝覽》：壽山，在常德府安樂縣西北六十里，昔山民有壽百歲者。前人《德安府記》：西揖白兆，峰巒秀出，其下李太白之廬，想見拏丹砂、撫青海，而凌八極。北壽山，即太白所謂攢吸霞雨，隱居靈仙者也。人境之勝如此。《一統志》：壽山，在湖廣德安府城西北六十里，與應山接境。山下居民有壽至百餘歲者，故名。

淮南小壽山謹使東峰金衣雙鶴〔一〕，銜飛雲錦書，於維揚孟公足下〔二〕，曰：僕包大塊之氣〔三〕，生洪荒之間。連翼、軫之分野〔四〕，控荆、衡之遠勢〔五〕。盤薄萬古，邈然星河。憑天霓以結峰〔六〕，倚斗極而横嶂。頗能攢吸霞雨，隱居靈仙。産隋侯之明珠〔七〕，蓄卞氏之光寶〔八〕，罄宇宙之美，殫造化之奇。方與崑崙抗行，閬風接境〔九〕，何人間巫、廬、台、霍之足陳耶〔一〇〕！

〔一〕按《唐書·地理志》，安州安陸郡隸淮南道。鶴色白，而曰金衣雙鶴，謂黄鶴也。

〔二〕維揚，揚州也，摘《禹貢》「淮海惟揚州」之句，以成文也。

〔三〕高誘《淮南子注》：大塊，天地之間也。

〔四〕《漢書》：楚地，翼、軫之分野也。今之南郡、江夏、零陵、桂陽、武陵、長沙及漢中、汝南郡，盡楚分也。《宋書》：翼、軫，荆州之分也。

〔五〕《韻會》：控，引也。荆、衡，謂荆州、衡州之地，或曰荆山、衡山也。荆山在湖廣襄陽府南漳縣西北八十里。衡山在衡州府衡山縣西三十里。

〔六〕薛綜《東京賦注》：霓，天邊氣也。

〔七〕《世説注》：舊説云：隋侯出行，有蛇斬而中斷者，侯連而續之，蛇遂得生而去。後銜明月珠以報其德，光明照夜同晝，因曰隋珠。

〔八〕卞和寶玉，見四卷注。

〔九〕《水經注》：崑崙之山三級：下曰樊桐，一名板松；二曰玄圃，一名閬風；上曰增城，一名天庭，是謂太帝之居。又曰：崑崙山有三角：其一角正北，干辰星之輝，名曰閬風巔；其一角正西，名曰玄圃臺；其一角正東，名曰崑崙宫。

〔一〇〕巫山，在四川夔州府巫山縣。廬山，在湖廣九江府德化縣。天台山，在浙江台州府天台縣。霍山，在江南六安州霍山縣。

昨於山人李白處見吾子移文（繆本作「一昨於山人李白處奉見吾子移文」），責僕以多奇，鄙（繆本作「叱」）僕以特秀，而盛談三山五岳之美，謂僕小山無名、無德而稱焉。觀乎斯言，何太謬之甚也！吾子豈不聞乎：無名爲天地之始，有名爲萬物之母〔一一〕。假令登封禋祀〔一二〕，曷足以大道譏耶？然能損人費物，庖殺致祭，暴殄草木，鐫刻金石〔一三〕，使載圖典，亦未足爲貴乎？且達人莊生，常有餘論，以爲尺鷃不羨於鵬鳥〔一四〕，秋毫可並於泰山〔一五〕，由斯而談，何小大之殊也。

〔一一〕《老子》：無名天地之始，有名萬物之母。河上公注：無名者，謂道無形，故不可名也。始者，道之本吐炁布化，出於虚無，爲天地本也。有名，謂天地有形位，陰陽有剛柔，是其有名也。萬物母者，天地含氣生萬物，長大成熟，如母之養子。

〔一二〕《漢書·武帝紀》：夏四月癸卯，上還，登封泰山。孟康曰：王者功成治定，告成功於天。封，崇也，助天之高也。刻石紀號，有金策、石函，金泥、玉檢之封焉。應劭曰：封者，壇廣十二丈，高二丈，階三等，封於其上，示增高也。刻石，紀績也。立石三丈一尺，其辭曰：事天以禮，立身以義，事親以孝，育民以仁。四守之内，莫不爲郡縣。四夷八蠻，咸來貢職，與天無極。人民蕃息，天禄永得。尚玄酒而俎生魚。下禪梁父，祀地主，示增廣，此古制也。《周禮》：以禋祀祀昊天上帝。孔安國《尚書傳》：精義以享，謂之禋。杜預《左傳注》：潔齊以享謂之禋。

〔三〕《説文》：鐫，琢石也。

〔四〕尺鷃、鵬鳥，見一卷《大鵬賦》注。

〔五〕《莊子》：天下莫大於秋毫之末，而太山爲小。郭象注：夫以形相對，則太山大於秋毫也。若各據其性分，物冥其極，則形大未爲有餘，形小不爲不足。苟各安於其性，則秋毫不獨小其小，而太山不獨大其大矣。若以性足爲大，則天下之足未有過於秋毫也。若性足者非大，則雖太山亦可稱小矣。故曰：天下莫大於秋毫之末，而太山爲小。太山爲小，則天下無大矣；秋毫爲大，則天下無小矣。

又怪於諸山藏國寶、隱國賢，使吾君牓道燒山〔一〕，披訪不獲，非通談也〔二〕。夫皇王登極，瑞物昭至，蒲萄翡翠以納貢〔三〕，河圖洛書以應符〔四〕。設天網而掩賢〔五〕，窮月竁（音毳，又音串，義同）以率職〔六〕。天不秘寶，地不藏珍，風威百蠻〔七〕，春養萬物。王道無外〔八〕，何英賢珍玉而能伏匿於巖穴耶？所謂牓道燒山，此則王者之德未廣矣。昔太公大賢，傅説明德，棲渭川之水，藏虞、虢之巖〔九〕，卒能形諸兆朕（直引切，陳上聲）〔一〇〕，感乎夢想。此則天道暗合，豈勞乎搜訪哉。果投竿詣麾〔一一〕，捨築作相，佐周文，讚武丁，總而論之，山亦何罪。乃知巖穴爲養賢之域，林泉非祕寶之區，則僕之諸山，亦何負於國家矣。

〔一〕《晉書》：孫惠詭稱南岳逸士秦秘之，以書干東海王越。越省書，榜道以求之，惠乃出見越。越即以爲記室參軍，專掌文疏，預參謀議。《三國志注》：《文士傳》曰：太祖雅聞阮瑀名，辟之，不應。連見迫促，乃逃入山中。太祖使人焚山，得瑀，送至。梁邵陵王《貞白先生陶君碑》：牓道求賢，焚林招士。

〔二〕鍾嶸《詩品》：屬詞比事，乃爲通談。

〔三〕《酉陽雜俎》：尉瑾曰：蒲萄出自大宛，張騫所致，有黄、白、黑三種。成熟之時，子實逼側，星編珠聚。西域多釀以爲酒，每來歲貢。《周書·王會解》：成周之會，倉吾翡翠。翡翠者，所以取羽。琦按：蒲萄，西域所産；翡翠，南越所産。略舉二物，以見遠方納貢之意。

〔四〕《淮南子》：洛出丹書，河出緑圖。《白虎通》：王者德至淵泉，則河出龍圖，洛出龜書。《宋書》：黄帝軒轅氏游於洛水之上，見大魚，殺五牲以醮之。天乃甚雨，七日七夜，魚流於海，得圖書焉。龍圖出河，龜書出洛，赤文篆字，以授軒轅。《禮緯含文嘉》：伏羲德合上下，天應以鳥獸文章，地應以河圖洛書。則而象之，乃作八卦。

〔五〕曹植《與楊修書》：吾王於是設天網以該之，頓八紘以掩之。

〔六〕顔延年《宋郊祀歌》：月竁來賓。吕延濟注：竁，窟也。月窟，西極。顔延年《赭白馬賦》：五方率職，四隩入貢。

〔七〕《家語》：昔武王克商，通道於九夷、百蠻。王肅注：百蠻，夷狄百種也。《漢書》：威震百蠻，武暢西海。《後漢書·杜篤傳》：屠裂百蠻。章懷太子注：百蠻，夷狄之總稱也。

〔八〕《公羊傳》：桓八年，王者無外。

〔九〕《楚辭章句》：周文王夢立令狐之津，太公在後。帝曰：昌，賜汝名師。文王再拜。太公夢亦如此。文王出田，見識所夢，載與俱歸，以爲太師。傅説抱懷道德，而遭遇於刑罰，操築作於傅巖。武丁思想賢者，夢得聖人，以其形象求之，因得傅説。登以爲公，道用大興。孔安國《尚書傳》：傅氏之巖，在虞、虢之界，通道所經。有澗水壞道，常使胥靡刑人築護此道，説賢而隱，代胥靡築之以供食。《正義》曰：《尸子》云：傅巖在北海之州，傳言虞、虢之界，孔必有所案據而言之也。皇甫謐云：高宗夢天賜賢人，胥靡之衣，蒙之而來。曰：我徒也，姓傅，名説，天下得我者豈徒也哉。武丁悟而推之，曰：傅者，相也；説者，歡悦也，天下當有傅我而説民者哉。明以夢視百官，百官皆非也。乃使百工寫其形像，求諸天下。果見築者胥靡，衣褐帶索，執役於虞、虢之間，傅巖之野。名説，以其得之傅巖，謂之傅説。

〔一〇〕《淮南子》：欲與物接，而未成兆朕。高誘注：兆朕，形怪也。《廣韻》：吉凶形兆，謂之兆朕。

〔一一〕《韻會》：麾，旗屬。《周禮》：建大麾以田。

近者逸人李白自峨眉而來，爾其天爲容，道爲貌〔一〕，不屈己，不干人，巢、由以來，一人而已。乃虬蟠龜息〔二〕，遁乎此山。僕嘗弄之以緑綺〔三〕，卧之以碧雲，嗽之以瓊液，餌之以金砂〔四〕。既而童顔益春，真氣愈茂，將欲倚劍天外，挂弓扶桑〔五〕。浮四海，横八荒，出宇宙之寥廓，登雲天之渺茫。俄而李公仰天長吁，謂其友人曰：吾未可去也。吾與爾，達則兼濟天下，窮則獨善一身。安能飡君紫霞，蔭君青松，乘君鸞鶴，駕君虬（音求）龍，一朝飛騰，爲方丈、蓬萊之人耳〔六〕，此則未可也。乃相與卷其丹書，匣其瑤瑟〔七〕，申管、晏之談，謀帝王之術。奮其智能，願爲輔弼〔八〕，使寰區大定〔九〕，海縣清一〔一〇〕。事君之道成，榮親之義畢，然後與陶朱、留侯，浮五湖，戲滄洲，不足爲難矣。即僕林下之所隱容，豈不大哉。必能資其聰明，輔以正氣，借之以物色，發之以文章，雖烟花中貧〔一一〕，没齒無恨〔一二〕。其有山精木魅〔一三〕，雄虺猛獸〔一四〕，以驅之四荒，磔（音窄）裂原野〔一五〕，使影跡絶滅，不干户庭。亦遣清風掃門，明月侍坐。此乃養賢之心，實亦勤矣。

〔一〕《莊子》：道與之貌，天與之形。

〔二〕左思《吴都賦》：輪囷虯蟠。《説文》：虯，龍子無角者。《抱朴子》：《史記·龜策傳》云：江、淮間居人，爲兒時以龜支牀。至後死，家人移牀，而龜故生，此亦不減五六十歲也。不飲不食，如此之久而不死，其與凡物不同亦遠矣。仙家象龜之息，豈不有以乎？

〔三〕《廣博物志》：司馬相如作《玉如意賦》，梁王悦之，賜以緑綺之琴。琴銘曰：桐梓合精。見《古琴疏》。

〔四〕瓊液，玉液也。金砂，仙藥也。俱見二十一卷注。

〔五〕阮籍詩：彎弓挂扶桑，長劍倚天外。

〔六〕方丈、蓬萊，見四卷注。

〔七〕陸機詩：佳人理瑶瑟。

〔八〕《孔叢子》：王者前有疑，後有丞，左有輔，右有弼，謂之四近。

〔九〕《後漢書》：蟬蜕囂埃之中，自致寰區之外。

〔一〇〕《隋書》：皇明御曆，仁深海縣。《後漢書》：憲度既張，遠邇清一。

〔一一〕《吴都賦》：川瀆爲之中貧。

〔一二〕《後漢書》：以爲没齒之恨。章懷太子注：没，終也。齒，年也。

〔一三〕木魅山精，見二十二卷注。

〔一四〕雄虺，見一卷注。猛獸，猛虎也。唐人諱虎，或易稱武，或易稱獸。

〔一五〕《韻會》：磔，裂也。

孟子孟子，無見深責耶！明年青春，求我於此巖也。

上安州李長史書

今湖廣之德安府，在唐時爲安州，地屬淮南道。州設長史一人，正五品上。

白，嶔崎歷落可笑人也〔一〕。雖然，頗嘗覽千載，觀百家〔二〕，至於聖賢，相似厥衆，則有若似於仲尼〔三〕，紀信似於高祖〔四〕，牢之似於無忌〔五〕，宋玉似於屈原〔六〕。而遥觀君侯〔七〕，竊疑魏洽，便欲趨就，臨然舉鞭，遲疑之間，未及迴避。且理有疑誤而成過（一本無「過」字），事有形似而類真，惟大雅含弘〔八〕，方能恕之也。

〔一〕《晉書》：桓彝，字茂倫，雅爲周顗所重。顗嘗嘆曰：「茂倫嶔崎歷落，固可笑人也。」

〔二〕《漢書》：武帝罷黜百家，表章六經。顔師古注：百家，謂諸子雜説。

〔三〕《史記》：孔子既没，弟子思慕，有若狀似孔子，弟子相與共立爲師，師之如夫子時也。

〔四〕《史記》、《漢書》載紀信誑楚事，不言其貌似高祖。惟《白帖》云紀信貌似漢王，乘黄屋車，左纛，詐稱漢王出降項羽。不詳出於何書，要必有所本。

〔五〕《晉書》：何無忌，劉牢之之甥，酷似其舅。

〔六〕《襄陽耆舊傳》：宋玉識音而善文，襄王好樂而愛賦，既美其才，而憎其似屈原也，曰：「子盍從俗，使楚人貴子之德乎？」

〔七〕《漢書注》：如淳曰：《漢儀注》：列侯爲丞相，稱君侯。師古曰：《楊惲傳》丘常謂惲爲君侯，是則通呼列侯之尊稱耳，非必在於丞相也。

〔八〕盧諶《贈劉琨詩序》：大雅含弘，量苞山藪。

白少頗周慎〔一〕，忝聞義方〔二〕，入暗室而無欺〔三〕，屬昏行而不變〔四〕。今小人履疑誤形似之迹，君侯流愷悌矜恤（繆本作「捨」）之恩〔五〕。戢秋霜之威〔六〕，布冬日之愛〔七〕。睟（音粹）容有穆〔八〕，怒顔不彰。雖將軍息恨於長孺（一作「孫」）之前〔九〕，此無慚德；司空受揖於元淑之際〔一〇〕，彼未爲賢。一言見寃（當作「免」），九死非謝〔一一〕。

〔一〕《後漢書》：龍伯高敦厚周慎，口無擇言。嵇康詩：萬石周慎，安親保榮。周慎，謂周詳審慎也。

〔二〕《左傳》：臣聞愛子教之以義方。邢昺曰：方，猶道也。

〔三〕《南史·梁簡文帝紀》：弗欺暗室，豈況三光。又阮長之爲中書郎，直省，夜往鄰省，誤著屐出閣，依事自列。門下以暗夜人不知，不受列。長之固遣送曰：「一生不侮暗室。」

〔四〕《列女傳》：衛靈公與夫人夜坐，聞車轔轔，至闕而止，過闕復有聲。公問夫人曰：「知此爲誰？」夫人曰：「此蘧伯玉也。」公曰：「何以知之？」夫人曰：「妾聞禮下公門，式路馬，所以廣敬也。夫忠臣與孝子，不爲昭昭變節，不爲冥冥惰行。蘧伯玉，衛之賢大夫也，仁而有智，敬於事上，此其人必不以暗昧廢禮，是以知之。」劉勰《新論》：蘧瑗不以昏行變節。

〔五〕《詩·小雅》：既見君子，孔燕豈弟。毛傳曰：豈，樂；弟，易也。

〔六〕荀悦《申鑒》：喜如春陽，怒如秋霜。《十六國春秋》：去秋霜之威，垂三春之澤。

〔七〕《左傳》：趙衰，冬日之日也。趙盾，夏日之日也。杜預注：冬日可愛，夏日可畏也。

〔八〕王融《三月三日曲水詩序》：睟容有穆，賓儀式序。張銑注：睟，潤澤之貌也。穆，和也。

〔九〕《漢書》：汲黯，字長孺，爲人性倨少禮。大將軍青既益尊，姊爲皇后，然黯與亢禮。或説黯曰：「自天子欲令群臣下大將軍，大將軍尊貴，誠重，君不可以不拜。」黯曰：「夫以大將軍有揖客，反不重耶？」大將軍聞，愈賢黯，數請問以朝廷所疑，遇黯加於平日。

〔一〇〕《後漢書》：趙壹，字元叔，漢陽西縣人。光和元年舉郡上計，到京師。是時司徒袁逢受計，計吏數百人，皆拜伏庭中，莫敢仰視，壹獨長揖而已。逢望而異之，命左右往讓之，曰：「下郡計吏，而揖三公，何也？」對曰：「昔酈食其長揖漢王，今揖三公，何遽怪哉？」逢即斂衽下堂，延置上坐。因問西方事，大悦。顧謂坐中曰：「此漢陽趙元叔也，朝臣莫有過之者，吾請爲諸君分坐。」

坐者皆屬觀。或用其事。司空受揖，事未詳。司空當是司徒，元淑當是元叔之誤，未可知也。

〔一二〕《楚辭》：雖九死其猶未悔。

白孤劍誰託〔一〕，悲歌自憐，迫於恓惶〔二〕，席不暇暖〔三〕。寄絶國而何仰〔四〕，若浮雲而無依，南徙莫從，北游失路。遠（繆本作「言」）客汝海〔五〕，近還邧（音云。蕭本作「邛」）城〔六〕。昨遇故人，飲以狂藥〔七〕。一酌一笑，陶然樂酣，困河朔之清觴〔八〕，飫（於據切，於去聲）中山之醇酎（音宙）〔九〕。屬早日初眩，晨霾（音埋）未收〔一〇〕，乏離朱之明〔一一〕，昧王戎之視〔一二〕。青白其眼〔一三〕，瞢（音夢）而前行〔一四〕，亦何異抗莊公之輪，怒螳螂之臂，御者趨召，明其是非〔一五〕，入門鞠躬，精魄飛散。昔徐邈緣醉而賞，魏王卻以爲賢〔一六〕；無鹽因醜而獲，齊君待之逾厚〔一七〕。白妄人也，安能比之。上挂《國風》相鼠之譏〔一八〕，下懷《周易》履虎之懼〔一九〕。慜（當作「愍」）以固陋，禮而遺之。幸容甯越之辜〔二〇〕，深荷王公之德。銘刻心骨，退思狂愆〔二一〕，五情冰炭〔二二〕，罔知所措。晝愧於影，夜慚於魄，啟處不遑〔二三〕，戰跼無地。

〔一〕陳子昂詩：孤劍將何託，長謡塞上風。

〔二〕班固《答賓戲》：聖哲之治，棲棲遑遑。孔席不暖，墨突不黔。李善注：棲遑，不安居之意也。

〔三〕韋昭曰：暖，温也，言坐不暖席也。《淮南子》：墨子無暖席。高誘曰：坐席不至於温，歷行諸國，汲汲於行道也。《宋書》：竈不得黔，席未暇暖。

〔四〕絶國，謂遠地，見六卷注。

〔五〕汝海，見十三卷注。

〔六〕《史記正義》：《括地志》云：安州安陸縣城，本春秋時鄖國城。杜預《春秋經傳集解》：鄖國，在江夏雲杜縣東南，有鄖城。邧城，即鄖城也，古字通用。

〔七〕《晉書》：長水校尉孫季舒嘗與石崇酣燕，慢傲過度，崇欲表免之。裴楷聞之，謂崇曰：「足下飲人狂藥，責人正禮，不亦乖乎？」《初學記》：魏文帝《典論》曰：大駕都許，使光禄大夫劉松北鎮袁紹軍，與紹子弟日共宴飲。常以三伏之際，晝夜酣飲，極醉至於無知，云以避一時之暑，故河朔有避暑飲。

〔八〕江總《瑪瑙盌賦》：獲阿宗之美寶，命河朔之名觴。

〔九〕左思《魏都賦》：醇酎中山，流湎千日。劉淵林注：中山出好酎酒，其俗傳云：昔有人曰玄石者，從中山酒家沽酒，酒家與之千日之酒，語其節度，比歸百里，可至於醉。如其言飲之，至家而醉，其家不知其醉，以爲死也，斂棺而葬之。中山酒家計向千日，憶曰：「玄石前來沽酒，其醉向解也。」遂往問。其鄰人曰：「玄石死來三年，服已闋矣。」於是與其家至玄石冢上，掘而開其棺，玄石於是醉始解，起於棺中。其俗語曰：「玄石飲酒，一醉千日。」《説文》：酎，三重醇酒也。

〔一〇〕晨霾，早時昏霧之氣。

〔一一〕趙岐《孟子注》：離婁，古之明目者，蓋以爲黄帝時人也。黄帝亡其玄珠，使離朱索之。離朱，即離婁也。能視於百步之外，見秋毫之末。

〔一二〕《晉書》：王戎幼而穎悟，神彩秀徹，視日不眩。裴楷見而目之，曰：「戎眼爛爛如巖下電。」

〔一三〕又《晉書》：阮籍能爲青白眼，見禮俗之士，以白眼對之。及嵇喜來弔，籍作白眼，喜不懌而退。喜弟康聞之，乃齎酒挾琴造焉，籍大悦，乃見青眼。

〔一四〕《韻會》：瞢，目不明也。

〔一五〕《韓詩外傳》：齊莊公出獵，有螳螂舉足將搏其輪。問其御曰：「此何蟲也？」對曰：「此螳螂也。其爲蟲，知進而不知退，不量力而輕就敵。」莊公曰：「以爲人，必爲天下勇士矣。」於是迴車避之，而勇士歸焉。《莊子》：汝不見夫螳螂乎？怒其臂以當車轍，不知其不勝任也。

〔一六〕《魏志》：徐邈爲尚書郎，時科酒禁，而邈私飲，至於沉醉。校士趙達問以曹事，邈曰：「中聖人。」達白之太祖，太祖甚怒。鮮于輔進曰：「平日醉客謂酒清者爲聖人，濁者爲賢人。邈性修慎，偶醉言耳。」竟坐得免刑。文帝踐祚，車駕幸許昌，問邈曰：「頗復中聖人否？」邈對曰：「昔子反斃於陽穀，御叔罰於飲酒。臣嗜同二子，不能自懲，時復中之。然宿瘤以醜見傳，而臣以醉見識。」帝大笑，顧左右曰：「名不虚立。」

〔一七〕無鹽醜女，見四卷注。

〔一八〕《詩・國風》：相鼠有皮，人而無儀。人而無儀，不死何爲。

〔一九〕《周易》：履虎尾，咥人，凶。

〔二〇〕《世説》：王安期作東海郡。吏録一犯夜人來，王問何處來，云：「從師家受書還，不覺日晚。」王曰：「鞭撻甯越，以立威名，恐非致理之本。」使吏送令歸家。

〔二一〕《廣韻》：愆，過也，俗作僁。

〔二二〕五情，見二卷注。郭象《莊子注》：喜懼戰於胸中，固已結冰炭於五藏矣。

〔二三〕《詩·小雅》：王事靡盬，不遑啟處。毛傳云：遑，暇。啟，跪。處，居也。

伏惟君侯，明奪秋月，和均韶風〔一〕，掃塵詞場，振發文雅。陸機作太康之傑士〔二〕，未可比肩〔三〕；曹植爲建安（繆本作「武」，誤）之雄才〔四〕，惟堪捧駕。天下豪俊，翕然趨風，白之不敏，竊慕餘論。

〔一〕《南齊書》：挺清譽於弱齡，發韶風於早日。韶風，和風也。

〔二〕鍾嶸《詩品》：陳思爲建安之傑，陸機爲太康之英。太康，西晉年號，時則有左思、潘岳、二張、二陸之詩。

〔三〕《説苑》：比肩繼踵而在，何爲無人。

〔四〕建安，漢末年號，時則有曹氏父子及鄴中七子之詩。

何圖叔夜潦倒，不切於事情〔一〕；正平猖狂，自貽於恥辱〔二〕。一忤容色，終身厚顏〔三〕，敢昧（繆本作「沐芳」）負荆，請罪門下〔四〕。儻免以訓責，恤其愚蒙，如能伏劍結纓〔五〕，謝君侯之德。

〔一〕嵇叔夜《與山巨源絶交書》：足下舊知吾潦倒粗疏，不切事情。

〔二〕《後漢書》：禰衡，字正平。孔融深愛其才，數稱述於曹操。操欲見之，而衡素相輕疾，自稱狂病不肯往，而數有恣言。操懷忿，以其才名，不欲殺之。聞衡善擊鼓，乃召爲鼓史。因大會賓客，試閲音節。諸史過者，皆令脱其故衣，更著岑牟單絞之服。次至衡，衡方爲漁陽摻撾，蹀躍而前，容態有異，聲節悲壯，聽者莫不慷慨。衡進至操前而止，吏呵之，曰：「鼓史何不改裝，而輕敢進乎？」衡曰：「諾。」於是先解衵衣，次釋餘服，裸身而立，徐取岑牟單絞而著之。復參撾而去，顔色不怍。操笑曰：「本欲辱衡，衡反辱孤。」

〔三〕孔稚珪《北山移文》：芳杜厚顔，薜荔蒙恥。

〔四〕《史記》：廉頗肉袒負荆，至藺相如門謝罪。《索隱》曰：負荆者，荆，楚也，可以爲鞭者也。

〔五〕《左傳》：魏絳將伏劍，士魴張老止之。孔穎達《正義》：將伏劍，謂仰劍刃，身伏其上而取死也。《左傳》：太子下石乞、孟黶敵子路，以戈擊之，斷纓。子路曰：「君子死，冠不免。」結纓而死。江淹《上建平王書》：結纓伏劍，少謝萬一。猶云殺身以報德也。

敢以近所爲（繆本作「敢一夜力撰」）《春游救苦寺》詩〔一〕一首十韻、《石巖寺》詩一首八韻、《上楊都尉》詩一首三十韻，辭旨狂野，貴露下情，輕干視聽，幸乞詳覽。

〔一〕《方輿勝覽》：救苦寺，在常德府西四里，今名勝業院。李白有《春游救苦寺》詩。今考集中，三詩皆不傳。

與賈少公書

唐人通呼縣尉曰少府。少公，即少府也。書内有「中原横潰」及「王命崇重，大總元戎，辟書三至」，「嚴期迫切」等語，疑是永王璘脅行時所作。

（上似有缺文）宿昔惟清勝。白綿疾疲薾〔一〕，去期恬退〔二〕，才微識淺，無足濟時。雖中原横潰〔三〕，將何以救之。王命崇重，大總元戎〔四〕，辟書三至〔五〕，人輕禮重。嚴期迫切，難以固辭，扶力一行〔六〕，前觀進退。

〔一〕謝靈運詩：疲薾慚貞堅。吕向注：疲薾，困極之貌。

〔二〕《宋書·孝武帝紀》：恬退自守，不交當世。

〔三〕《南史·儒林傳》：中原横潰，衣冠道盡。

〔四〕《漢書》：統辟元戎。顔師古注：元戎，大衆也。庾信《哀江南賦》：實總元戎，身先士卒。

〔五〕阮籍《奏記》：辟書始下，下走爲首。李善注：辟，猶召也。

〔六〕徐陵《與宗室書》：扶力爲書，多不詮次。扶力，猶勉力也。

且殷深（繆本缺「深」字）源廬岳十載，時人觀其起與不起，以卜江左興亡〔一〕。謝安高卧東山〔二〕，蒼生屬望。白不樹矯抗之跡〔三〕，恥振玄邈之風〔四〕，混游漁商，隱不絶俗〔五〕。豈徒販賣雲壑〔六〕，要射虚名，方之二子，實有慚德〔七〕。徒塵忝幕府，終無能爲。

〔一〕《世説》：殷深源在墓所幾十年，於時朝野以擬管、葛，起不起以卜江左興亡。

〔二〕謝安高卧東山，見七卷注。

〔三〕劉琨《勸進表》：存舜、禹至公之情，狹巢、由矯抗之節。

〔四〕桓温《薦譙元彦表》：洗耳投淵，以振玄邈之風。

〔五〕《後漢書·郭林宗傳》：隱不違親，貞不絶俗。

〔六〕孔稚圭《北山移文》：誘我松桂，欺我雲壑。

〔七〕《書·仲虺之誥》：惟有慚德。孔傳曰：慚德，慚德不及古也。

唯當報國薦賢，持以自免，斯言若謬，天實殛之。以足下深知，具申中款〔一〕。惠子知我〔二〕，夫何間然。勾當小事〔三〕，但增悚惕（一作「佩」）。

〔一〕陸雲詩：何用結中款，仰指北辰星。

〔二〕曹子建《與楊德祖書》：其言之不慚，恃惠子之知我也。李周翰注：我有此言而不慚者，恃子恩惠之知我也。一云：惠子，惠施也。

〔三〕勾當，幹辦也。唐宋時俚語，今北人猶有此言，俱作去聲呼。

爲趙宣城與楊右相書

趙宣城，宣城太守趙悅也。《唐書》：天寶十一載十一月庚申，楊國忠爲右相。

某啟。辭違積年，伏戀軒屏，首冬初寒，伏惟相公尊體起居萬福。某蒙恩才朽齒邁〔一〕，徒延聖日。少忝末吏，本乏遠圖；中年廢缺，分歸園壑。昔相公秉國憲之日〔二〕，一拔九霄，拂刷前恥，昇騰晚官。恩貸稠疊，實戴丘山。落羽再振，枯鱗旋躍，運以大風之舉，假以磨（當作「摩」）天之翔〔三〕。衣繡霜臺，含香華省〔四〕。辛劇慚强項之名，酌貪礪清心之節〔五〕。三典列郡〔六〕，寂無成功，但宣布王澤〔七〕，式酬天獎〔八〕。

〔一〕陸雲《與陸典書》：年長而志新，齒邁而曾勤。

〔二〕《唐書·楊國忠傳》：天寶七載，擢給事中、兼御史中丞。蔡邕《文烈侯楊公碑》：逮作御史，允執國憲。

〔三〕阮籍詩：高鳥摩天飛，凌雲共游戲。

〔四〕繡衣，御史之服。霜臺，御史之府。俱見十一卷注。《初學記》：應劭《漢官儀》曰：尚書郎含鷄舌香，伏奏事。黄門侍郎對揖跪受。故稱尚書郎懷香握蘭，趨走丹墀。《宋書》：尚書郎口含鷄舌香，以其奏事對答，欲使氣息芬芳也。潘岳《秋興賦》：獨展轉於華省。

〔五〕漢光武呼洛陽令董宣爲强項令，見十二卷注。《晉書》：廣州包帶山海，珍異所出，一篋之寄，可資數世。然多瘴疫，人情憚焉。惟貧窶不能自立者求補長史，故前後刺史，皆多黷貨。朝廷欲革嶺南之弊，隆安中，以吴隱之爲廣州刺史。未至州二十里，地名石門，有水曰貪泉，飲者懷無厭之欲。隱之既至，語其親人曰：「不見可欲，使心不亂，越嶺喪清，吾知之矣。」乃至泉所，酌而飲之，賦詩曰：「古人云此水，一歃懷千金，試使夷齊飲，終當不易心。」在州清操逾厲。

〔六〕典，守也。

〔七〕班固《兩都賦序》：王澤竭而詩不作。

〔八〕任昉《奏答勑示七夕詩啟》：牽率庸陋，式酬天獎。劉良注：式，用也。酬，答也。獎，猶恩也。

伏惟相公，開張徽猷〔一〕，寅亮天地〔二〕。入夔龍之室，持造化之權。安石高枕，蒼生是仰〔三〕。

〔一〕《詩·小雅》：君子有徽猷。毛傳曰：徽，美也。鄭箋曰：猷，道也。君子有美道以得聲譽也。

〔二〕《書·周官》：貳公弘化，寅亮天地。

〔三〕孔傳曰：敬信天地之教。安石不出，當如蒼生何，見七卷注。

某鳴躍無已，剪拂因人〔一〕。銀章朱紱〔二〕，坐榮宦達，身荷宸眷（繆本作「睠」）〔三〕，目識龍顔。既齊飛於鵷（郭本作「鴛」）鷺〔四〕，復寄跡於門館，皆相公大造之力也。而鐘鳴漏盡，夜行不息〔五〕，止足之分〔六〕，實愧古人。犬馬戀主〔七〕，迫於西汜〔八〕，所冀枯松晚歲，無改節於風霜；老驥餘年，期盡力於蹄足。上答明主，下報相公，縷縷之誠〔九〕，屏息於此〔一〇〕。

〔一〕剪拂，見三卷注。

〔二〕銀章、朱紱，見十一卷注。

〔三〕《北史·劉炫傳》：以此庸虛，屢動宸眷。

〔四〕《隋書·音樂志》：懷黄綰白，鵷鷺成行。

〔五〕《三國志》：田豫屢乞遜位，司馬宣王以爲豫克壯，書喻未聽。豫書答曰：「年過七十而以居位，譬猶鐘鳴漏盡，而夜行不休，是罪人也。」

〔六〕潘岳《閑居賦序》：覽止足之分，庶浮雲之志。《晉書》：陶侃季年，懷止足之分，不與朝權。

〔七〕犬馬戀主，見本卷注。

〔八〕《楚辭》：出自湯谷，入於蒙汜。王逸注：汜，水涯也。言日出東方湯谷之中，入西極蒙水之涯也。謝瞻詩：扶光迫西汜。吕延濟注：扶光，日也。迫，薄也。西汜，日入處也。

〔九〕縷縷，見本卷注。

〔一〇〕盧思道《勞生論》云：違時薄宦，屏息窮居。

伏惟相公，收遺簪於少昊（當作「原」）〔一〕，念亡弓於楚澤。衰當益壯〔二〕，結草知歸〔三〕。瞻望恩光〔四〕，無忘景刻〔五〕。

〔一〕《獨異志》：孔子行過少陵原，聞婦人哭甚哀，使子貢問焉：「何哭之悲也？」婦人曰：「向者刈薪而遺簪。」孔子復問曰：「刈薪遺簪，乃常也，而哭悲者何也？」答曰：「非惜一簪，所以悲不忘故也。」《家語》：楚王出游，亡烏皞之弓，左右請求之。王曰：「已之，楚王失弓，楚人得弓，又何求之。」

〔二〕《後漢書》：馬援嘗謂賓客曰：「丈夫爲志，窮當益堅，老當益壯。」

〔三〕《左傳》：魏顆敗秦師於輔氏，獲杜回，秦之力人也。初，魏武子有嬖妾，無子，武子疾，命顆曰：「必嫁是。」疾病，則曰：「必以爲殉。」及卒，顆嫁之，曰：「疾病則亂，吾從其治也。」及輔氏之役，顆見老人結草以亢杜回，杜回躓而顛，故獲之。夜夢之，曰：「予，爾所嫁婦人之父也。爾用先人之治命，予是以報。」

〔四〕江淹《上建平王書》：大王惠以恩光，顧以顏色。

〔五〕謝靈運詩：愛客不告疲，飲讌遺景刻。李善注：刻，漏刻也。

與韓荆州書

《唐書》：韓朝宗初歷左拾遺，累遷荆州長史。開元二十二年，初置十道採訪使，朝宗以襄州刺史兼山南東道，坐所任吏擅賦役，貶洪州刺史。天寶初，召爲京兆尹，出爲高平太守，貶吴興别駕，卒。喜識拔後進，嘗薦崔宗之、嚴武於朝，當時士咸歸重之。

白聞天下談士相聚而言曰：「生不用萬户侯，但願一識韓荆州。」何令人之景慕〔一〕，一至於此耶！豈不以有周公之風，躬吐握之事〔二〕，使海内豪俊〔三〕，奔走而歸之，一登龍門〔四〕，則聲譽十倍。所以龍盤鳳逸之士，皆欲收名定價於君侯。願君侯不以富貴而驕之，寒賤而忽之，則三千賓中有毛遂，使白得穎脱而出〔五〕，即其人焉。

〔一〕梁簡文帝啟：矧彼前賢，寧忘景慕。

〔二〕《韓詩外傳》：周公曰：「吾，文王之子，武王之弟，成王之叔父也。又相天下，吾於天下亦不輕矣。然一沐三握髮，一飯三吐哺，猶恐失天下之士。」

〔三〕《淮南子》：智過萬人者，謂之英；千人者，謂之俊；百人者，謂之豪；十人者，謂之傑。

〔四〕《世説》：李玄禮風格秀整，高自標持，欲以天下名教是非爲己任。後進之士，有升其堂者，皆以爲登龍門。

〔五〕《史記》：平原君合從於楚約，與食客門下有勇力文武備具者二十人偕，得十九人。有毛遂者，前自贊於平原君。平原君曰：「賢士之處世也，譬若錐之處囊中，其末立見。今先生處勝之門下，三年於此矣，左右未有所稱誦，勝未有所聞，是先生無所有也。」毛遂曰：「臣乃今日請處囊中耳。使遂早得處囊中，乃穎脱而出，非特其末見而已。」

白隴西布衣，流落楚、漢〔一〕。十五好劍術，遍干諸侯。三十成文章，歷抵卿相。雖長不滿七尺，而心雄萬夫。王公大人（舊本作「臣」，今從《唐文粹》本），許與氣義。此疇曩（乃黨切，曩上聲）心跡〔二〕，安敢不盡於君侯哉（繆本作「爲」）！

〔一〕太白本蜀人，稱隴西者，本先世族望而言也。

〔二〕《爾雅》：曩，鄉也。疇曩，猶疇昔。

君侯制作侔神明〔一〕，德行動天地〔二〕，筆參造化，學究天人（舊本作「筆參於造化，學究於天人」，今從《唐文粹》本）〔三〕。幸願開張心顔，不以長揖見拒。必若接之以高宴〔四〕，縱之以清談，請日試萬言，倚馬可待〔五〕。今天下以君侯爲文章之司命，人物之權衡，一經品題，便作佳士。而君侯何惜階前盈尺之地，不使白揚眉吐氣、激昂青雲耶？

〔一〕何承天《達性論》：妙思窮幽賾，制作侔造化。

〔二〕《後漢書》：言行動天地，舉厝移陰陽。

〔三〕《梁書・鍾嶸傳》：文麗日月，學究天人。

〔四〕《北史》：崔㥄常與蕭祇、明少遐等高宴終日，獨無言。

〔五〕《世説》：桓宣武北征，袁虎時從。會須露布文，喚袁倚馬前令作，手不輟筆，俄得七紙，殊可觀。

昔王子師爲豫州，未下車即辟荀慈明；既下車，又辟孔文舉〔一〕。山濤作冀州，甄拔三十餘人〔二〕，或爲侍中、尚書，先代所美。而君侯亦薦一嚴協律〔三〕，入爲秘書郎。中間崔宗之、房習祖、黎昕（音欣）、許瑩（音榮）之徒，或以才名見知，或以清白見賞。白每觀其銜恩撫躬，忠義奮發，以此感激，知君侯推赤心於諸賢腹中〔四〕，所以不歸他人，而願委身國士。儻急難有用，敢効微軀（繆本作「軀」）。

〔一〕《後漢書》：王允字子師，太原祁人也。中平元年，特選拜豫州刺史。辟荀爽、孔融等爲從事。《晉書·江統傳》：昔王子師爲豫州，未下車，辟荀慈明；下車，辟孔文舉。

〔二〕《晉書》：山濤出爲冀州刺史，冀州俗薄，無相推轂。濤甄拔隱屈，搜訪賢才。旌命三十餘人，皆顯名當時。人懷慕尚，風俗頗革。

〔三〕《唐書·百官志》：太常寺有協律郎二人，正八品上，掌和律吕。

〔四〕《後漢書》：光武自乘輕騎，案行部陣，降者更相語曰：「蕭王推赤心置人腹中，安得不投死乎？」

且人非堯、舜，誰能盡善。白謨猷籌畫，安能自（舊本作「盡」，今從《唐文粹》本）矜。至於制作，積成卷軸〔一〕，則欲塵穢視聽〔二〕，恐雕蟲小技〔三〕，不合大人。若賜觀芻蕘〔四〕，請給紙墨，兼之書人（舊本作「兼人書之」，今從《唐文粹》本）。然後退掃（舊本作「歸」，今從《唐文粹》本）閑軒〔五〕，繕寫呈上〔六〕。庶青萍、結緑〔七〕，長價於薛、卞之門〔八〕，幸惟下流，大開奬飾，惟君侯圖之。

〔一〕任昉《齊竟陵文宣王行狀》：所造箴銘，積成卷軸。

〔二〕《三國志・陸凱傳》：穢塵天聽。

〔三〕《隋書・李德林傳》：經國大體，是賈生、晁錯之儔；雕蟲小技，殆子雲、相如之輩。雕蟲，見二卷注。

〔四〕《詩・大雅》：先民有言，詢於芻蕘。

〔五〕《南齊書》：高嘯閑軒。

〔六〕《韻會》：編録文字，謂之繕寫。

〔七〕青萍，劍名。結緑，玉名。俱見九卷注。

〔八〕《越絶書》：客有能相劍者，名薛燭。詳見二卷注。《新序》：荆人卞和得玉璞，詳見四卷注。

上安州裴長史書

《通典》：安州，今理安陸縣，春秋邳子之國，雲夢之澤在焉。後楚滅邳，封鬭辛爲鄖公，即其地也。注：邳，或作「鄖」。

白聞天不言而四時行，地不語而百物生〔一〕。白人焉，非天地（繆本多一「也」字），安得不言而知乎？敢剖心析肝（蕭本作「刻心㭊肝」。「枏」即「析」字）〔二〕，論舉身之事，便當談笑，以明其心。而粗陳其大綱，一快憤懣（音悶，又音滿）〔三〕，惟君侯察焉。

〔一〕《北史》：長孫紹遠曰：「夫天不言，四時行焉；地不言，萬物生焉。」

〔二〕《史記·鄒陽傳》：兩臣二主，剖心析肝，相信豈移於浮詞哉！

〔三〕《漢書·司馬遷傳》：是僕終已不得舒憤懣以曉左右。顔師古注：懣，煩悶也。

白本家金陵，世爲右姓〔一〕，遭沮（音葅）渠蒙遜難，奔流咸秦〔二〕，因官寓家。少長江漢，五歲誦六甲，十歲觀百家〔三〕。軒轅以來，頗得聞矣。常横經籍書〔四〕，制作不倦，迄於今三十春矣。

〔一〕《唐書·柳沖傳》：江左定氏族，凡郡上姓第一，則爲右姓。太和以郡四姓爲右姓。齊浮屠曇剛《類例》，凡甲門爲右姓。周建德氏族，以四海通望爲右姓。隋開皇氏族以上品、茂姓則爲右姓。唐《貞觀氏族志》，凡第一等則爲右姓。路氏著《姓略》，以盛門爲右姓。李沖《姓族係録》，凡四海望族則爲右姓。

〔二〕按《晉書》，涼武昭王諱暠，字玄盛，隴西成紀人，姓李氏，漢前將軍廣之十六世孫也。廣曾孫仲翔，後漢初爲將軍，討叛羌於素昌，素昌乃狄道也。衆寡不敵，死之。仲翔子伯考奔喪，因葬於狄道之東川，遂家焉，世爲西州右姓。玄盛當吕氏之末，爲群雄所奉，遂啟霸圖，兵不血刃，坐定千里，進號大都督、大將軍、涼公，領秦、涼二州牧。據河右，遷都酒泉，薨。子歆嗣位，爲沮渠蒙遜所滅。諸弟酒泉太守翻、新城太守預、領羽林監密、左將軍姚、右將軍亮等，西奔燉煌，翻及弟燉煌太守恂與諸子等，棄燉煌，奔於北山。郡人宋承、張弘以恂在郡有惠政，推爲冠軍將軍、涼州刺史。蒙遜屠其城，歆子重耳脱身奔於江左，仕於宋。後歸魏，爲弘農太守。蒙遜徙翻子寶等於姑藏，歲餘，北奔伊吾，後歸於魏。胡應麟《續筆叢》：涼武昭王之世，南北瓜分已久，即云先世金陵，後遷隴蜀，亦萬萬不通。蓋後人因白僑寓白門，而僞爲此書云云。琦按：自「本家金陵」至「少長江漢」二十餘字，必有缺文訛字，否則「金陵」或是「金城」之謬，亦未可知，斷爲僞作者，非是。

〔三〕《禮記》：九年教之數日。鄭康成注：朔望與六甲也。《漢書》：八歲入小學，學六甲、五方、書計之事。《南史》：顧歡年六七歲，知推六甲。六甲，今之六十甲子。《史記》：賈生年少，頗通諸子百家之書。

〔四〕《北齊書·儒林傳》：横經受業之侶，遍於鄉邑。《漢書·叙傳》：徒樂枕經籍書，紆體横門。

以爲士生則桑弧蓬矢，射乎四方，故知大丈夫必有四方之志〔一〕。乃仗（繆本作「杖」）劍去國〔二〕，辭親遠游。南窮蒼梧〔三〕，東涉溟海。見鄉人相如大誇雲夢之事〔四〕，云楚有七澤，遂來觀焉。而許相公家見招〔五〕，妻以孫女，便憩跡（繆本無「跡」字）於此，至移三霜焉。

〔一〕《禮記》：男子生，桑弧蓬矢六，以射天地四方。天地四方者，男子之所有事也，故必先有志於其所有事。

〔二〕杖，持也。古「杖」、「仗」通用。《漢書・韓信傳》：項梁渡淮，信乃杖劍從之。《陳平傳》：平身閒行，杖劍亡渡河。顔師古曰：言直帶一劍，更無餘資。

〔三〕蒼梧，見五卷注。

〔四〕雲夢七澤，見一卷注。

〔五〕許相公，謂許圉師。按《舊唐書》，許紹，字嗣宗，本高陽人，梁末徙於周，因家於安陸。累官硤州刺史，封安陸郡公。少子圉師，有器幹，博涉藝文，舉進士。顯慶二年，累遷黄門侍郎、同中書門下三品。龍朔中，爲左相。爲李義府所擠，左遷虔州刺史，尋轉相州刺史。上元中，再遷户部尚書。儀鳳四年卒。

曩昔東游維揚〔一〕，不逾一年，散金三十餘萬，有落魄（音薄）公子〔二〕，悉皆濟之。此則是白之輕財好施也。

〔一〕向秀《思舊賦序》：追思曩昔游宴之好。《禹貢》：淮海惟揚州。

〔二〕落魄，見三卷注。

又昔與蜀中友人吴指南同游於楚，指南死於洞庭之上，白禫（徒感切，覃上聲）服慟哭〔一〕，若喪天倫〔二〕。炎月伏屍，泣盡而（郭氏本無「而」字）繼之以血。行路聞者，悉皆傷心。猛虎前臨，堅守不動。遂權殯於湖側，便之金陵。數年來觀，筋肉（集本作「骨」，今從《唐文粹》本）尚在。白雪泣持刃〔三〕，躬申洗削。裹骨徒步，負之而趨。寢興攜持，無輟身手，遂丐貸營葬於鄂城之東〔四〕。故鄉路遥，魂魄無主，禮以遷窆（音貶）〔五〕，式昭朋情。此則是白存交重義也。

〔一〕《禮記》：中月而禫，禫而纖。鄭康成注：黑經白緯曰纖。舊説，纖，冠者采纓也。孔穎達《正義》：禫而纖者，禫祭之時，玄冠朝服，禫祭既訖，而首著纖冠，身著素端黄裳，以至吉祭。禫服，即素服之義。

〔二〕天倫，兄弟也，見十五卷注。

〔三〕雪泣，拭淚也，見二十五卷注。

〔四〕鄂城，謂江夏郡城，本名鄂州，故曰鄂城。

〔五〕《小爾雅》：下棺謂之窆。

又昔與逸人東嚴子隱於岷山之陽〔一〕，白巢居數年，不跡城市。養奇禽千計，呼皆就掌取食，了無驚猜。廣漢太守聞而異之，詣廬親覩，因舉二人以有道〔二〕，並不起。此則白養高忘機，不屈之跡也。

〔一〕《尚書蔡傳》：晁氏曰：蜀以山近江源者通爲岷山。連峰接岫，重疊險阻，不詳遠近。青城、天彭之所環繞，皆古之岷山，青城乃其第一峰也。《地理今釋》：岷山跨古雍、梁二州，自陝西鞏昌府岷州衛以西，大山重谷，谽谺起伏，西南走蠻箐中，直抵四川成都府之西境。凡茂州之雪嶺，灌縣之青城，皆其支脉。而導江之處，則在今松潘衛北西番界之浪架嶺。《漢書·地理志》所云岷山在湔道縣西徼外，是也。

〔二〕太白巴西郡人，唐之巴西郡，即漢之廣漢郡，地取舊名，以代時稱，唐人多有此習。其實唐時無廣漢太守之名也。有道，唐取士科名，《唐書·高適傳》舉有道科中第，是也。

又前禮部尚書蘇公出爲益州長史〔一〕，白於路中投刺〔二〕，待以布衣之禮。因謂群寮曰〔三〕：「此子天才英麗，下筆不休〔四〕，雖風力未成，且見專車之骨〔五〕。若廣之以學，可以相如比肩也。」四海明識，具知此談。

〔一〕《唐書》：蘇頲，字廷碩，開元四年進同紫微黄門平章事。八年，罷爲禮部尚書，俄檢校益州大都督長史，按察節度劍南諸州。

〔二〕《釋名》：書姓字於奏白曰刺。《北齊書・楊愔傳》：神武至信都，遂投刺轅門，便蒙引見。

〔三〕揚雄《甘泉賦》：命群僚，歷吉日。

〔四〕班固《與弟超書》：傅武仲以能屬文爲蘭臺令史，下筆不能自休。

〔五〕《國語》：昔禹致群臣於會稽之山，防風氏後至，禹殺而戮之，其骨節專車。

前此郡督馬公〔一〕，朝野豪彥，一見盡（繆本少「盡」字）禮，許爲奇才。因謂長史李京之曰：「諸人之文，猶山無烟霞，春無草樹。李白之文，清雄奔放，名章俊語，絡繹間起，光明洞徹（繆本作「澈」），句句動人。」此則故交元丹，親接斯議。

〔一〕按《唐書》，安州安陸郡，設中都督府，置都督一人，正三品，蓋即刺史之任。長史一人，正五品上。

若蘇、馬二公愚人也，復何足（繆本多一「盡」字）陳；儻賢賢也，白有可尚。夫唐虞之際，於斯爲盛，有婦人焉，九人而已。是知才難不可多得。白，野人也，頗工於文，惟君侯顧之，無按劍也。伏惟君侯，貴而且賢，鷹揚虎視〔一〕，齒若編貝〔二〕，膚如凝脂〔三〕，昭昭乎，若玉山上行，朗然映人也〔四〕。而高義重諾，名飛天京，四方諸侯，聞風暗許。倚劍慷慨，氣干虹蜺〔五〕。月費千金，日宴群客，出躍駿馬，入羅紅顔，所在之處，賓朋成市。故時人（繆本作「節」）歌曰：「賓朋何喧喧，日夜裴公門。願得裴公之一言，不須驅馬埒（音劣。繆本作「將」）華軒。」〔六〕白不知君侯何以得此聲於天壤之間，豈不由重諾好賢，謙以得也。而晚節改操〔七〕，棲情翰林〔八〕，天材超然，度越作者。屈佐郎（繆本作「邵」）國〔九〕，時惟清哉。稜（音楞）威雄雄〔一〇〕，下慴（音疊。繆本作「熠」）群物〔一一〕。

〔一〕應休璉《與侍郎曹長思書》：王肅以宿德顯授，何曾以後進見拔，皆鷹揚虎視，有萬里之望。

〔二〕《漢書》：目若懸珠，齒若編貝。

〔三〕《詩·國風》：膚如凝脂。

〔四〕《世説》：見裴叔則，如玉山上行，光映照人。

〔五〕江淹詩：倚劍臨八荒。曹植《七啟》：揮袂則九野生風，慷慨則氣成虹蜺。

〔六〕《説文》：埒，卑垣也。《韻會》：檐宇之末曰軒。《魏都賦注》：長廊之有窗也。華軒，謂華美之軒，見二十五卷注。

〔七〕晚節，暮年也，見十五卷注。

〔八〕《漢書》：籍翰林以爲主人，子墨爲客卿。李善注：韋昭曰：翰，筆也。翰林，文翰之多若林也。《詩·大雅》「有壬有林」是也。此云林，即「文翰林」，猶「儒林」之意也。

〔九〕《元和郡縣志》：安州，春秋時鄖國。《太平寰宇記》：《左氏傳》曰：鄖人軍於蒲騷。杜預注云：鄖國在江夏郡雲杜縣，楚滅之。按鄖國，今安州城是也。
〔一〇〕威稜，見一卷《大獵賦》注。
〔一一〕《廣韻》：慴，懾也。

白竊慕高義，已經十年。雲山間之，造謁無路。今也運會，得趨末塵，承顏接辭，八九度矣〔一〕。常欲一雪心跡，崎嶇未便。何圖謗言（繆本作「詈」）忽生，衆口攢毀，將恐（繆本作「欲」）投杼（音紵）下客〔二〕，震於嚴威。然自明無辜，何憂悔吝。孔子曰：畏天命，畏大人，畏聖人之言。過此三者，鬼神不害。若使事得其實，罪當其身，則將浴蘭沐芳〔三〕，自屏於烹鮮之地〔四〕，惟君侯死生。不然，投山竄海〔五〕，轉死溝壑。豈能明目張膽〔六〕，託書自陳耶！

〔一〕《史記》：臣所以去親戚而事君者，徒慕君之高義也。度，猶次也。
〔二〕投杼，用曾母事，見十一卷注。
〔三〕《楚辭》：浴蘭湯兮沐芳。
〔四〕《老子》：治大國若烹小鮮。河上公注：鮮，魚也。烹鮮之地，猶云鼎鑊也。

〔五〕《南史·王藻傳》：便當刊膚剪髮，投山竄海。
〔六〕《史記·陳餘傳》：將軍瞋目張膽，出萬死不顧一生之計。

昔王東海問犯夜者曰：「何所從來？」答曰：「從師受學，不覺日晚。」王曰：「吾豈可鞭撻甯越，以立威名。」〔一〕想君侯通人〔二〕，必不爾也。

〔一〕《晉書》：王承遷東海太守，有犯夜者，爲吏所拘。承問其故，答曰：「從師受學，不覺日暮。」承曰：「鞭撻甯戚，以立威名，非政化之本。」使吏送令歸家。
〔二〕《論衡》：博覽古今者爲通人。又曰：通書千篇以上，萬卷以下，弘暢雅言，審定文讀，而以教授爲人師者，通人也。

願君侯惠以大遇，洞開心顏，終乎前恩，再辱英盼。白必能使精誠動天，長虹貫日〔一〕，直度易水，不以爲寒〔二〕。若赫然作威，加以大怒，不許門下，逐之長途，白即膝行於前，再拜而去，西入秦海，一觀國風，永辭君侯，黄鵠舉矣〔三〕。何王公大人之門，不可以彈長劍乎〔四〕？

〔一〕謝朓詩：俯仰流英，盼虹貫日。

〔二〕易水寒，見一卷注。

〔三〕《漢書》：項羽見諸侯將，入轅門，膝行而前，莫敢仰視。秦海，秦地也。古以秦地爲陸海，故謂之秦海。田饒謂魯哀公曰：「臣將去君，黄鵠舉矣。」詳見二卷注。

〔四〕彈劍，見三卷注。

《容齋四筆》：李太白《上安州裴長史書》，裴君不知何如人，至譽其貴而且賢，名飛天京，天才超然，度越作者，稜威雄雄，下慴群物。予謂白以白衣入翰林，其蓋世英姿，能使高力士脱靴於殿上，豈拘拘然怖一州佐者耶？蓋時有屈伸，正自不得不爾。大賢不偶，神龍困於螻蟻，可勝嘆哉！白此書自序其生平，云昔與蜀中友人吴指南同游，指南死於洞庭之上，白禫服慟哭。炎月伏尸，猛虎前臨，堅守不動，遂權殯於湖側。數年來觀，筋肉尚在，雪泣持刃，躬申洗削，裹骨徒步，負之而趨，遂丐貸營葬於鄂城。其存交重義如此。又與逸人東嚴子隱於岷山，巢居數年，不跡城市，養奇禽千計，呼皆就掌取食，了無驚猜。其養高忘機如此。而史傳不爲書之，亦爲未盡。

李太白全集卷之二十七

錢塘王琦琢崖輯注
王熥葆光王復曾宗武較

序二十首

暮春江夏送張祖監丞之東都序

吁咄哉，僕書室坐愁，亦已久矣。每思欲遐登蓬萊，極目四海，手弄白日，頂摩青穹〔一〕，揮斥幽憤〔二〕，不可得也。而金骨未變，玉顔已緇〔三〕，何常不捫松傷心，撫鶴嘆息。誤學書劍，薄游人間〔四〕。紫微九重〔五〕，碧山萬里。有才無命，甘於後時。劉表不用於禰衡〔六〕，暫來江夏；賀循喜逢於張翰，且樂船中〔七〕。

〔一〕《宋書·樂志》：旋駕聳汎青穹。

〔二〕《莊子》：揮斥八極，神氣不變。郭象注：揮斥，猶縱放也。

〔三〕《説文》：緇，黑色也。

〔四〕謝朓詩：薄游第從告。

〔五〕紫微，天子所居之宫，以擬天之紫微垣而名也。

〔六〕《後漢書·禰衡傳》：劉表及荆州士大夫，先服其才名，甚賓禮之。後侮慢於表，表恥不能容，以江夏太守黄祖性急，故送衡與之，祖亦善待焉。

〔七〕《晉書》：會稽賀循，赴命入洛，經吴閶門，於船中彈琴。張翰初不相識，乃就循言談，便大相欽悦。問循，知其入洛。翰曰：「吾亦有事北京。」便同載即去，而不告家人。

達人張侯，大雅君子。統泛舟之役〔一〕，在清川之湄。談玄賦詩，連興數月，醉盡花柳，賞窮江山。王命（繆本作「國祖」）有程，告以行邁〔二〕，烟景晚色，慘爲愁容。繫飛帆於半天，泛淥水於遥海。欲去不忍，更開芳樽〔三〕，樂雖寰中〔四〕，趣逸天半。平生酣暢，未若此筵。至於清談浩歌〔五〕，雄筆麗藻〔六〕，笑飲醁酒，醉揮素琴〔七〕，余實不愧於古人也。

〔一〕《左傳》：秦輸粟於晉，自雍及絳相繼，命之曰泛舟之役。

〔二〕《詩·國風》：行邁靡靡。毛傳曰：邁，行也。鄭箋曰：行，道也。道行，猶行道也。

〔三〕劉孝綽詩：芳樽散緒寒。

〔四〕梁簡文帝《大愛敬寺刹下銘序》：功超域外，道邁寰中。

〔五〕《楚辭》：臨風怳兮浩歌。

〔六〕郭璞《爾雅序》：英儒贍聞之士，洪筆麗藻之客。疏曰：洪，大也。麗，美也。藻，水藻也，有文，以喻人之文章。言大有詞筆，美於文章之客也。

〔七〕素琴，見二卷注。

揚袂遠别，何時歸來？想洛陽之秋風，將膾魚以相待〔一〕。詩可贈遠，無乃闕乎？

〔一〕張翰在洛，見秋風起，因思吳中蓴菜羹、鱸魚膾，遂命駕而歸。見廿二卷注。

奉餞十七翁二十四翁尋桃花源序

《名山洞天福地記》：桃源山，周圍七十里，名「白馬玄光之天」，在朗州武陵縣。《一統志》：桃源山，在湖廣常德府桃源縣南二十里。其西南有桃源洞，一名秦人洞，洞北有桃花溪。故老傳云：晉太元中，武陵漁人，沿溪行，忽逢桃樹夾岸。復前行，得一山，山有小口，便捨船人。行數十步，豁然平曠，屋舍儼然，桑竹交通，雞犬相聞，男女耕種，怡然自樂。見漁人，驚問所從來，爲設酒殽。村中聞有此人，咸來聞訊。自云先世避秦亂，率妻子來此，不復出。停數日，送出，漁人誌之。太守即遣人隨所誌，迷不復得路。琦按：桃花源自陶淵明作記之後，無人復至其地，後人多云是仙境，或云乃託言耳，非實境也。好奇之士，慕想不可得，而指近地之山以當之，遂有桃源山，其實非昔之桃花源矣。

昔祖龍滅古〔一〕，道嚴威刑，煎熬生人〔二〕，若墜大火。三墳、五典〔三〕，散爲寒灰〔四〕。築長城〔五〕，建阿房〔六〕，并諸侯，殺豪俊〔七〕。自謂功高羲皇，國可萬世〔八〕。思欲淩雲氣，求仙人，登封太山，風雨暴作。雖五松受職〔九〕，草木有知，而萬象乖度，禮刑將弛，則綺皓不得不遁於南山〔一〇〕，魯連不得不蹈於東海〔一一〕。則桃源之避世者，可謂超升先覺。夫指鹿之儔〔一二〕，連頸而同死，非吾黨之謂乎？

〔一〕祖龍見二卷注，謂秦始皇。

〔二〕《楚辭·九思》：我心兮煎熬。

〔三〕孔安國《尚書序》：伏羲、神農、黃帝之書，謂之三墳，言大道也。少昊、顓頊、高辛、唐、虞之書，謂之五典，言常道也。

〔四〕《史記》：秦始皇三十四年，丞相李斯請史官非秦紀皆燒之，非博士官所職，天下敢有藏《詩》、

《書》、百家語者，悉詣守尉雜燒之。有敢偶語《詩》、《書》，棄市。以古非今者，族。吏見知不舉者，與同罪。令下三十日，不燒，黥爲城旦。

〔五〕賈生《過秦論》：乃使蒙恬北築長城，而守藩籬，卻匈奴七百餘里。胡人不敢南下而牧馬，士不敢彎弓而報怨。

〔六〕《三輔黄圖》：阿房宫亦曰阿城，惠文王造，宫未成而亡。始皇廣其宫，規恢三百餘里，離宫别館，彌山跨谷。輦道相屬，閣道通驪山八十餘里。表南山之巔以爲闕，絡樊川以爲池。作阿房前殿，東西五十步，南北五十丈，上可坐萬人，下建五丈旗。以木蘭爲梁，以磁石爲門，周馳爲複道，度渭屬之咸陽，以象太極，閣道抵營室也。

〔七〕《過秦論》：墮名城，殺豪俊。

〔八〕《史記》：秦始皇二十六年，制曰：「朕聞太古有號無謚，中古有號，死而以行爲謚。如此，則子議父，臣議君也。甚無謂，朕勿取焉。自今以來，除謚法，朕爲始皇帝，後世以計數，二世、三世，至於萬世，傳之無窮。」

〔九〕二十八年，始皇上太山，立石封祠祀。下，風雨暴至，休於樹下，因封其樹爲五大夫。《野客叢書》：按應劭云：秦皇逢暴雨得五松，因封爲五大夫。《獨異志》：始皇二十八年，登封太山，至半道，忽大風雨雷電。路旁有五松樹，蔭翳數畝，乃封爲五大夫。忽聞松上有人言曰：「無道德，無仁禮，而王天下，妄名帝，何以封！」左右咸聞，始皇不樂。歸，崩於沙丘。

〔一〇〕綺皓遁南山，見二十二卷注。

〔一一〕魯連蹈東海，見四卷注。

〔一二〕《史記》：趙高欲爲亂，恐群臣不聽，乃先設驗。持鹿獻於二世，曰：「馬也。」二世笑曰：「丞相誤耶，謂鹿爲馬。」問左右，左右或默，或言馬以阿順趙高，或言鹿者。高因陰中諸言鹿者以法。後群臣皆畏高。李善《文選注》：《風俗通》曰：秦相趙高，指鹿爲馬，束蒲爲脯，二世不覺。

二翁耽老氏之言〔一〕，繼少卿之作〔二〕，文以述大雅，道以通至精。卷舒天地之心，脱落神仙之境。武陵遺跡，可得而窺焉。問津利往，水引漁者；花藏仙溪，春風不知。從來落英，何許流出〔三〕。石洞來入，晨光盡開〔四〕。有良田名池，竹果森列，三十六洞，别爲一天耶〔五〕？今扁舟而行，笑謝人世，阡陌未改〔六〕，古人依然。白雲何時而歸來，青山一去而誰往？諸公賦桃源以美之。

〔一〕《史記》：老子修道德，其學以自隱無名爲務。居周久之，見周之衰，乃遂去至關。關令尹喜曰：「子將隱矣，彊爲我著書。」於是老子乃著書上、下篇，言道、德之意，五千餘言，而去，莫知其所終。

〔二〕《文選》有李少卿與蘇武詩三首。老氏之言，少卿之作，俱切李氏事用。

〔三〕何許，猶何處也。

〔四〕何晏《景福殿賦》：晨光内照，流景外烻。李善注：晨光，日光也。

〔五〕《述異記》：人間三十六洞天，知名者十耳，餘二十六天，出《九微志》。

〔六〕扁舟，特舟也。阡陌，田間道也。俱詳二卷注。

夏日繆本於「日」字下多一「奉」字陪司馬武公與群賢宴姑熟亭序

武公，名幼成，爲宣州司馬，見後《趙公西候亭頌》。《江南通志》：太平府當塗縣有采虹橋，即下浮橋，唐李陽冰建亭在其上，李白序之，名姑熟亭，蓋走蕪湖道也。

通驛公館南有水亭焉，四甍（音萌）翬（音揮）飛〔一〕，巉絶浦嶼。蓋有前攝令河東薛公棟而宇之，今宰隴西李公明化，開物成務〔二〕，又横其梁而閣之。晝鳴閑琴，夕酌清月，蓋爲接輶（音由）軒、〔三〕祖遠客之佳境也。

〔一〕《説文》：甍，屋棟也。徐鍇曰：所以承瓦，故從瓦。《詩·小雅》：如鳥斯革，如翬斯飛。鄭箋曰：伊、洛而南，素質五色，皆備成章，曰翬。翬者，鳥之奇異者也。孔穎達《正義》：斯革、斯飛，言簷阿之勢似鳥飛也。

〔二〕《周易》：夫易，開物成務，冒天下之道。

〔三〕左思《吴都賦》：輶軒蓼擾。李周翰注：輶軒，輕車也。昔人多以輶軒爲使車之通稱，見九卷注。

製置既久，莫知何名。司馬武公，長材博古，獨映方外〔一〕。因據胡牀，岸幘嘯詠，而謂前長史李公及諸公曰：「此亭跨姑熟之水，可稱爲『姑熟亭』焉。」〔二〕嘉名勝概，自我作也。

〔一〕《世説》：桓宣武引謝奕爲司馬，奕既上，猶推布衣交。在温座席岸幘嘯詠，無異常日。宣武每曰「我方外司馬」。

〔二〕《方輿勝覽》：姑熟溪，在太平州當塗縣南二里，西入大江。

且夫曹官紱冕者，大賢處之，若游青山、卧白雲，逍遥偃傲，何適不可。小才居之，窘而自拘，悄若桎梏，則清風朗月，河英嶽秀，皆爲棄物，安得稱焉。所以司馬南鄰〔一〕，當文章之旗鼓；翰林客卿〔二〕，揮辭鋒以戰勝〔三〕。名教樂地〔四〕，無非得俊之場也。千載一時，言詩紀志。

〔一〕司馬，指武公。

〔二〕翰林，白自謂。於時爲客，故曰客卿。

〔三〕《晉書》：思緒雲騫，辭鋒景煥。
〔四〕《世説》：王平子、胡毋彦國諸人，皆以任放爲達，或有裸體者。樂廣笑曰：「名教中自有樂地，何爲乃爾也。」

江夏送林公上人游衡岳序

江南之仙山，黄鶴之爽氣〔一〕，偶得英粹〔二〕，後生俊人〔三〕。林公世爲豪家，此土之秀。落髮歸道，專精律儀〔四〕。白月在天〔五〕，朗然獨出。既灑落於彩翰，亦諷誦（繆本作「詩」）於人（繆本作「金」）口〔六〕。

〔一〕《方輿勝覽》：黄鶴山，一名黄鵠山，在江夏縣東九里。去縣西北二里有黄鶴磯。
〔二〕顔延之《宋武帝謚議》：英粹之照，正性自天。
〔三〕《南史·王規傳》：王威明，風韻遒上，神峰標映，千里絶跡，百尺無枝，實俊人也。
〔四〕《梁書》：慈心深廣，律儀清淨。
〔五〕《法苑珠林》：西方一月分爲黑白，初月一日至十五日名爲白月，十六日已去至於月盡名爲黑月。此文所云白月，則指滿月而言也。

〔六〕《華嚴經》：何況如來金口所説。

閑雲無心，與化偕往。欲將振五樓之金策〔一〕，浮三湘之碧波〔二〕。乘杯泝流〔三〕，考室名岳〔四〕，瞰愬冥壑〔五〕，凌臨諸天〔六〕。登祝融之峰巒〔七〕，望長沙之烟火〔八〕。遥謝舊國，誓遺歸蹤。百千開士〔九〕，稀有此者。

〔一〕金策，錫杖也。見十五卷注。

〔二〕三湘，見一卷注。

〔三〕神僧杯度，常乘木杯渡河，見十卷注。

〔四〕《初學記》：衡山一峰名石囷，下有石室，中常聞諷誦聲。

〔五〕冥壑，幽谷也。

〔六〕諸天，見十九卷注。

〔七〕《一統志》：祝融峰在衡山縣西北三十里，位值離宫，以配火德，乃祝融君游息之所。上有青玉壇，道書以爲「第二十四福地」。《湖廣通志》：衡山有七十二峰，其最高者，爲祝融峰。舊傳：高九千七百三十丈，或云祝融峰去地二萬丈。唐盧載詩「五千里地望皆見，七十二峰中最尊」是也。峰頂有風穴，每將雨，則風自穴發。又有雷池，禱雨皆驗。

〔八〕按《唐書·地理志》，潭州長沙郡，隸江南西道，領長沙、湘潭、湘鄉、益陽、醴陵、瀏陽六縣。

〔九〕開士，見廿一卷《贈衡岳僧方外》詩注。

予所以歎其峻節〔一〕，揚其清波。龍象先輩〔二〕，迴眸拭視。比夫汩（音骨）泥沙者，相去如牛之一毛〔三〕。昔智者安禪於台山〔四〕，遠公托志於廬嶽〔五〕，高標勝概，斯亦嚮慕哉！

〔一〕顔延年詩：峻節貫秋霜。

〔二〕僧中能負荷大法者，謂之龍象。見十二卷注。

〔三〕張九齡詩：相去九牛毛，慚歎知何已。

〔四〕《傳燈録》：智顗禪師，荆州華容人。十五禮佛像，誓志出家，怳焉如夢見大山臨海際，峰頂有僧招手，接入一伽藍，云：「汝當居此。」年十八，依僧法緒出家。陳太建七年，隱天台山佛隴峰。有定光禪師先居此峰，謂弟子曰：「不久當有善知識領徒至此。」俄而師至，光曰：「憶疇昔舉手招引否？」師即悟禮像之徵，悲喜交懷，乃執手共至庵所。其夜聞空中鐘磬之聲，師曰：「是何祥也？」曰：「是揵椎集僧，得住之相。此處金地，吾已居之。北峰銀地，汝宜居焉。」開山後，宣帝建修禪寺，割始豐縣調以充衆費。及隋煬帝請師受菩薩戒，號師爲智者。師自始受禪教，終乎滅度，常披一壞衲，冬夏不釋。來往居天台山二十二年，建造大道場一十二所，國清最居其後。

〔五〕《神僧傳》：釋慧遠欲往羅浮，及届潯陽，見廬峰清淨，足以息心，始住龍泉精舍。此處去水本遠，遠乃以杖扣地，曰：「若此中可得栖立，當使朽壤抽泉。」言畢，清流引出，浚以成溪。於是率衆行道，昏曉不絶。釋迦餘化，於斯復興。自遠卜居廬阜，三十餘年，影不出山，跡不入俗。每送客游履，常以虎溪爲界。

紫霞摇心，青楓夾岸，目斷川上，送君此行，群公臨流，賦詩以贈。

金陵與諸賢送權十一序

斯、高柄秦，嬴世不二；三傑伏草，與漢並出〔一〕。莽夷朱暉，耿、鄧乃起〔二〕。自古英達〔三〕，未必盡用於當年。去就之理，在大運爾。

〔一〕李斯、趙高，執秦國之柄，毒痡天下，致嬴氏甫二世而亡。於是三傑輔漢高，以出定天下。《史記》：高祖曰：「運籌策帷帳之中，決勝於千里之外，吾不如子房。鎮國家，撫百姓，給餽饟，不絶糧道，吾不如蕭何。連百萬之衆，戰必勝，攻必取，吾不如韓信。此三人，皆人傑也。吾能用之，此吾所以取天下也。」

〔二〕夷，滅也。朱暉，火之光暉也。漢以火德王，故云。王莽篡漢，耿弇、鄧禹之徒乃起而佐光武，以致中興。

〔三〕《三國志注》《江表傳》曰：有周瑜者，與孫策同年，亦英達夙成。

我君六葉繼聖，熙乎玄風〔一〕；三清垂拱〔二〕，穆然紫極〔三〕。天人其一哉！所以青雲豪士，散在商釣〔四〕，四坐明哲，皆清朝旅人〔五〕。

〔一〕《韻會》：熙，興也，又廣也。玄風，清靜之風也。

〔二〕《玉海》：唐大明宮内有三清殿。楊巨源詩：金臺殿角直三清。《雍録》：閣本《大明宮圖》，有三清殿。又《韓詩外傳》：寒暑均則三光清，三光清則風雨時。垂拱，無爲之意，詳見二十一卷注。

〔三〕《漢書·東方朔傳》：於是吴王穆然，俛而深思。顔師古注：穆然，靜思貌。紫極，王者之居也，見八卷注。

〔四〕商釣，或隱於市，或漁於水也。

〔五〕四坐明哲，謂坐中諸賢。旅人，謂未登仕籍，奔走四方，猶仲尼旅人之意。

吾希風廣成〔一〕，蕩漾浮世，素受寶訣〔二〕，爲三十六帝之外臣〔三〕。即四明逸老賀知章〔四〕，呼余爲謫仙人，蓋實録耳。而嘗採姹（丑下切，嗏去聲）女於江華，收河車於清溪〔五〕，與天水權昭夷〔六〕，服勤爐火之業久矣。

〔一〕《後漢書》：海内希風之流，遂共相標榜。章懷太子注：希，望也。廣成子，古之仙人，見二卷注。

〔二〕寶訣，道家修鍊之訣。

〔三〕三十六帝，見三卷注。《陳書》：出者稱爲元首，處者謂之外臣。

〔四〕賀知章事，見二十四卷注。

〔五〕姹女，汞也。河車，鉛也。皆煉丹藥物。《參同契》：河上姹女，靈而最神。得火則飛，不見埃塵。陰真君《金液還丹歌》云：北方正氣，名河車。《唐書·地理志》：道州江華郡，屬江南西道。清溪，在池州秋浦縣。

〔六〕《唐書·宰相世系表》：權氏出自子姓，商武丁之裔，封於權。其地，南郡當陽縣權城是也。楚武王滅權，遷於那處，其孫因以爲氏。秦滅楚，遷大姓於隴西，因居天水。

之子也，沖恬淵靜，翰才峻發（《唐文粹》作「才翰駿發」）。白每一篇一札，皆昭夷之所操。吁，捨我而南，若折羽翼。時歲律寒苦（《唐文粹》作「色」），天風枯聲。雲帆涉漢〔一〕，冏若絶電

（繆本作「雷」）〔二〕。舉目四顧，霜天崢嶸〔三〕。銜杯叙離〔四〕，群子賦詩以出餞，酒仙翁李白辭。

〔一〕馬融《廣成頌》：張雲帆。

〔二〕鮑照詩：人生倏忽如絶電。

〔三〕崢嶸，言天氣之高也。

〔四〕劉伶《酒德頌》：銜杯漱醪。

春於姑熟送趙四流炎方序

在晉時爲姑熟，在唐時爲宣州當塗縣，詳見廿五卷注。趙蓋爲當塗縣尉者也。

白以鄒、魯多鴻儒〔一〕，燕、趙饒壯士，蓋風土之然乎？趙少翁（《文苑英華》作「公」爲是）才貌瓌（音規）雅，志氣豪烈。以黄綬作尉〔二〕，泥蟠當塗〔三〕；亦雞棲（音細，或亦從西音讀）鶴籠〔四〕，不足以窘束鸞鳳（一作「凰」）耳。

〔一〕《晉書·儒林傳》：鴻儒碩學，無乏於時。

〔二〕顔師古《漢書注》：丞尉職卑，皆黄綬。

〔三〕《後漢書》：中遭傾覆，龍德泥蟠。《三國志·秦宓傳》：揚子雲潛心著述，有補於世。泥蟠不滓，行參聖師。

〔四〕《韻會》：棲，雞所止也。

以疾惡抵法，遷於炎方。辭高堂而墜心，指絶國以摇恨〔一〕。天與水遠，雲連山長。借光景於頃刻，開壺觴於洲渚。黄鶴曉别，愁聞命子之聲；青楓暝色，盡是傷心之樹〔二〕。

〔一〕絶國，謂絶遠之地，見五卷注。

〔二〕《楚辭》：湛湛江水兮上有楓，目極千里兮傷春心。

然自吴瞻秦〔一〕，日見喜氣〔二〕。上當攫玉弩〔三〕，摧狼狐〔四〕，洗清天地〔五〕，雷雨必作〔六〕。冀白日迴照，丹心可明。巴陵半道〔七〕，坐見還吴之棹。令雪解而松柏振色，氣和而蘭蕙開芳。僕西登天門〔八〕，望子於西江之上。

〔一〕秦者，長安帝都之地。

〔二〕日見喜氣，謂其有振興之象。

〔三〕上者，指玄宗。攫玉弩，謂親秉征伐之柄。《尚書帝命驗》：玉弩發，驚天下。

〔四〕摧狼狐，謂勦滅安禄山之徒。

〔五〕洗清天地，謂宇宙清泰。

〔六〕雷雨必作，謂大赦天下。《易・解卦》：雷雨作，解，君子以赦過宥罪。

〔七〕巴陵，岳州也。

〔八〕天門山在當塗縣西南，詳二十二卷注。

吾賢可流水其道，浮雲其身，通方大適，何往不可，何戚戚於路歧哉！

秋於敬亭送從姪耑音端游廬山序

敬亭山，在今江南寧國府宣城縣北。廬山，在今江西九江府德化縣南山北，隸南康星子縣。詳見前注。

余小時，大人令誦《子虛賦》〔一〕，私心慕之。及長，南游雲夢〔二〕，覽七澤之壯觀。酒隱安陸，蹉跎十年。初，嘉興季父謫長沙西還時，予拜見，預飲林下〔三〕。耑乃稚子，嬉游在傍。今來有成，鬱負秀氣。吾衰久矣，見爾慰心，申悲導（當作「道」）舊，破涕爲笑〔四〕。

〔一〕《子虚賦》，見一卷注。

〔二〕《方輿勝覽》：雲夢澤，在安陸縣南五十里。

〔三〕預飲林下，用阮籍叔姪爲竹林之游事，見十二卷注。

〔四〕劉琨《答盧諶書》：舉觴對膝，破涕爲笑。

方告我遠涉，西登香爐〔一〕。長山横蹙，九江卻轉。瀑布天落，半與銀河爭流，騰虹奔電，潨（音叢）射萬壑〔二〕，此宇宙之奇詭也。其上有方湖石井〔三〕，不可得而窺焉。

〔一〕廬山有香爐峰，有瀑布水，詳二十一卷注。

〔二〕《韻會》：潨，水會也。

〔三〕遠法師《游廬山記》：自託此山，二十三載。再踐石門，四游南嶺。東望香爐峰，北眺九江。傳聞有石井方湖，中有赤鱗涌出。野人不能敘，直嘆其奇而已。

羨君此行，撫鶴長嘯。恨丹液未就〔一〕，白龍來遲〔二〕，使秦人著鞭，先往桃花之水〔三〕。孤負夙願，慚歸名山（《文苑英華》作「慚未歸於名山」）；終期後來，攜手五嶽。情以送遠，詩寧闕乎？

〔一〕丹液，仙藥，見二卷注。

〔二〕白龍，用陵陽子明事，見十二卷注。

〔三〕桃花水，即桃花源，見二卷注。

送黄鐘之鄱音婆陽謁張使君序

鄱陽郡即饒州，隸江南西道。

東南之美者，有江夏黄公焉。白竊飲風流，嘗（郭本作「始」）接談笑。亦有抗節玉立，光輝烱（繆本作「冏」）然，氣高時英，辯析天口〔一〕。道可濟物，志棲無垠。

〔一〕任昉《宣德皇后令》：辯析天口，而似不能言。李善注：《七略》曰：齊田駢好談論，故齊人爲語曰「天口駢」。天口者，言田駢子不可窮其口若事天。吕向注：辨析，謂分别事理也。

鄱陽張公，朝野榮望，愛客接士，即原、嘗、春、陵之亞焉〔一〕。每欽其辭華，懸榻見往（當作「待」）〔二〕。而黄公因訪古跡，便從貴游，乃僑裝撰行〔三〕，去國遐陟〔四〕。

〔一〕原、嘗、春、陵，見七卷注。

〔二〕陳蕃懸榻，見十四卷注。

〔三〕鮑照詩：僑裝多闕絶。《廣韻》：僑，客也。撰，定也。僑裝，謂客行之裝。撰行，謂定行日。

〔四〕遐陟，遠行也。

諸子銜酒惜別，沾（繆本作「脱」）巾分贈，沉醉烟夕，惆悵涼月。天南迴以變夏，火西飛而獻秋〔一〕。汀（音廳）葭（音加）颯然〔二〕，海草微落〔三〕。夫子行邁〔四〕，我心若何。毋金玉爾音，而有遐心〔五〕。湖水演（音衍。繆本作「悠」）沔（音免）〔六〕，勗哉是行。共賦武昌釣臺篇〔七〕，以慰別情耳。

〔一〕火，心星也。下而西流，則爲秋候。詳五卷注。

〔二〕謝朓詩：汀葭稍靡靡。《廣韻》：汀，水際平沙也。葭，蘆也。

〔三〕周朗《報羊希書》：池上海草，歲榮日蔓。

〔四〕行邁，見本卷注。

〔五〕《詩・小雅》：毋金玉爾音，而有遐心。《正義》曰：言汝雖不來，當傳書信，毋得自愛音聲，貴如金玉，不以遺問我，而有疏遠我之心。恐遂疏己，故以恩責之，冀音信不絶。

〔六〕《廣韻》：演，水長流貌。《韻會》：沔，流滿貌。

〔七〕《太平寰宇記》：釣臺，在武昌城下，有石圻臨江懸峙，四眺極目。《武昌記》云：釣臺，在城南。《方輿勝覽》：釣臺，在武昌北門外大江中。郡志：孫權嘗整陣於釣臺。

早春於江夏送蔡十還家雲夢序

吾觀蔡侯，奇人也。爾其才高氣遠，有四方之志，不然，何周流宇宙太多耶？白遐窮冥搜〔一〕，亦以早矣。海草三緑，不歸國門。又更逢春，再結鄉思。一見夫子，冥心道存。窮朝晚以作宴，驅烟霞以輔賞。朗笑明月，時眠落花。斯游無何，尋告睽索〔二〕。來暫觀我，去還愁人。

〔一〕孫綽《天台山賦序》：遠寄冥搜。李善注：冥搜，搜訪幽冥也。

〔二〕何遜詩：五載共衣裘，一朝異睽索。

乃浮漢陽，入雲夢，鄉枻（音曳）云叩〔一〕，歸魂亦飛。且青山緑楓，累道相接，遇勝因賞，利君前行。既非遠離，曷足多歎。

〔一〕《廣韻》：枻，楫也。陶潛詩：叩枻新秋月，臨流别友生。

秋七月，結游鏡湖，無愆我期〔一〕，先子而往。敬慎好去，終當早來。無使耶川白雲〔二〕，不得復弄爾。鄉中廖公及諸才子爲詩略謝之。

〔一〕《詩·國風》：匪我愆期。毛傳曰：愆，過也。「僁」與「愆」同。

〔二〕耶川即若耶溪，與鏡湖俱在會稽。詳見六卷注。

秋日於太原南栅餞陽曲王贊公賈少公石艾尹少公應舉赴上都序

按《唐書·地理志》，太原府有陽曲縣，有石艾縣。天寶元年，更石艾爲廣陽縣。《容齋隨筆》：唐人呼縣令爲明府，丞爲贊府，尉爲少府。李太白集有《餞陽曲王贊公賈少公石艾尹少公序》，蓋陽曲丞、尉，石艾尉也。贊公、少公之語益奇。班固《西都賦》：實用西遷，作我上都。張銑注：上都，西京也。

天王三京〔一〕，北都居一〔二〕。其風俗遠，蓋陶唐氏之人歟〔三〕？襟四塞之要衝〔四〕，控五原之都邑〔五〕。雄藩劇鎮，非賢莫居〔六〕。

〔一〕三京，謂西京、東京、北京也。唐以雍州爲西京，河南爲東京，太原爲北京。《通典》：開元十一年，以并州高祖起義之地，置太原府，號曰北京。

〔二〕《太平寰宇記》：并州大都督府，天授元年置北都，兼都督府。開元十一年，玄宗行幸至此，以此州王業所興，又建北都，仍改并州爲太原府，立《起義堂碑》以紀其事。

〔三〕《通典》：今之并州，爲太原府，古唐國也。昔帝堯爲唐侯，所封之國。《太平寰宇記》：并州太原郡，其人有唐堯之遺教，君子深思，小人儉陋。

〔四〕盧諶《理劉司空表》：咸以并州之地，四塞爲固，東阻井陘，西限藍谷，前有太行之嶺，後有句注之關。

〔五〕《廣韻》：控，引也。五原，漢武帝所置郡，唐時鹽州、豐州、勝州皆其故地。去太原四百餘里。詳見五卷注。

〔六〕張載《劍閣銘》：形勝之地，匪親勿居。

則陽曲丞王公，神仙之冑也〔一〕。爾其學鏡千古，知周萬殊。又若少府賈公，以述作之雄也。鰲弄筆海〔二〕，虎攫辭場〔三〕。又若石艾尹少公，廊廟之器〔四〕，口折黄馬，手揮青萍〔五〕。咸道貫於人倫〔六〕，名飛於日下〔七〕。實難沉屈，永懷青霄〔八〕。劍有隱而氣衝七星〔九〕，珠雖潛而光照萬壑。

〔一〕王氏一支，相傳出自周靈王太子晉，即與浮丘公仙去者，故曰神仙之胄。

〔二〕駱賓王《餞尹大官序》：請振詞鋒，同開筆海。

〔三〕王勃《夫子廟碑》：虚舟獨泛，乘學海之波瀾；直轡高驅，踐辭場之閫閾。

〔四〕《蜀志》：許靖夙有名譽，既以篤厚爲稱，又以人物爲意。雖行事舉動，未悉允當，蔣濟以爲大較廊廟器也。

〔五〕《莊子》：黄馬、驪牛三。司馬彪曰：牛、馬以二爲三，曰牛、曰馬、曰牛馬，形之三也。曰黄、曰驪、曰黄驪，色之三也。曰黄馬、曰驪牛、曰黄馬驪牛，形與色爲三也。故曰：一與言爲二，二與一爲三也。劉孝標《廣絶交論》：騁黄馬之劇談。吕延濟注：《莊子》曰：惠施云：黄馬、驪牛三，謂黄、驪，色爲三也。言辯者，以此爲劇談也。青萍，劍名，見九卷注。

〔六〕《後漢書》：郭林宗雖善人倫，而不爲危言覈論。許劭少峻名節，好人倫，多所賞識。《晉書》：桓彝有人倫識鑒，拔才取士，或出於無聞，或得之孩抱，時人方之許、郭。人倫者，品目人物之高下，各爲倫類也。

〔七〕日下，謂帝都，見八卷注。

〔八〕左思《蜀都賦》：干青霄而秀出。張銑注：霄，天也。

〔九〕七星，謂北斗之星，暗用豐城劍氣沖牛斗間事，見三卷注。

今年春，皇帝有事千畝〔一〕，湛恩八埏，大搜群才〔二〕，以緝邦政。而王公以令宰見舉，賈公以王霸昇聞。海激佇乎三千，天飛期於六月〔三〕。必有以也〔四〕，豈徒然哉！

〔一〕《禮記》：天子爲籍千畝。冕而朱紘，躬秉耒。

〔二〕《玉海》：開元二十三年正月己亥，耕籍田，大赦，賜勳爵，所謂「湛恩八埏，大搜群才」，正指斯事。《漢書》：威武紛云，湛恩汪濊。顔師古注：湛，讀曰沉。沉，深也。八埏，八方也。詳九卷注。

〔三〕《法苑珠林》：莊周説云：有大鵬，其形極大。大鵬之背，不知幾千里。將欲飛時，擊水三千里，翼若垂天之雲。摶扶摇而上，去地九萬里，方乃得逝。要從北溟，至於南溟，一飛六月，終不中息。

〔四〕《詩·國風》：何其久也，必有以也。

有從兄太原主簿舒〔一〕，才華動時，規謀匠物〔二〕。乃黕（都感切，耽上聲）翠幕〔三〕，筵虹梁〔四〕，瓊羞霞開，羽觴電舉〔五〕。然後抗目遠覽，憑軒高吟。（繆本於此下多「汾河鏡開，漲藍都之氣色；晉山屏列，横朔野之郊原」四句。）屏俗事於煩襟，結浮歡於落景〔六〕。俄而皓月生海〔七〕，來窺醉容；黄雲出關，半起秋色。數君乃輟酌慷慨，摇心促裝〔八〕。望丹闕而非遠，揮玉鞭而且去。

〔一〕太原縣，隸河東道之太原府，設主簿一人，正九品上。

〔二〕《後漢書·百官志注》：蕃維盤固，規謀弘遠。

〔三〕潘岳《藉田賦》：翠幕黕以雲布。李善注：黕，黑貌也。

〔四〕班固《西都賦》：抗應龍之虹梁。李善注：梁形似龍，而曲如虹也。

〔五〕《楚辭》：瑶漿蜜勺，實羽觴些。王逸注：羽，翠羽也。觴，觚也。《漢書》：酌羽觴兮銷憂。劉德注：羽觴，酒疾行如羽也。孟康曰：羽，觴爵也。作生爵形，有頭、尾、羽翼。如淳曰：以瑇瑁，覆翠羽於下，徹上見。師古曰：孟説是也。張衡《西京賦》：羽觴行而無數。劉良注：羽觴，杯上綴羽以速飲也。

〔六〕謝靈運詩：浮歡昧眼前，沉照貫終始。

〔七〕顔延年詩：流雲藹青闕，皓月鑒丹宫。

〔八〕謝靈運詩：恭承古人意，促裝返柴荆。

白也不敏，先鳴翰林〔一〕。幸叨玳瑁之筵〔二〕，敢竭麒麟之筆〔三〕。請各探韻，賦詩寵行。

〔一〕《左傳》：平陰之役，先二子鳴。

〔二〕劉楨《瓜賦》：布象牙之席，薰玳瑁之筵。

〔三〕王勃《春日孫學宅宴序》：俠客時有，且傾鸚鵡之杯；文人代輕，聊舉麒麟之筆。盧照鄰《釋疾文》：東郊絶此麒麟筆，西山秘此鳳凰柯。

按《唐書》，改京城爲西京，東都爲東京，北都爲北京，乃天寶元年事。而太白供奉翰林，正在天寶初年，此文有「天王三京」及「先鳴翰林」二句，疑是其去國以後之作。然天寶改元以後，不見有耕藉事，或是史臣失書，亦未可定。而改石艾縣爲廣陽，則正在天寶元年，此文猶稱石艾，不稱廣陽，知爲天寶以前作也。三京之稱，或在先時已有此名；而翰林謂文翰之林，蓋先作詩，以爲文林之倡耳。

送戴十五歸衡岳序

白上探玄古，中觀人世，下察交道。海内豪俊，相識如浮雲。自謂德參夷、顔，才亞孔、墨，莫不名由口進，實從事退〔一〕，而風義可合者，厥惟戴侯。

〔一〕《人物志》：夫名非實，用之不效。故曰名由口進，而實從事退。中情之人，名不副實，用之有效，故名由衆退，而實從事章。

戴侯寓居長沙（繆本缺「戴侯」字。郭本缺「寓」字），稟湖岳之氣〔一〕；少長咸、洛，窺霸王之圖〔二〕。精微可以入神，懿重可以崇德，謨猷可以尊主，文藻可以成化。兼以五材〔三〕，統以四美〔四〕，何往而不濟也。

〔一〕長沙之地，在唐爲潭州長沙郡，隸江南西道，有洞庭湖，有衡岳。

〔二〕咸陽、洛陽，有古昔帝王霸主爭據之跡。

〔三〕《姜子》：所謂五材者，勇、智、仁、信、忠也。勇則不可犯，智則不可亂，仁則愛人，信則不欺，忠則無二心。

〔四〕四美，承上四句而言。

其二三諸昆，皆以才秀擢用，辭翰炳發，昇聞天朝。而此君獨潛光後世（一作「時」），以期大用。鯤海未躍，鵬霄悠然。不遠千里，訪予以道。邵（郭本作「却」，誤）國之秀〔一〕，有廖侯焉。人倫精鑒〔二〕，天下獨立〔三〕。每延以宴謔，許爲通人〔四〕。獨孤有隣及薛諸公，咸亦以爲信然矣。

〔一〕《韻會》：鄖，《説文》：漢南之國。《地理沿革表》：德安府，古鄖子國，一云在江夏。《集韻》：鄖，或作「䢵」。

〔二〕人倫，已見前二篇注。言其有知人之明。

〔三〕獨立，猶獨步之意。

〔四〕《後漢書》：袁紹客多豪俊，並有才説。見鄭玄儒者，未以通人許之。

屬明主未夢，且歸衡陽。憩祝融之雲峰〔一〕，弄茱萸之湍水〔二〕。軒騎糾合〔三〕，祖於魏公之林亭。笙歌鳴秋，劍舞增氣。況江葉墜緑，沙鴻冥飛，登高送遠，使人心醉〔四〕。見周、張二子，爲論平生。鷄黍之期〔五〕，當速赴也。

〔一〕祝融峰，見本卷《送林公上人序》注。

〔二〕《水經注》：邵陵水，東北出益陽縣，其間逕流山峽，名之爲茱萸江。《海録碎事》：濱江，一名茱萸江，在衡山縣。《一統志》：茱萸灘，在湖廣寶慶府城北四十里，濱江水勢險惡，昔人置銅柱於岸側，以固牽挽，俗謂五十三灘、四十八灘，此其首也。

〔三〕糾，亦合也。《左傳》：糾合諸侯，而謀其不協。

〔四〕《高唐賦》：登高遠望，使人心瘁。

〔五〕李善《文選注》：謝承《後漢書》：山陽范式，字巨卿，與汝南張元伯爲友。春別京師，以秋爲期。至九月十五日，殺雞作黍。二親笑曰：「山陽去此幾千里，何必至。」元伯曰：「巨卿信士，不失期者。」言未絶而巨卿至。

早夏於繆本「於」字下多一「江」字將軍叔宅與諸昆季送傅八之江南序

《易》曰：「觀乎人文，以化成天下。」窮此道者，其惟傅侯耶？侯篇章驚（當作「警」）新，海内稱善，五言之作，妙絶當時〔一〕。陶公愧田園之能，謝客慚山水之美〔二〕。佳句籍籍，人爲美談。

〔一〕《北齊書》：雕蟲之美，獨步當時。

〔二〕陶淵明詩，多言田園之適。謝靈運詩，多言山水之趣。靈運小字客兒，詳十六卷注。

前許州司馬宋公〔一〕，藴冰清之姿〔二〕，重傅侯玉潤之德，妻以其子。鳳凰于飛〔三〕，潘、楊之好，斯爲睦矣〔四〕。

〔一〕唐時許州潁川郡，隸河南道。州設司馬一人，從五品下。

〔二〕劉孝標《世説注》：《衞玠别傳》：玠娶樂廣女，裴叔道曰：「妻父有冰清之姿，壻有璧潤之望，所謂秦晉之匹也。」

〔三〕《左傳》：初懿氏卜妻敬仲，其妻占之，曰：「吉，是謂鳳凰于飛，和鳴鏘鏘。」杜預注：雄曰鳳，雌曰凰，雄雌俱飛，相和而鳴，鏘鏘然，猶敬仲夫妻相隨適齊，有聲譽。

〔四〕潘岳《楊仲武誄》：潘、楊之睦，有自來矣。蓋岳乃楊之壻也，故云潘、楊之睦。

僕不佞也，忝於芳塵，宴同一筵，心契千古。清酌連曉，玄談入微。歡攜無何（郭本作「間」），旋告睽拆（一本作「析」。繆本作「坼」）。將軍叔，雄（舊本皆作「英」，今依劉本）略蓋古，英明洞神。天王貴宗，誕育賢子。八龍增秀以列次〔一〕，五色相輝而有文。會言高樂，曉餞金門。洗德紘觴怡顔（上下似有缺文）。

〔一〕《後漢書》：荀淑有子八人，儉、緄、靖、燾、汪、爽、肅、專，並有名稱，時人謂之八龍。初荀氏舊里名西豪，潁陰令苑康以爲昔高陽氏有才子八人，今荀氏亦有八子，故改其里曰高陽里。

朱明草木已盛。且江嶂若畫，賞盈前途，自然屏間坐游〔一〕，鏡裏行到〔二〕，霞月千里，足供文章之用哉！征帆空懸，落日相逼。二季揮翰，詩其贈焉。

〔一〕屏間，謂列嶂如屏。

〔二〕鏡裏，謂江明若鏡。

冬日於龍門送從弟京兆參軍令問之淮南覲省序

龍門山，在河南府城西南，詳十三卷注。京兆，即雍州也，詳十八卷注。參軍，京兆尹之屬官。

紫雲仙季〔一〕，有英風焉。吾家見之，若衆星之有月〔二〕。貴則天王之令弟，寶則海岳之奇精。游者所謂風生玉林，清明蕭灑，真不虛也。

〔一〕紫雲仙，似其從弟之號。季，謂季弟也。

〔二〕《出曜經》：獨尊隻步，無有疇匹。猶如明月，在衆星中。

常醉目吾曰：「兄心肝五藏，皆錦繡耶！不然，何開口成文，揮翰霧散。」吾因撫掌大笑，揚眉當之。使王澄再聞，亦復絶倒〔一〕。觀夫筆走群象，思通神明，龍章炳然〔二〕，可得而見。

〔一〕《晉書》：琅邪王澄，有高名，少所推服。每聞衛玠言，輒嘆息絶倒。故時人爲之語曰：「衛玠談道，平子絶倒。」

〔二〕龍章，言其文采炳焕，若龍章之服也。《禮記》：有虞氏服韍，夏后氏山，殷火，周龍章。王勃文：研精麝墨，運思龍章。

歲十二月，拜省於淮南。思白華之長吟〔一〕，眺黄雲之晚色。目斷心盡，情懸高堂。傾蘭醑（私吕切，胥上聲）而送行〔二〕，赫金鞍而照地〔三〕。錯轂蹲野〔四〕，朝英滿筵〔五〕。非才名動時，何以及此。

〔一〕束晳《補亡詩》：白華朱萼，被於幽薄。吕延濟注：喻孝子事父母之潔白，如朱萼承白華於幽薄之中，而鮮潔也。

〔二〕唐高宗詩：華冠列綺筵，蘭醑申芳宴。《玉篇》：醑，美酒也。

〔三〕鮑照詩：鞍馬光照地。

〔四〕《楚辭》：車錯轂兮短兵接。王逸注：錯，交也，輪轂交錯也。

〔五〕牛弘樂府：揖讓皆時傑，升降盡朝英。

日落酒罷，前山陰烟。殷勤惠言，吾道東坐。想洛橋春色，先到淮城，見千條之緑楊，折一枝以相贈，則華蕚情在〔一〕，吾無恨焉。群公賦詩，以光榮餞。

〔一〕謝瞻詩：花蕚相光飾。吕延濟注：花蕚，喻兄弟也。琦按：蕚，花蒂也。花蕚相倚附，不能相離，故古人取之以爲兄弟之喻。

江夏送倩公歸漢東序

漢東，隨州也，本春秋時隨子之國，其地在漢水之東。《左傳》「漢東之國隨爲大」是也。後世以其地置州，謂之隨州。隋時改稱漢東郡，蓋依此立名。唐自天寶以前名隨州，天寶初改漢東郡，乾元初復爲隨州。

謝安四十（繆本作「昔謝安四十」），卧白雲於東山；桓公累徵，爲蒼生而一起〔一〕。常與支公游賞，貴而不移。大人君子，神冥契合，正可乃爾。僕與倩公一（郭本缺「一」字）面，不忝古人。言歸漢東，使我心痗（音昧）〔二〕。夫漢東之國，聖人所出〔三〕。神農之後，季（郭本作「李」，誤）良爲大賢〔四〕。爾來寂寂，無一物可紀。有唐中興，始生紫陽先生〔五〕。先生六十而隱化，若繼跡而起者，惟倩公焉。蓄壯志而未就，期老成於他日。且能傾産重諾，好賢攻文。即惠休上人與江、鮑往復〔六〕，各一時也。僕平生述作，罄其草而授之〔七〕。思親遂行，流涕惜别。今聖朝已捨季布〔八〕，當徵賈生〔九〕。開顔洗目，一見白日，冀相視而笑於新松之山耶？作小詩絶句，以寫别意。

〔一〕《世説注》：《續晉陽秋》曰：謝安悠游山水，以敷文析理自娱。桓温在西藩，欽其盛名，諷朝廷請爲司馬。以世道未夷，志存匡濟。年四十，起家應務。《晉書》：謝安寓居會稽，與王羲之及高陽許詢、桑門支遁游處。出則漁弋山水，入則言詠屬文，無處世意。東山、蒼生，已見七卷注。

〔二〕《詩·國風》：願言思伯，使我心痗。毛傳曰：痗，病也。

〔三〕《元和郡縣志》：厲山，亦名烈山，在隨州隨縣北百里。《禮記》曰：厲山氏，炎帝也。起於厲山，故曰厲山氏。《太平寰宇記》：《荆州記》云：隨地有厲鄉，村有厲山，下有一穴，是神農所生穴也。穴口方一步，容數人立。今穴口石上有神農廟在。《方輿勝覽》：《荆州記》：隨州厲山有石穴，云是神農所生，遂即此地爲神農社，常年祀之。

〔四〕季良，隨之賢大夫，諫隨君無追楚師，事載《左傳》桓公六年。

〔五〕紫陽先生胡公，見三十卷《紫陽先生碑銘》。

〔六〕惠休上人，見十二卷注。

〔七〕《廣韻》：罄，盡也。

〔八〕季布事，見十一卷注。
〔九〕徵賈生，見二十五卷注。

辭曰（繆本少「辭曰」二字）：

彼美漢東國，川藏明月輝〔一〕。寧知喪亂後，更有一珠歸。

〔一〕《新序》：珠産江漢，玉産昆山。《荆州記》：荆蘊玉以潤其區，漢含珠而清其域。按繆本詩中重録此文，而「寂寂」作「寂寞」，「辭曰」作「李白辭」，「彼美」作「路入」，凡六字不同，蓋未及删正也。

餞李副使藏用移軍廣陵序

《通鑑》：上元元年，宋州刺史劉展領淮西節度副使，剛强自用，爲其上者多惡之。時有謡言曰：「手執金刀起東方。」節度使王仲昇使監軍使、内左常侍邢延恩入奏展倔僵不受命，姓名應謡讖，請除之。延恩因説上曰：「展方握强兵，宜以計去之。請除展江淮都統，代李峘。俟其釋兵赴鎮，中道執之，此一夫之力耳。」上從之，以展爲都統淮南東、江南西、浙西三道節度使，密敕舊都統李峘及淮南東道節度使鄧景山圖之。延恩以制書受展，展疑之，曰：「展自陳留參軍，數年至刺史，可謂暴貴矣。江、淮租賦所出，今之重任。展無勳勞，又非親賢，一旦恩命寵擢如此，得非有讒人間之乎？」因泣下。延恩懼曰：「公素有才望，主上以江、淮爲憂，故不次用公，公反以爲疑，何哉？」展曰：「事苟不欺，印節可先得乎？」延恩曰：「可。」乃馳詣廣陵，與峘謀，解印節以授展。展得印節，乃上表謝恩，悉舉宋州兵七千趨廣陵。延恩知展已得其情，還奔廣陵，與李峘、鄧景山發兵拒之，移檄州縣，言展反。展亦移檄言峘反。州縣莫知所從。峘引兵渡江，屯京口。景山將萬人，屯徐城。展素有威名，御軍嚴整，江、淮人望風畏之。展倍道先期至，使人問景山曰：「吾奉詔書赴鎮，此何兵也？」景山不應，展使其將孫待封、張法雷擊之，景山衆潰，與延恩奔壽州。展引兵入廣陵，遣其將屈突孝標將兵三千徇濠、楚，王晅將兵四千略淮西。展軍於白沙，設疑兵於瓜州，若將趨北固者。峘悉鋭兵守京口以待之。展乃自上流濟襲下蜀，峘軍聞之自潰，峘奔宣城。甲午，展陷潤州。丙申，陷昇州。李峘之去潤州也，副使李藏用謂峘曰：「處人尊位，食人重禄，臨難而逃之，非忠也。以數十州之兵食，三江五湖之險固，不發一矢而棄之，非勇也。失忠與勇，何以事君？藏用請收餘兵，竭力以拒之。」峘乃悉以後事授藏用。藏用收散卒，得七百人，東至蘇州，募壯士，得二千人，立栅以拒展。與展將張景超、孫待封戰於郁墅，兵敗，奔杭州。景超遂據蘇州，待封進陷湖州。景超進逼杭州，藏用使其將温晁屯餘杭。展將下江州，徇江西，於是屈突孝標陷濠、楚等州，王晅陷舒、和、滁、廬等州，所向無不摧靡。聚兵萬人，騎三千，横行江、淮間。上命平盧兵馬使田神功將所部精兵三千討展。展聞之，始有懼色，自廣陵將兵八千拒之，選精兵二千渡淮擊神功於都梁山。展敗走，至天長，以五百騎據橋拒戰，又敗。展獨與一騎亡渡江。上元二年正月，張景超引兵攻杭州，敗李藏用將李彊於石夷門，孫待封自武康南出，將會景超攻杭州。温晁據險擊敗之。辛亥夜，神功遣特進范知新等將四千人自白沙濟，西趨下蜀，展擊之，不勝。弟殷勸展引兵逃入海，可延歲月。展曰：「若事不濟，何用多殺人父子乎？死，早晚等耳。」遂更率衆力戰。將軍賈隱林射展，中目而仆，遂斬之。孫待封詣藏用降。張景超聚兵至七千餘人，聞展死，悉以兵授張法雷，使攻杭州，景超逃入海。法雷至杭州，李藏用擊破之，餘黨皆平。

夫功未足以蓋世，威不可以震主〔一〕。必挾此者，持之安歸。所以彭越醢於前，韓信誅於後〔二〕。况權位不及於此者，虚生危疑，而潛包（繆本作「苞」）禍心，小拒王命。是以謀臣將啖以節鉞，誘而烹之，亦由借鴻濤於奔鯨〔三〕，鱠生人於哮虎〔四〕。呼吸江海，横流百川。左縈右拂〔五〕，十有餘郡。國計（《文苑英華》作「討」）未及，誰當其鋒。

〔一〕《抱朴子》：功蓋世者不賞，威震主者身危。

〔二〕《漢書·高帝紀》：十一年春正月，淮陰侯韓信謀反長安，夷三族。三月，梁王彭越謀反，夷三族。此云越醢於前，信誅於後，恐誤。《漢書・黥布傳》：漢誅梁王彭越，盛其醢以遍賜諸侯。

〔三〕何承天《鼓吹鐃歌》：西川無潛鱗，北渚有奔鯨。

〔四〕《詩・大雅》：闞如虓虎。

〔五〕《史記》：若夫泗上十二諸侯，左縈而右拂之，可一旦而盡也。

我副使李公，勇冠三軍〔一〕，衆無一旅〔二〕。横倚天之劍〔三〕，揮駐日之戈〔四〕。吟嘯四顧，熊羆雨集〔五〕。蒙輪扛鼎之士〔六〕，杖干將而星羅〔七〕。上可以決天雲，下可以絶地維〔八〕。翕振虎旅〔九〕，赫張王師。退如山立，進若電逝〔一〇〕。轉戰百勝，殭屍盈川。水膏於滄溟，陸血於原野。一掃瓦解，洗清全吴〔一一〕。可謂萬里長城，横斷楚塞。不然，五嶺之北〔一二〕，盡餌於修蛇，勢盤地蹙，不可圖也。

〔一〕《梁書》：馬仙琕每戰，勇冠三軍。當其衝者，莫不摧破。

〔二〕《左傳》：有田一成，有衆一旅。杜預注：方十里爲成，五百人爲旅。

〔三〕宋玉《大言賦》：長劍耿耿倚天外。

〔四〕《淮南子》：魯陽公與韓搆戰酣，日暮，援戈而撝之，日爲之返三舍。

〔五〕陸機《辨亡論》：哮闞之群風驅，熊羆之衆霧集。王褒《四子講德論》：莫不風馳雨集，襲雜並至。

〔六〕《左傳》：狄虒彌建大車之輪，而蒙之以甲，以爲櫓。左執之，右拔戟，以成一隊。杜預注：蒙，覆也。《史記》：項籍長八尺餘，力能扛鼎。裴駰注：韋昭曰：扛，舉也。《索隱》曰：《説文》云：扛，横關對舉也，音江。盧思道《爲隋檄陳文》：扛鼎蒙輪之卒，事均驅兕。

〔七〕干將，劍名，又戟名，見十一卷注。班固《西都賦》：列卒周匝，星羅雲布。呂延濟注：星羅雲布，言衆也。

〔八〕《莊子·説劍篇》：上決浮雲，下絶地紀。《列子》：折天柱，絶地維。

〔九〕張衡《西京賦》：陳虎旅於飛廉。李善注：《周禮》：虎賁，下大夫。旅賁氏，中士也。《鬻子》：紂虎旅百萬，陳於商郊。琦按：太白所謂虎旅，指有力如虎之衆耳，與李氏所解有異。

〔一〇〕《禮記》：總干而山立，武王之事也。曹植《七啟》：飛軒電逝，獸隨輪轉。嵇康詩：風馳電逝，躡景追飛。此借用其字，以喻士卒進退用命之狀。山立，言其如山之峙，卒難動摇。電逝，言其如電之流，倏忽驟至。

〔一一〕《淮南子》：紂之地，左東海，右流沙，前交趾，後幽都。師起容關，至浦水，士億有餘萬。然皆倒矢而射，傍戟而戰。武王左操黄鉞，右執白旄以麾之，則瓦解而走，遂土崩而下。

〔一二〕杜氏《通典》：自北徂南，入越之道，必由嶺嶠。時有五處，塞上嶺一也，今南康郡大庾嶺是；騎田嶺二也，今桂陽郡臘嶺是；都龐嶺三也，今江華郡永明嶺是；甿渚嶺四也，今江華界白芒嶺是；越城嶺五也，今始安郡北零陵郡南臨源嶺是。西自衡山之南，東窮於海，一山之限也。文謂五嶺之北，蓋指江南、江西二道而言。

而功大用小，天高路遐。社稷雖定於劉章〔一〕，封侯未施於李廣〔二〕。使慷慨之士，長吁青雲。且移軍廣陵，恭揖後命〔三〕。組練照雪〔四〕，樓船乘風〔五〕。簫鼓沸而三山動〔六〕，旌旗揚而九天轉。

〔一〕《漢書·文帝紀》：高后崩，諸吕謀爲亂，欲危劉氏。丞相陳平、太尉周勃、朱虚侯劉章等共誅之。

〔二〕《李廣傳》：廣與望氣王朔語曰：「自漢征匈奴，廣未嘗不在其中，而諸妄校尉以下，材能不及中，以軍功取侯者，數十人。廣不爲後人，然終無尺寸功以得封邑者，何也？豈吾相不當侯耶？」朔曰：「將軍自念豈嘗有恨者乎？」廣曰：「吾爲隴西守，羌嘗反，吾誘降者八百餘人，詐而同日殺之，至今恨獨此耳。」朔曰：「禍莫大於殺已降，此乃將軍所以不得侯者也。」

〔三〕恭揖後命，敬謹遜讓，而俟天子之後命也。

〔四〕組練，見十一卷注。

〔五〕樓船，見四卷注。

〔六〕《元和郡縣志》：三山，在潤州上元縣西南五十里，晉王濬伐吴，宿於牛渚，部分明日前至三山，即此也。《江南通志》：三山，在江寧府江寧縣西南五十七里，下臨大江，三峰排列，故名。晉王濬伐吴，順流鼓棹，徑造三山，即此地。

良牧出祖〔一〕，烈將登筵。歌酣易水之風〔二〕，氣振武安之瓦〔三〕。海日夜色，雲帆（繆本作「河」）中流〔四〕。席闌賦詩，以壯三軍之事。白也筆已老矣，序何能爲。

〔一〕良牧，見十一卷注。

〔二〕易水風，見一卷注。

〔三〕武安瓦，見六卷注。

〔四〕雲帆，見三卷注。

按《通鑑》：上元二年秋七月，以試少府監李藏用爲浙西節度副使。冬十月，江淮都統崔圓署李藏用爲楚州刺史。《考異》曰：《劉展亂紀》云：劉展既平，諸將爭功，疇賞未及李藏用。崔圓乃署藏用爲楚州刺史，領二城而居盱眙。按實録，七月，藏用已除節度副使，蓋恩命未到耳。又獨孤及有《爲杭州李使君論李藏用守杭州功表》云：「今都統使停，本職已罷，孤軍無主，莫知適從。將士嗷嗷，未有所隸。天高聽邈，無人爲言。遂使殊勳見委，忠節未録，口不言賞，賞亦不及，恐非聖朝旌有德、表有功之義。」此文所謂「社稷雖定於劉章，封侯未施於李廣」，蓋亦有深慨矣。未幾而藏用之牙將高幹挾故怨使人詣廣陵告藏用反，先以兵襲之，藏用走，幹追殺之。崔圓不能明其寃，遂簿責藏用將吏以驗之。將吏畏，皆附成其狀。獨孫待封堅言不反，且曰：「吾始從劉大夫奉詔書來赴鎮，人謂吾反。李公起兵滅劉大夫。今又以李公爲反。如此，誰則非反者？吾寧就死，不能誣人以非罪。」圓亦斬之。蓋大亂之後，刑賞之謬若此。

澤畔吟序郭本作《澤畔吟詩序》

《澤畔吟》者，逐臣崔公之所作也。公代業文宗，早茂才秀。起家校書蓬山〔一〕，再尉關輔〔二〕，中佐於憲車，因貶湘陰〔三〕。從宦二十有八載，而官未登於郎署〔四〕，何遇時而不偶耶？所謂大名難居，碩果不食〔五〕。流離乎沅、湘〔六〕，摧頹（繆本作「頹」）於草莽。

〔一〕《後漢書》：是時學者稱東觀爲老氏藏室，道家蓬萊山。太僕鄧康遂薦竇章入東觀爲校書郎。

〔二〕關輔，關中三輔之地，詳十八卷注。

〔三〕湘陰，縣名，隸岳州巴陵郡。

〔四〕《後漢書·馬融傳》：安帝親政，召還郎署。

〔五〕《史記》：大名之下，難以久居。《周易》：剥之上九，碩果不食。孔穎達《正義》云：處卦之終，獨得完全不被剥落，猶如碩大之果，不爲人食也。

〔六〕沅、湘，謂沅水、湘水，二水俱經長沙入洞庭。詳二十三卷注。

同時得罪者數十人，或才長命夭，覆巢蕩室。崔公忠憤義烈，形於清辭。慟哭澤畔，哀形翰墨。猶《風》、《雅》之什，聞之者無罪，覩之者作鏡。書所感遇，總二十章，名之曰《澤畔吟》。懼奸臣之猜，常韜之於竹簡；酷吏將至，則藏之於名山〔一〕。前後數四，蠹傷卷軸。

〔一〕《漢書·司馬遷傳》：僕誠已著此書，藏之名山，傳之其人，通邑大都。

觀其逸氣頓挫，英風激揚，横波遺流，騰薄萬古。至於微而彰，婉而麗，悲不自我，興成他人，豈不云怨者之流乎？余覽之愴然，掩卷揮涕，爲之序云。

夏日諸從弟登汝州龍興閣序

汝州，唐時隸河南道。

夫槿榮芳園，蟬嘯珍木，蓋紀乎南火之月也。可以處臺榭，居高明〔一〕。

〔一〕《月令》：仲夏之月，鹿角解，蟬始鳴，半夏生，木堇榮。是月也，可以居高明，可以遠眺望，可以升山陵，可以處臺榭。鄭康成注：順陽在上也。高明，謂樓觀也。闍者謂之臺，有木者謂之榭。珍木，見二卷注。南火，謂大火星，於仲夏昏時，正當南方。詳九卷注。

吾之友于，順此意也，遂卜精勝，得乎龍興。留寶馬於門外，步金梯於閣上〔一〕。漸出軒戶，霞瞻雲天。晴山翠遠而四合，暮江碧流而一色。屈指鄉路，還疑夢中；開襟危欄，宛若空外。

〔一〕寶馬，見五卷注。金梯，見二十五卷注。

嗚呼！屈、宋長逝，無堪與言。起予者誰，得我二季。當揮爾鳳藻〔一〕，挹予霞觴（郭本、繆本作「搜乎需觴」，《文苑英華》作「飛乎鸞觴」。今從劉本）。與白雲老兄，俱莫負古人也。

〔一〕盧照鄰《釋疾文》：謁龍主於武帳，揮鳳藻於文昌。

秋夜於安府送孟贊府兄還都序

安府，安州也。唐於州設中都督府，故曰安府。贊府，縣丞。已見本卷注。

夫士有飾危冠，佩長劍〔一〕，揚眉吐諾，激昂青雲者，咸誇炫意氣，託交王侯。若告之急難，乃十失八九。我義兄孟子，則不然耶？

〔一〕《莊子》：使子路去其危冠，解其長劍。陸德明《音釋》：李云：危，高也。子路好勇，冠似雄雞形。

道合而襟期暗親，志乖而肝膽楚、越〔一〕。鴻騫鳳立〔二〕，不循常流。孔明披書，每觀於大略〔三〕；少君讀《易》，時作於小文〔四〕。四方賢豪，眩然景慕。雖長不過七尺，而心雄萬夫。至於酒情中酣，天機俊發，則談笑滿席，風雲動天。非嵩丘騰精〔五〕，何以及此。

〔一〕《莊子》：自其異者視之，肝膽楚、越也。

〔二〕沈約《齊故安陸昭王碑文》：鴻騫舊吴，作守東楚。吕向注：騫，飛也。江淹詩：一言鳳獨立，再説鸞無群。

〔三〕《三國志注》：《魏略》曰：諸葛亮在荆州，以建安初，與潁川石廣元、徐元直，汝南孟公威等，俱游學。三人務於精熟，而亮獨觀其大略。

〔四〕《漢武帝外傳》：薊遼，字子訓，齊國臨淄人。李少君之邑人也。見少君有不死之道，遂以弟子之禮事少君，而師事焉。性好清淨，嘗閑居讀《易》，時作小小文疏，皆有意義。此文以爲少君事，疑誤。

〔五〕嵩丘騰精，謂嵩山精靈之氣降生孟贊府。

白以弱植，早飲香名〔一〕。況親承光輝，恩甚華萼〔二〕。他鄉此別，誰無恨耶？

〔一〕顔延年詩：弱植慕端操。盧思道《盧記室誄》：善價斯待，香名允集。

〔二〕華萼，已見本卷注。太白與孟雖異姓，而情不啻昆弟，故曰恩甚花萼，而稱之曰義兄也。

時林風吹霜，散下秋草；海雁嘶月，孤飛朔雲。驚魂動骨，戞瑟落涕〔一〕。抗手緬邁〔二〕，傷如之何。且各賦詩，以寵行（繆本作「岐」）路。

〔一〕江淹《四時賦》：軫琴情動，戞瑟涕落。戞瑟，猶鼓瑟也。

〔二〕抗手，舉手拜别也。見十七卷注。緬邈，遠行也。張九齡詩：云胡當此時，緬邈復爲客。

春夜宴從弟桃花園序

夫天地者，萬物之逆旅也〔一〕；光陰者，百代之過客也。而浮生若夢，爲歡幾何？古人秉燭夜游，良有以也〔二〕。況陽春召我以烟景，大塊假我以文章〔三〕。會桃花之芳園，序天倫之樂事〔四〕。群季俊秀，皆爲惠連〔五〕；吾人詠歌，獨慚康樂。幽賞未已，高談轉清。開瓊筵以坐花，飛羽觴而醉月〔六〕。不有佳詠，何伸雅懷。如詩不成，罰依金谷酒數（繆本「數」字上多一「斗」字）〔七〕。

〔一〕逆旅，客舍也，詳二十四卷注。

〔二〕魏文帝《與吴質書》：古人思秉燭夜游，良有以也。

〔三〕江淹詩：烟景抱空意，蘅杜綴幽心。大塊，天地也，見三卷注。

〔四〕天倫，兄弟也，見十五卷注。

〔五〕《宋書》：謝惠連幼而聰敏，年十歲，能屬文。族兄靈運，深相知愛。

〔六〕謝脁詩：瓊筵妙舞絶，桂席羽觴陳。羽觴，已見前注。左思《吴都賦》：飛觴舉白。劉良注：飛觴，行觴疾如飛也。成公綏《洛禊賦》：列樽壘，飛羽觴。

〔七〕石崇《金谷詩序》：遂各賦詩，以叙中懷。或不能者，罰酒三斗。

冬夜於隨州紫陽先生飡霞樓送烟子元演隱仙城山序

吾與霞子元丹，烟子元演〔一〕，氣激道合，結神仙交，殊身同心，誓老雲海，不可奪也。歷行天下，周求名山，入神農之故鄉，得胡公之精術（《文苑英華》作「守」）〔二〕。

〔一〕元丹，疑即元丹丘也，蓋名與字之稍殊耳。《上安州裴長史書》曰：「故交元丹，親接斯議。」是其結納固已久矣。元演約是其弟。

〔二〕《初學記》：盛弘之《荆州記》曰：隨郡北界，有厲鄉村，村南有厲山，山下有一穴。父老相傳，云神農所生。林西有塹兩重，塹内周圍一頃二十畝，地中有九井。神農既育，九井自穿，汲一井則衆井水動，即以此爲神農社，年常祀之。庖犧生乎陳，神農育乎楚，考籍應圖，於是乎在。胡公即紫陽先生，詳見三十卷《紫陽先生碑銘》。

胡公身揭日月〔一〕，心飛蓬萊。起飡霞之孤樓，鍊吸景之精氣。延我數子，高談混元〔二〕。

金書玉訣〔三〕，盡在此矣。

〔一〕《莊子》：昭昭乎若揭日月而行。

〔二〕《後漢書》：外運混元，内侵毫芒。章懷太子注：混元，天地之總名也。

〔三〕《武帝内傳》：尊母欲得金書秘字，六甲靈飛，左右策精之文十二事授劉徹。梁丘子《黄庭内景玉經序》：《黄庭内景經》，一名《大帝金書》，扶桑大帝君宫中盡誦此經，以金簡刻書之，故曰金書。《太平廣記》：張楷有玉訣金匱之學，坐在立亡之道。

白乃語及形勝，紫陽因大誇仙城。元侯聞之，乘興將往。別酒寒酌，醉青田而少留〔一〕；夢魂曉飛，度淥水以先去。

〔一〕《古今注》：烏孫國有青田核，莫測其樹實之形，至中國者，但得其核耳。得清水則有酒味出，如醇美好酒。核大如六升瓠，空之以盛水，俄而成酒。劉章得兩核，集賓客設之，嘗供二十人之飲。一核盡，一核所盛以復飲。飲盡隨更注水，隨盡隨盛，不可久置，久置則苦不可飲，名曰青田酒。

吾不凝滯於物，與時推移〔一〕。出則以平交王侯，遁則以俯視巢、許。朱紱狎我〔二〕，緑蘿未歸。恨不得同棲烟林，對坐松月。有所款然〔三〕，銘契潭石。乘春當來，且抱琴卧花，高枕相待。詩以寵別，賦而贈之。

〔一〕《楚辭》：漁父曰：聖人不凝滯於物，而能與世推移。

〔二〕朱紱，見十一卷注。

〔三〕陸雲《與戴季甫書》：欽愛之情，款然至實。

李太白全集卷之二十八

錢塘王琦琢崖輯注
趙樹元石堂較

記頌讚共二十首

任音壬城縣廳壁記

《元和郡縣志》：任城縣，本漢縣也，屬東平國。古任國，太昊之後，風姓也。僖二十一年《左傳》曰：任、宿、須句，皆風姓也，實司太皞與有濟之祀。注曰：任，今任城縣也。《魏志》曰：文帝封鄢陵侯彰爲任城王。齊天保七年，移高平郡於此，任城縣屬焉。隋開皇三年，罷高平郡，縣屬兗州。

風姓之後，國爲任城，蓋古之秦縣也（《文苑英華》作「蓋秦之古縣也」）。在《禹貢》則南徐之分，當周成（《文苑英華》作「成周」）迺東魯之邦，自伯禽到於順（當作「頃」）公，三十二（「二」當作

「三」）代〔一〕。遭楚蕩滅，因（《文苑英華》作「國」）屬楚焉。炎漢之後，更爲郡縣。隋開皇三年，廢高平郡，移任城於舊居。邑乃（《文苑英華》作「雖」）屢遷，井則不改〔二〕。

〔一〕《元和郡縣志》：兗州，魯郡。《禹貢》兗州之域，兼得徐州之地，春秋時，爲魯國。按《史記》：封周公旦於曲阜，是爲魯公。周公不就封，留佐武王，使其子伯禽代就封於魯。其後有考公、煬公、幽公、魏公、厲公、獻公、真公、武公、懿公、孝公、惠公、隱公、桓公、莊公、閔公、僖公、文公、宣公、成公、襄公、昭公、定公、哀公、悼公、元公、穆公、共公、康公、景公、平公、文公、頃公。頃公二十四年，楚考烈王伐滅魯。魯起周公至頃公，凡三十四世，謂三十四君也。自伯禽起至頃公，當云三十三世，此云順公，又云三十二代，皆誤。

〔二〕《周易》：改邑不改井。

魯境七百里，郡有十一縣，任城其衝要〔一〕，東盤琅邪〔二〕，西控鉅野〔三〕，北走厥國〔四〕，南馳互鄉〔五〕。青帝太昊之遺墟〔六〕，白衣尚書之舊里〔七〕。土俗古遠，風流清高，賢良間生，掩映天下。

〔一〕按《元和郡縣志》，魯郡州境，東西三百三十一里，南北三百五十三里，管縣十一：瑕丘、金鄉、魚臺、鄒縣、龔丘、乾封、萊蕪、曲阜、泗水、任城、中都。今新、舊《唐書》所載，只十縣，以貞元中割中都入鄆州故也。

〔二〕《漢書》：齊地，東有菑川、東萊、琅邪、高密、膠東。趙岐《孟子注》：琅邪，齊東境上邑也。唐時以河南道所屬之沂州爲琅邪郡，其地正在魯郡之東，相去三百八十里。

〔三〕《水經注》：何承天曰：鉅野，湖澤廣大，南通洙、泗，北連清濟，舊縣故城，正在澤中，故欲置戍於此城。城之所在，則鉅野澤也，衍東北爲大野矣，昔西狩獲麟於是處也。《元和郡縣志》：大野澤，一名鉅野，在鄆州鉅野縣東五里，南北三百里，東西百餘里。《爾雅》：十藪，魯有大野，西狩獲麟於此澤。琦按：魯郡之東，與鄆州接境，乃鉅野澤之故區。但屢遭河患，沖決填淤，高下易形，涸爲平陸，迄今畔岸不可復識矣。

〔四〕章懷太子《後漢書注》：東平陸，縣名，古厥國也，屬東平國，今兖州平陸縣地。《太平寰宇記》：鄆州中都縣，古中都之地，漢爲東平陸縣，屬東平國，亦古之厥國地，今邑界有厥亭存。

〔五〕《太平寰宇記》：徐州沛縣合鄉故城，古互鄉之地。按劉芳《徐州記》云：古之互鄉，蓋孔子云「難與言」者。又曰：互鄉，在陳州項城縣北一里，古老傳云互鄉之地。《一統志》：互鄉，在河南開封府商水縣。《論語》云「互鄉難與言」，即此。古今言互鄉者，凡三處。今考魯郡之南與徐州接壤，則此文所指，與沛縣之互鄉爲合。

〔六〕《獨斷注》：青帝太昊，木行。《三皇本紀》：太皞庖犧氏，風姓。代燧人氏，繼天而王，都於陳。其後裔，當春秋時，有任、宿、須句、顓臾，皆風姓之胤也。

〔七〕《後漢書》：鄭均，字仲虞，東平任城人。帝東巡過任城，乃幸均舍，敕賜尚書禄以終其身。時人號爲白衣尚書。

地博厚，川疏明。漢則名王分茅〔一〕，魏則天人列土〔二〕。所以代變豪侈，家傳文章，君子以才雄自高，小人則鄙朴難治。況其城池爽塏（音愷）〔三〕，邑屋豐潤。香閣倚日〔四〕，凌丹霄而欲飛〔五〕；石橋横波，驚彩虹而不去。其雄麗坱（音央）圠（音扎）〔六〕，有如此焉。

〔一〕《後漢書》：任城孝王尚，元和六年封，食任城、亢父、樊三縣。

〔二〕《魏志》：任城威王彰，黄初三年立爲任城王。

〔三〕《左傳》：請更諸爽塏者。杜預注：爽，明。塏，燥也。《正義》曰：塏，高地，故爲燥也。

〔四〕香閣，見二十一卷注。

〔五〕梁武帝詩：青城接丹霄，金樓帶紫烟。

〔六〕賈誼《鵩賦》：大鈞播物，坱圠無垠。劉良注：坱圠，無涯際也。揚雄《甘泉賦》：據軨軒而周流兮，忽坱圠而無垠。李善注：坱圠，廣大貌。《漢書》作軮軋。顔師古注：軮軋，遠相映也。

故萬商往來，四海綿歷，實泉貨之橐籥，爲英髦之咽喉。故資大賢以主東道，製我美錦〔一〕，不易其人。今鄉二十六，户一萬三千三百七十一。帝擇明德，以賀公宰之。公温恭克修，儼碩有立〔二〕，季野備四時之氣〔三〕，士元非百里之才〔四〕。撥煩彌閑〔五〕，剖劇無滯。鏑（音的）百發克破於楊葉〔六〕，刀一鼓必合於《桑林》〔七〕。寬猛相濟〔八〕，弦韋適中〔九〕。一之歲肅而教之，二之歲惠而安之，三之歲富而樂之。然後青衿向訓〔一〇〕，黄髮履禮〔一一〕。耒耜就役〔一二〕，農無游手之夫；杼軸和鳴，機罕嚬呻之女。物不知化，陶然自春。權豪鋤縱暴之心，黠（音轄）吏返淳和之性。行者讓於道路〔一三〕，任者併於輕重〔一四〕，扶老攜幼〔一五〕，尊尊親親〔一六〕，千載百年，再復魯道。非神明博遠，孰能契于此乎？

〔一〕東道，見十卷注。製錦，見九卷注。

〔二〕《詩·國風》：有美一人，碩大且儼。毛傳曰：儼，矜莊貌。

〔三〕《世説》：謝太傅絶重褚公，常稱褚季野雖不言，而四時之氣亦備。

〔四〕《三國志》：龐統以從事守耒陽令，在縣不治，免官。吴將魯肅遺先主書曰：「龐士元，非百里才也，使處治中別駕之任，始當展其驥足耳。」

〔五〕《南史》：丘仲孚，爲山陰令，長於撥煩，善適權變，吏人敬服，號稱神明。

〔六〕《廣韻》：鏑，箭鏃也。《漢書》：養由基，楚之善射者也。去楊葉百步，百發百中，楊葉之大，加百中焉，可謂善射矣。

〔七〕鼓刀，以刀擊物也，合於《桑林》之舞，庖丁事，見十卷注。上句喻其舉措無不中理，下句喻其謀猷無不合宜。

〔八〕《左傳》：政寬則民慢，慢則糾之以猛；猛則民殘，殘則施之以寬。寬以濟猛，猛以濟寬，政是以和。

〔九〕《韓非子》：西門豹之性急，故佩韋以自緩。董安於之性緩，故佩弦以自急。《華陽國志》：西門豹佩韋以自寬，宓子賤帶弦以自急。

〔一〇〕毛萇《詩傳》：青衿，青領也。學子之所服。

〔一一〕《論衡》：人少則髮黑，老則髮白，白久則黄。顔師古《漢書注》：黄髮，老稱，謂白髮盡落，更生黄者。

〔一二〕《韻會》：柄曲木曰耒。耒端曰耜。《易》：斲木爲耒，剡木爲耜。

〔一三〕《家語》：虞、芮二國，争田而訟，連年不決，乃相謂曰：「西伯，仁人也。盍往質之。」入其境，則耕者讓畔，行者讓路。

〔一四〕《禮·王制》：輕任并，重任分。《正義》曰：任，謂有擔負者俱應擔負。老少並輕，則併與少者擔之。老少並重，不可併與少者一人，則分爲輕重，重與少者，輕與老者。

〔一五〕《漢書》：魯瀕洙、泗之水，其民涉度，幼者扶老而代其任。

〔一六〕《淮南子》：太公問周公曰：「何以治魯？」周公曰：「尊尊親親。」太公曰：「魯從此弱矣。」

白探奇東蒙〔一〕，竊聽輿論〔二〕，輒記於壁，垂之將來。俾後賢之操刀〔三〕，知賀公之絶跡者也。

〔一〕《太平寰宇記》：東蒙山，在沂州費縣西北七十五里，以其在蒙山之東，故曰東蒙。

〔二〕《晉書·王沉傳》：自古賢聖，樂聞誹謗之言，聽輿人之論。

〔三〕操刀而割，見九卷注。

趙公西候新亭頌

惟十有四載，皇帝以歲之驕陽，秋五不稔（音衽）〔一〕，乃慎擇明牧〔二〕，恤南方凋枯〔三〕。伊四月孟夏，自淮陰遷我天水趙公作藩於宛陵〔四〕，祇明命也。

〔一〕《廣韻》：稔，歲熟也。《廣雅》：秋穀熟也。

〔二〕謝朓詩：阽危賴宗衮，微管寄明牧。

〔三〕左思詩：俛仰生榮華，咄嗟復凋枯。

〔四〕《晉書·陶侃傳》：作藩於外，八州肅清。唐時楚州淮陰郡，治山陽縣，屬淮南道。宣州宣城郡，治宣城縣，屬江南西道。按：宣城郡，本漢之丹陽郡，宣城縣，本漢之宛陵縣，今爲寧國府地。

太白稱宛陵，蓋本漢縣名也。

惟公代秉天憲〔一〕，作程（繆本作「保」）南臺〔二〕，洪柯大本〔三〕，聿生懿德〔四〕。宜乎哉，横風霜之秀氣，鬱王霸之奇略。初以鐵冠白筆〔五〕，佐我燕京〔六〕，威雄振肅，虜不敢視。而後鳴琴二邦〔七〕，天下取則；起草三省〔八〕，朝端有聲〔九〕。天子識面，宰衡動聽〔一〇〕。殷南山之雷〔一一〕，剖赤縣之劇。强項不屈〔一二〕，三州所居大化，咸列碑頌〔一三〕。

〔一〕《後漢書》：手握王爵，口含天憲。李周翰注：天憲，謂帝王法令也。

〔二〕《通典》：御史所居之署，漢謂之御史府，亦謂之御史大夫寺，亦謂之憲臺。後漢以來，謂之御史臺，亦謂之蘭臺寺。梁及後魏、北齊或謂之南臺。後魏之制，有公事，百官朝會，名簿自尚書令僕以下，悉送南臺。胡三省《通鑑注》：御史臺，謂之南臺。杜佑曰：御史臺，在宫闕西南，故名南臺。

〔三〕陶潛詩：洪柯百萬尋，森散覆暘谷。

〔四〕《詩·周頌》：我求懿德。鄭箋曰：懿，美也。

〔五〕鐵冠白筆，見十一卷注。

〔六〕陶潛詩：君子死知己，提劍出燕京。

〔七〕《説苑》：宓子賤治單父，彈鳴琴，身不下堂，而單父治。
〔八〕唐以尚書省、中書省、門下省爲三省。
〔九〕《晉中興書》：謝安石上疏曰：尸素朝端，忽焉五載。
〔一〇〕宰衡，相臣也，見十二卷注。
〔一一〕《詩·召南》：殷其雷，在南山之陽。毛傳曰：殷，雷聲也。鄭箋曰：雷以喻號令，於南山之陽，又喻其在外也。召南大夫以王命施號令於四方，猶雷隱然發聲於山之陽。
〔一二〕赤縣、强項令，俱見十二卷注。
〔一三〕《金石録》：《淮陰太守趙悦遺愛碑》，張楚金撰，行書，天寶十四載立。其二州碑頌無考。

至於是邦也，酌古以訓俗，宣風以布和。平心理人，兵鎮唯静，畫一千里〔一〕，時無莠言〔二〕。

〔一〕《漢書》：蕭何爲法，講若畫一。顔師古曰：畫一，言整齊也。
〔二〕《詩·小雅》：莠言自口。毛傳曰：莠，醜也。

退公之暇〔一〕，清眺原隰〔二〕。以此郡東塹巨海，西襟長江，咽三吴，扼五嶺〔三〕，輶軒錯出〔四〕，無旬時而息焉。出自西郭，蒼然古道，道寡列樹，行無清陰。至有疾雷破山，狂飇震蟄〔五〕，炎景爍野〔六〕，秋霖灌途〔七〕。馬逼側於谷口〔八〕，人周章於山頂〔九〕。亭候靡設〔一〇〕，逢迎缺如。

〔一〕《詩·國風》：自公退食。
〔二〕《小雅》：皇皇者華，於彼原隰。毛傳曰：高平曰原，下濕曰隰。
〔三〕三吳，見八卷注。五嶺，見十八卷注。
〔四〕輶軒，使車也，見九卷注。
〔五〕《莊子》：疾雷破山，風震海而不能驚。
〔六〕曹植詩：寒冰辟炎景，涼風吹我身。
〔七〕《莊子》：秋水時至，百川灌河。
〔八〕《子虛賦》：偪側泌瀄。顔師古曰：逼側，相逼也。
〔九〕《楚辭》：聊翱翔兮周章。王逸注：周章，猶周流也。呂向注：周章，往來迅疾貌。
〔一〇〕《後漢書·光武紀》：築亭候，修烽燧。章懷太子注：亭候，伺候望敵之所。

自唐有天下，作牧百數，因循齷齪〔一〕，罔恢永圖。及公來思〔二〕，大革前弊，實相此土，陟降觀之〔三〕，壯其迴崗龍盤，沓嶺波起，勝勢交至，可以有作。方農之隙，廓如是營。遂鏟崖

（繆本「崖」字下多一「坦」字）堙卑，驅石剪棘，削污壤，堦高隅，以門以墉〔四〕，乃棟乃宇。儉則不陋，麗而不奢，森沉閈（音岸）閎〔五〕，燥濕有庇〔六〕。若鼇（郭本作「鼂」）之湧，如鵬斯騫。縈流鏡轉，涵映池底，納遠海之餘清，瀉連（郭本作「蓮」）峰之積翠。信一方雄勝之郊，五馬踟躕之地也〔七〕。

〔一〕《韻會》：齷齪，急促局陿貌。

〔二〕《詩·小雅》：賁然來思。

〔三〕《大雅》：陟則在巘，復降在原。鄭箋曰：陟，升也。降，下也。

〔四〕《廣韻》：墉，垣也。

〔五〕鮑照詩：銅溪晝森沉。《左傳》：高其閈閎。孔穎達《正義》：《說文》云：閈，門也。汝南平輿里門曰閈。《釋宮》云：衖門謂之閎。李巡云：衖，頭門也。然則，閈、閎，皆門名，言高爲其門耳。

〔六〕《左傳》：吾儕小人，皆有闔廬，以辟燥濕寒暑。

〔七〕古《羅敷行》：使君從南來，五馬立踟躕。

長史齊公光乂〔一〕，人倫之師表〔二〕；司馬武公幼成，衣冠之髦彥〔三〕。録事參軍吴鎮，宣城令崔欽，令德之後〔四〕，良材間生。縱風教之樂地，出人倫之高格，卓絶映古，清明在躬〔五〕。

僉謀僝（音棧）功〔六〕，不日而就。揔（與「總」同。郭本作「然」）是役也，伊二公之力歟！

〔一〕按《唐書·百官志》，每州自刺史而下，有長史一人，司馬一人，録事參軍事一人。

〔二〕《南史》：蔡興宗爲郢州，引沈約爲安西外兵參軍兼記室，興宗嘗謂其諸子曰：「沈記室人倫師表，宜善事之。」

〔三〕《陳書·後主紀》：思所以登顯髦彦，式備周行。

〔四〕《詩·小雅》：顯允君子，莫不令德。毛傳曰：令，善也。《左傳》：非令德之後，誰能若是。

〔五〕《禮記》：清明在躬，氣志如神。《正義》云：言聖人清静光明之德，在於躬身。

〔六〕《書經集傳》：僉，衆共之辭。《書·堯典》：共工方鳩僝功。孔傳曰：僝，見也。《音釋》：僝，馬云：具也。

過客沉吟以稱嘆，邦人聚舞以相賀，僉曰：「我趙公之亭也！」群寮獻議，請因謡頌以名之，則必與謝公北亭同不朽矣〔一〕！白以爲謝公德不及後世，亭不留要衝，無勿拜之言〔二〕，鮮登高之賦〔三〕。方之今日，我則過矣。

〔一〕《太平寰宇記》：北亭在温州北五里，枕永嘉江。謝靈運《罷郡於北亭與吏民别》詩云：前期眇已往，後會邈無因。

〔二〕《詩・國風》：蔽芾甘棠，勿剪勿拜，召伯所説。鄭箋曰：拜之言拔也。施士匄曰：如人身之拜，小低屈也。嚴粲曰：挽其枝以至地也。

〔三〕《韓詩外傳》：孔子游於景山之上，子路、子貢、顔淵從。孔子曰：「君子登高必賦，小子願者何？言其願，丘將啟汝。」

敢詢耆老，而作頌曰：

耽耽高亭〔一〕，趙公所營。如鼇背突兀於太清，如鵬翼開張而欲行。趙公之宇，千載有覯，必恭必敬，爰游爰處。瞻而思之，罔敢大語。趙公來翔，有禮有章。煌煌鏘鏘，如文翁之堂〔二〕。清風洋洋，永世不忘。

〔一〕張衡《西京賦》：大厦耽耽。薛綜注：耽耽，深邃貌。

〔二〕《水經注》：文翁爲蜀守，立講堂，作石室於南城。《太平寰宇記》：文翁學堂，一名周公禮殿。《華陽國志》云：文翁立學，講堂精舍作石室，一作玉堂，在城南。安帝永初後，學堂遇火，太守陳留高朕更修立，又增造一石室。任豫云：其欒櫨節制，猶古建，堂基高六尺。夏屋三間，通皆圖畫古人之像，及禮器瑞物，堂西有二石。李膺記云：後漢中平，火延學觀，廂廊一時蕩盡，惟此堂熛焰不及。構制雖古，巧異特奇。

崇明寺佛頂尊勝陀羅尼幢音牀頌并序

梵語陀羅尼者，華言總持，謂總統攝持，無有遺失，即呪之別名也。《法苑珠林》：陀羅尼者，西天梵音，東華人譯則云持也。持善不失，持惡不生。幢者，釋家旛蓋之類，此則以石爲幢形而刻呪字於其上，即謂之幢也。

共工不觸山，媧（音戈）皇不補天〔一〕，其鴻（繆本作「洪」）波汩（音骨）汩流，伯禹不治水，萬人其魚乎〔二〕！禮樂大壞，仲尼不作，王道其昏乎！而有功包陰陽，力掩造化，首出衆聖，卓稱大雄〔三〕。彼三者之不足徵矣！

〔一〕《論衡》：儒書言共工與顓頊爭爲天子，不勝，怒而觸不周之山，使天柱折，地維絶。女媧銷煉五色石以補蒼天，斷鼇足以立四極。天不足西北，故日月移焉；地不足東南，故百川注焉。

〔二〕《左傳》：劉子曰：「美哉禹功，明德遠矣，微禹，吾其魚乎！」

〔三〕《法華經》：大雄猛世尊，諸釋之法王。

粤有我西方金仙之垂範〔一〕，覺曠劫之大夢〔二〕，碎群愚之重昏〔三〕，寂然不動〔四〕，湛而常存〔五〕。使苦海靜滔天之波〔六〕，疑山滅炎崑之火〔七〕，囊括天地〔八〕，置之清涼。日月或墜，神通自在，不其偉與〔九〕！

〔一〕《宋書·謝靈運傳》：方軌前秀，垂範後昆。

〔二〕《涅槃經》：我曠劫來，已入大寂。

〔三〕王屮《頭陀寺碑文》：曜慧日於康衢，則重昏易曉。李善注：《頭陀經》：心王菩薩曰：我見覆蔽，飲雜毒酒，重昏常寢，云何得悟，慈心示語，使得開解。

〔四〕《易·繫辭》：寂然不動，感而遂通天下之故。

〔五〕《南齊書·顧歡傳》：仙化以變形爲上，泥洹以陶神爲先。變形者，白首還緇，而未能無死。陶神者，使塵惑日損，湛然常存。

〔六〕梁簡文帝《唱導文》：苦海易沉，慈波空蕩。《書·堯典》：浩浩滔天，下民其咨。

〔七〕《胤征》：火炎崑岡，玉石俱焚。

〔八〕賈誼《過秦論》：囊括四海之意。

〔九〕《說文》：偉，奇也。

魯郡崇明寺南門佛頂尊勝陁羅尼石幢者，蓋此都之壯觀。昔善住天子及千大天游於園觀，又與天女游戲，受諸快樂，即於夜分中聞有聲曰：「善住天子七日滅後當生，七反畜生之身。」於是如來授之吉祥真經，遂脱諸苦，蓋之天徵（一作「從」）爲大法印〔一〕，不可得而聞也。我唐高宗時，有罽（音記）賓桑門持入中土〔二〕，猶日藏大寶清園，虚空檀金淨彩〔三〕，人皆悦見。所以山東開（郭本作「聞」）士〔四〕，舉國而崇之。時有萬商投珍，士女雲會，衆布蓄沓如陵〔五〕。琢文石於他山〔六〕，聳高標於列肆〔七〕。鑱珉錯綵，爲鯨爲螭〔八〕；天人海怪，若叱若語。貝葉金言刊其上〔九〕，荷花水物形其隅。良工草萊，獻技而去。

〔一〕《大般若經》：是如來真實法印，亦是一切聲聞緣覺真實法印。

〔二〕《翻譯名義》：佛陀波利，罽賓國人，忘身徇道，遍觀靈跡。聞文殊師利在清涼山，遠涉流沙，躬來禮謁。高宗儀鳳元年，杖錫五臺，虔禮聖容。忽見一翁從山出來，作婆羅門語，謂波利曰：「師何所求？」波利曰：「聞文殊隱此，欲求瞻禮。」翁曰：「師將《佛頂尊勝陀羅尼經》來不？此土衆生，多造諸罪，佛頂呪乃除罪秘方，若不將經，徒來無益，縱見文殊，未必能識，可還西國取經，傳此弟子，當示文殊所在。」波利作禮，舉頭不見老人。遂反本國，取得經來，狀奏高宗。遂令杜行顗及日照三藏於内共譯，經留在内。波利泣奏「志在利人」，請布流行。帝愍專志，遂留所譯之經，還其梵本。波利將向西明與僧順貞共譯《佛頂尊勝陀羅尼經》。所願已畢，持經梵本，入於五臺不出。《唐書・西域傳》：罽賓，隋漕國也。居葱嶺南，距京師萬二千里而贏，南距舍衛三千里。王居修鮮城，常役屬大月氏。地暑濕，人乘象，俗治浮屠法。《魏書·釋老志》：諸服其道者，則剃落鬚髮，釋累辭家，結師資，遵律度，相與和居，治心修淨，行乞以自給，謂之沙門。或曰桑門，亦聲相近。總謂之僧，皆胡言也。僧譯爲和命衆，桑門爲息心，比丘爲行乞。

〔三〕《華嚴經》：譬如天上閻浮檀金，惟除心王大摩尼寶，餘寶無及者。

〔四〕開士，有德行之僧。詳見二十一卷注。

〔五〕《詩·小雅》：如岡如陵。

〔六〕《山海經》：瞻諸之山，其陽多金，其陰多文石。《詩·小雅》：他山之石。

〔七〕班固《西都賦》：游士擬於公侯，列肆侈於姬、姜。呂向注：肆，市也。

〔八〕《説文》：螭，若龍而黄，北方謂之地螻。從虫，离聲，或云：無角曰螭，丑知切。

〔九〕《酉陽雜俎》：貝多，出摩伽陀國，長六七丈，經冬不凋。此樹有三種：一者多羅婆力叉貝多；二者多梨婆力叉貝多；三者部闍婆力叉貝多。多羅、多梨，並書其葉。部闍一色，取其皮書之。貝多是梵語，漢翻爲葉。婆力叉貝多者，漢言樹葉也。西域經書，用此三種皮葉，若能保護，亦得五六百年。

聖君垂拱南面，穆清而居〔一〕，大明廣運，無幽不燭。以天下所立玆幢，多臨諸旗亭〔二〕，喧囂湫隘〔三〕，本非經行網繞之所〔四〕。乃頒下明詔，令移於寶坊〔五〕。吁！百尺中標，矗若雲斷，委翳苔蘚〔六〕，周流星霜，俾龍象興嗟〔七〕，仰瞻無地，良可嘆也。

〔一〕垂拱，見二十一卷注。穆清，見一卷《大獵賦》注。

〔二〕《史記集解》：《西京賦》曰：旗亭五重。薛綜曰：旗亭，市樓也。立旗於上，故取名焉。

〔三〕《左傳》：景公欲更晏子之宅，曰：「子之宅近市，湫隘囂塵，不可以居。」杜預注：湫，下；隘，小；囂，聲；塵，土也。

〔四〕經行，謂僧衆遶幢循行，所以致其敬禮之心。網繞，謂以網圍繞其幢，所以使鳥雀不得棲止、污穢。

〔五〕梁簡文帝《答湘東王書》：鳴銀鼓於寶坊，轉金輪於香地。西方供佛宫殿，以七寶增飾，故謂僧坊曰寶坊。

〔六〕《韻會》：翳，隱也，奄也，障也。

〔七〕龍象，高僧也，見十二卷注。

我太官廣武伯隴西李公〔一〕，先名琬，奉詔書改爲輔。其從政也，肅而寬〔二〕，仁而惠〔三〕，五鎮方牧，聲聞於天。帝乃加剖竹於魯〔四〕，魯道粲然可觀。方將和陰陽於太階〔五〕，致吾（舊本少「吾」字，今從劉本）君於堯、舜。豈徒閑閤（音鴿）坐嘯〔六〕，鴻盤二千哉〔七〕！乃再崇厥功，發揮象教〔八〕。

〔一〕廣武，縣名，隸隴右道之蘭州。乾元二年，更名金城。

〔二〕《左傳》：晉公子，其從者肅而寬，忠而能力。杜預注：肅，敬也。

〔三〕《後漢書》：劉寵，除東平陵令，以仁惠爲吏民所愛。

〔四〕所謂「五鎮方牧」者，輔歷官郢、海、淄、唐、陳五州刺史也。所謂「剖竹於魯」，又爲魯郡都督也，見後《虞城令李公去思碑》。但碑文之名作浦，頌文之名作輔，未知孰是孰訛。剖竹，見十一卷注。

〔五〕太階，見一卷《明堂賦》注。

〔六〕《爾雅》：小閨謂之閤。《説文》：閤門，旁户也。《後漢書》：吴祐遷膠東相，政惟仁簡，以身率物，民有爭訴者，輒閉閤自責，然後斷其訟。以道譬之，此用其字，卻另作閉門不理事解。坐嘯，見十四卷注。

〔七〕《周易·漸卦》：六二，鴻漸於磐，飲食衎衎，吉。王弼注：磐，山石之安者也。進而得位，居中而應，本無禄養，進而得之，其爲歡樂，願莫大焉。鴻磐二千，謂以二千石之職，爲宴安之地也。

〔八〕王屮《頭陀寺碑文》：正法既没，象教陵夷。李周翰注：象教，謂爲形象以教人也。

於是與長史盧公、司馬李公等〔一〕，咸明明在公〔二〕，綽綽有裕〔三〕。韜大國之寶，鍾元精之和〔四〕，榮兼半刺〔五〕，道光列岳〔六〕。才或大而用小，識無微而不通。政其有經，談豈更僕〔七〕！

〔一〕唐制，魯郡爲上都督府，設長史一人，從三品；司馬二人，從四品下。

〔二〕《詩·魯頌》：夙夜在公，在公明明。鄭箋曰：言時臣憂念君事，早起夜寐，在於公之所。在於公之所，但明義明德也。

〔三〕《詩·小雅》：此令兄弟，綽綽有裕。毛傳曰：綽綽，寬也。裕，饒也。

〔四〕《後漢書》：元精所生，王之佐臣。章懷太子注：元爲天元。精謂天之精氣。《論衡》：天稟元氣，人受元精。蔡邕《陳太丘碑文》：含元精之和，應期運之數。吕向注：元精，大道也。

〔五〕《北堂書鈔》：庾亮《答郭豫書》曰：别駕舊與刺史别乘，同宣王化於萬里者，其任居刺史之半，安可任非其人？《唐書·百官志》：高宗即位，改别駕皆爲長史。

〔六〕徐陵《爲陳武帝與嶺南酋豪書》：身居列岳，自御强兵。

〔七〕《禮記》：遽數之不能終其物，悉數之乃留更僕未可終也。孔穎達《正義》：更，代也。言若委細悉説之，則大久，僕侍疲倦，宜更代之。若不代僕，則事未可盡也。

有律師道宗，心總群妙，量包（繆本作「苞」）大千〔一〕。日何瑩而常明，天不言而自運。識岸浪注，玄機清發，每口演金偈〔二〕，舌摇電光〔三〕，開關延敵〔四〕，罕有當者。由萬竅同號於一風〔五〕，衆流俱納於溟海。若乃嚴飾佛事，規矩梵（扶泛切，音近范）天〔六〕，法堂鬱以霧開，香樓岌乎島峙〔七〕，皆我公之締構也〔八〕。以天寶八載五月一日示滅大寺。百城號天，四衆泣血〔九〕，焚香散花，扶櫬（音近寸）卧轍〔一〇〕，仙鶴數十，飛鳴中絶。非至德動天，深仁感物者，其孰能與於此乎？三綱等皆論窮彌天〔一一〕，惠湛（音沉）清月。傳千燈於智種〔一二〕，了萬法於真空〔一三〕。不謀同心，克樹聖跡。

〔一〕大千世界，見二十三卷注。

〔二〕金偈，佛所説之偈也。

〔三〕揚雄《解嘲》：上説人主，下談公卿，目如耀星，舌如電光。李周翰注：電光，謂辭辯速如電光之閃也。

〔四〕《過秦論》：秦人開關延敵，九國之師，逡巡遁逃而不敢進。

〔五〕《莊子》：大塊噫氣，其名爲風。是惟無作，作則萬竅怒呺。

〔六〕《法苑珠林》：色界有十八天，初禪三天，一名梵衆天，二名梵輔天，三者大梵天。此大梵天無別住處，但於梵輔有層臺，高顯嚴博，大梵天王獨於上位，以別群下。於此三天之中，梵衆是庶民，梵輔是臣，大梵是君。惟此初禪，有君、臣、民庶之則，自此以上，悉皆無也。

〔七〕梁武帝詩：長塗橫翠微，香樓閒紫烟。

〔八〕締構，結構也。見一卷注。

〔九〕《翻譯名義》：自古皆以比丘、比丘尼、優婆塞、優婆夷爲四衆。《禮記》：高子皋之執親之喪也，泣血三年。《正義》云：凡人涕淚，必因悲聲而出，若血出，則不由聲也。今子皋悲無聲，其涕出，如血之出，故云泣血。

〔一〇〕《説文》：櫬，棺也。

〔一一〕《翻譯名義》：寺立三綱，上座、維那、典座也。《晉書》：時有桑門釋道安，俊辯有高才。自北至荆州，與習鑿齒初相見，道安曰：「彌天釋道安。」鑿齒曰：「四海習鑿齒。」人以爲佳對。

〔一二〕《維摩詰經》：譬如一燈，燃千百燈，冥者皆明，明終不盡。菩薩開導衆生，令發阿耨多羅三藐三菩提心，於其道意亦不滅盡，隨所説法而自增益。一切善法，是名無盡燈也。

〔一三〕《法華經》：成一切種智。一切種智，即佛智也。又謂之般若。釋典以一切萬有終歸於無，謂之爲空。人法皆空，則謂之真空，即般若智也。

太官李公，乃命門於南垣廟通衢，曾盤舊規，累構餘石，壯士加勇，力侔拔山〔一〕。纔擊鼓以雷作〔二〕，拖鴻縻（音麋）而電掣〔三〕。千人壯，萬夫勢，轉鹿盧於橫梁〔四〕，泯環合而無際。

常六合之振動，崛九霄之崢嶸，非鬼神功，曷以臻此。

〔一〕項羽歌：力拔山兮氣蓋世。

〔二〕雷作，謂如雷之發聲。

〔三〕鴻縻，大索。電掣，謂疾如電之掣也。

〔四〕《韻會》：轆轤，井上汲水木，一作樚櫨。《廣韻》：圜轉木也，通作鹿盧。

況其清景燭物，香風動塵，群形所霑，積苦都雪。粲星辰而增輝，挂文字而不滅，雖漢家金莖〔一〕，伏波銅柱〔二〕，擬茲陋矣！

〔一〕班固《西都賦》：抗仙掌以承露，擢雙立之金莖。章懷太子注：《前書》曰：武帝時，作銅柱、承露仙人掌之屬。《三輔故事》云：建章宮承露盤，高二十丈，大七圍，以銅爲之，上有仙人掌承露，和玉屑飲之。金莖，即銅柱也。

〔二〕《後漢書》：交趾女子徵側、徵貳反，璽書拜馬援伏波將軍，南擊交趾。《水經注》：俞益期牋曰：馬文淵，立兩銅柱於林邑岸北，山水移易，銅柱今復在海中。《林邑記》曰：建武十九年，馬援樹兩銅柱於象林南界，與西屠國分漢之南疆也。

或日月圓滿，方檀散華，清心諷持，諸佛稱贊。夫如是，亦可以從一天至一天〔一〕，開天宫之門，見群聖之顔，巍巍功德不可量也。

〔一〕按釋典，欲界有六天：一，四天王天；二，忉利天；三，夜摩天；四，兜率天；五，化樂天；六，他化自在天。色界有十八天：一，梵衆天；二，梵輔天；三，大梵天；四，少光天；五，無量光天；六，光音天；七，少淨天；八，無量淨天；九，徧淨天；十，無雲天；十一，福生天；十二，廣果天；十三，無想天；十四，無煩天；十五，無熱天；十六，善見天；十七，善現天；十八，色究竟天。無色界有四天：一，空處天；二，識處天；三，無所處天；四，非有想、非無想天。凡三界共二十八天。天者，言其清淨光潔，最勝最尊，故名爲天，乃神境世界之位，與蒼蒼在上之天不同一解，能修至勝之因，方能生其處。功有優劣，故所生之處有不同。

其録事參軍、六曹英寮及十一縣官屬〔一〕，有宏才碩德〔二〕，含香繡衣者〔三〕，皆列名碑陰，此不具載。

〔一〕按《唐書》，兖州，魯郡，爲上都督府。上都督府之屬官，有録事參軍事一人，正七品上；有功曹、倉曹、户曹、田曹、兵曹、法曹、士曹參軍事，各一人，正七品下。其曰六曹者，田曹後置，故仍其舊稱，不稱七而稱六也。所管瑕丘、曲阜、乾封、泗水、鄒縣、任城、龔丘、平陸、金鄉、魚臺、萊蕪，凡十一縣。

〔二〕《晉書·郭璞傳》：景純通秀，夙振宏才。《索襲傳》：索先生碩德名儒。

〔三〕含香，尚書郎事，見二十六卷注。繡衣，御史事，見十一卷注。

郡人都水使者宣道先生孫太沖，得真人紫蕊玉笈之書，能令太一神自成還丹以獻於帝〔一〕。帝服享萬壽，與天同休。功成身退，謝病而去，不謂古之玄通微妙之士歟？乃謂白曰：「昔王文考觀藝於魯，騁雄辭於靈光〔二〕；陸佐公知名在吴，銘雙闕於盤石〔三〕。吾子盍可美盛德，揚中和。」恭承話言，敢不惟命。

〔一〕《册府元龜》：孫太沖隱於嵩山。玄宗天寶三載，河南尹裴敦復上言：「太沖於嵩山合鍊金丹，自成於竈中，精華特異，變化非常，請宣付史官，頒示天下以彰靈瑞仙聖之應。」從之。又：孫逖有《爲宰相賀中岳合鍊藥自成表》：臣等伏見道士孫太沖奏事奉進止，令中使薛履信監臣，於中岳嵩陽觀合煉，其竈中著水，置炭於竈側，封固卻回，已經數月，泥拭既密，緘封并全。即與縣官等對開門，其炭並盡，灰又别聚，不動人力，其藥已成。初乃五色發端，終則太陽輝於爐際。又河南尹裴敦復所奏，并奉敕令右補闕李成式往驗並同者。《唐書·百官志》：都水監使者二人，正五品上，掌川澤、津梁、渠堰、坡池之政。此云都水使者，乃寵異方士而以虚銜加之耳。

〔二〕《後漢書》：王延壽，字文考，有儁才，少游魯國，作《靈光殿賦》。後蔡邕亦造此賦，未成。及見延壽所爲，甚奇之，遂輟翰而已。王延壽《魯靈光殿賦序》：魯靈光殿者，蓋景帝程姬之子，恭王餘之所立也。初，恭王始都下國，好治宫室，遂因魯僖基兆而營焉。遭漢中微，盜賊奔突，自西京未央、建章之殿，皆見隳壞，而靈光巋然獨存。予客自南鄙，觀藝於魯，覩斯而眙曰：「嗟乎！詩人之興，感物而作，故奚斯頌僖，歌其路寢，而功績存乎辭，德音昭乎聲。物以賦顯，事以頌宣，非賦非頌，將何述焉。」遂作賦。張載注：藝，六經也。李周翰注：言魯有周、孔遺風，思禮樂之美，故云觀藝。

〔三〕《梁書》：陸倕，字佐公，吴郡吴人也。高祖雅愛倕才，詔爲《石闕銘記》奏之，敕曰：「太子中舍人陸倕所製《石闕銘》，辭義典雅，足爲佳作。昔虞丘辨物，邯鄲獻賦，賞以金帛，前史美談，可賜絹三十匹。」《六朝事跡》：縣北五里有四石闕，在臺城之門南，高五丈，廣三丈六尺。梁武帝所造，及成，朝士銘之。陸倕，字佐公，其文甚佳，士流推伏。

遂作頌曰：

揭（音傑）高幢兮表天宫〔一〕，嶷獨出兮凌星虹〔二〕。神縱縱（繆本作「摐摐」，當是「總總」）兮來空〔三〕，仡（魚乞切，銀入聲）扶傾兮蒼穹〔四〕。西方大聖稱大雄，横絶苦海舟群蒙〔五〕。陀羅尼藏萬法宗，善住天子獲厥功。明明李君牧東魯，再新頹規扶衆苦。如大雲王法法雨（郭本作「再」)〔六〕，邦人清涼喜聚舞。揚鴻名兮振海浦〔七〕，銘豐碑兮昭萬古〔八〕。

〔一〕揭，豎立也。

〔二〕嶷，如山之嶷然獨出也。凌星虹，謂其高若與星辰、虹蜺相凌歷也。

〔三〕《楚辭》：紛總總其離合兮。王逸注：總總，聚貌。

〔四〕《説文》：仡，勇壯也。揚雄《甘泉賦》：神莫莫而扶傾。詳見二十一卷注。

〔五〕《法苑珠林》：濟生靈於苦海，救愚迷於火宅。

〔六〕《法華經》：悲體成雷震，慈意妙大雲。澍甘露法雨，滅除煩惱燄。《華嚴經》：如大龍王，能雨一切妙法雨故。

〔七〕鴻名，大名也，見三卷注。張衡《西京賦》：光炎燭天庭，囂聲振海浦。《説文》：浦，濱也。

〔八〕徐陵《孝義寺碑》：謹勒豐碑，陳其舞詠。

當塗李宰君畫讚

薛方山《浙江通志》：李陽冰，字少温，趙郡人，以辭翰名。乾元間，爲縉雲令，修孔子廟，自爲文記之。歲旱，禱雨於城隍神，與之約，五日不雨，焚其祠。及期，雨霑足。秩滿，退居吏隱山，後遷當塗令。陽冰篆書尤著，舒元輿謂其不下李斯云。

天垂元精〔一〕，岳降粹靈〔二〕，應期命世〔三〕，大賢乃生。吐奇獻策，敷聞王庭〔四〕，帝用休之，揚光泰清〔五〕。濫觴百里〔六〕，涵量八溟，縉雲飛聲，當塗政成〔七〕。雅頌一變，江山再榮，舉邑抃舞，式圖丹青。眉秀華蓋，目朗明星〔八〕。鶴矯閬風，麟騰玉京〔九〕。若揭日月，昭然運行〔一〇〕，窮神闡化，永世作程〔一一〕。

〔一〕元精，已見前注。

〔二〕《詩·大雅》：嵩高惟岳，駿極於天。惟岳降神，生甫及申。

〔三〕《三國志》：趙儼謂繁欽曰：「曹鎮東應期命世，必能匡濟華夏。」阮孝緒《七録序》：大聖挺生，應期命世。

〔四〕《書·多士》：夏迪簡在王庭，有服在百僚。

〔五〕郤正《釋譏》：雖尺枉而直尋，終揚光以發輝。

〔六〕《家語》：江始出於岷山，其源可以濫觴。王肅注：觴，可以盛酒，言其微也。此借言始仕之意。

〔七〕縉雲縣，唐時隸江南東道之處州縉雲郡，西南至州八十五里。當塗縣，唐時隸江南西道之宣州宣城郡，東南至州一百九十里。盧諶詩：日磾效忠，飛聲有漢。

〔八〕《黄庭内景經》：眉號華蓋覆明珠。

〔九〕《太平廣記》：西王母所居宫闕，在龜山、春山西那之都，崑崙之圃，閬風之苑。玉京，見五卷注。

〔一〇〕《莊子》：昭昭乎若揭日月而行也。

〔一一〕《周書》：與國咸休，永世無窮。

金陵名僧頵音均公粉圖慈親讚

神妙不死，惜（當作「借」）生此身。託體明淑〔一〕，而稱厥親。粉爲造化，筆寫天真。貌古松雪，心空世塵。文伯之母〔二〕，可以爲鄰。

〔一〕謝朓《新安公主墓銘》：誕兹明淑，玉振蘭芳。

〔二〕《家語》：公父文伯之母，紡績不懈，文伯諫焉。其母曰：「古者王后親織玄紞，公侯之夫人加之以紘綖，卿之内子爲大帶，命婦成祭服，列士之妻加之以朝服，自庶士以下各衣其夫。秋而戒事，烝而獻功，男女紡績，愆則有辟，聖王之制也。今我寡也，爾又在位，朝夕恪勤，猶恐亡先人之業。况有怠惰，其何以避辟！」孔子聞之曰：「弟子志之，季氏之婦，可謂不過矣。」

李居士讚

至人之心，如鏡中影。揮斥萬變〔一〕，動不離靜。彼質我斤，揮風是騁。了物無二，皆爲匠郢〔二〕。吾族賢老，名喧寫真。貌圖粉繪，生爲垢塵。從白得衰〔三〕，與天爲鄰。默然不滅（《唐文粹》作「儼然不語」），長存此身。

〔一〕揮斥，猶縱横，見二十七卷注。

〔二〕《莊子》：郢人堊漫其鼻端，若蠅翼，使匠石斲之。匠石運斤成風，聽而斲之，盡堊而鼻不傷。詳見二卷注。

〔三〕嵇康《養生論》：積損成衰，從衰得白，從白得老，從老得終。

安吉崔少府翰畫讚

唐時，安吉縣隸江南東道湖州吴興郡。按《唐書·宰相世系表》有崔翰，字叔清，汴宋觀察使巡官，試大理評事，未知即其人否。

齊表巨海，吴嗟大風〔一〕。崔爲令族〔二〕，出自太公〔三〕。克生奇才，骨秀神聰。炳若秋月，騫然雲鴻。爰圖伊人，奪妙真宰，卓立欲語，謂行而在。清晨一觀，爽氣十倍，張之座隅，仰止光彩。

〔一〕《左傳》：吴公子札來聘，請觀於周樂，爲之歌齊，曰：「美哉泱泱乎，大風也哉！表東海者，其太公乎？國未可量也。」杜預注：太公封齊，爲東海之表式。

〔二〕陶潛詩：於穆令族，允搆斯堂。

〔三〕《唐書》：崔氏出自姜姓，齊丁公伋嫡子季子讓國，叔乙食采於崔，遂爲崔氏。

宣城吴録事畫讚

吴，名鎮，爲宣城郡之録事參軍，見《趙公西候新亭頌》。

大名之家，昭彰日月，生此髦士〔一〕，風霜秀骨。圖真像賢，傳容寫髮，束帶岳立〔二〕，如朝天闕〔三〕。巖巖兮謂四方之削成〔四〕，澹澹兮申（劉本作「曰」）五湖之澄明〔五〕。武庫肅穆〔六〕，辭峰崢嶸〔七〕。大辯若訥〔八〕，大音希聲〔九〕。默然不語，終爲國楨〔一〇〕。

〔一〕《詩·小雅》：烝我髦士。毛傳曰：髦，俊也。

〔二〕岳立，見十卷注。

〔三〕梁簡文帝詩：重門遠照耀，天闕復穹窿。

〔四〕《山海經》：太華之山，削成而四方，其高五千仞，其廣十里。

〔五〕《史記正義》：韋昭曰：五湖，湖名耳，實一湖，今太湖是也。在吴西南。《史記索隱》：五湖者，郭璞《江賦》云：具區、兆滆、彭蠡、青草、洞庭。或云：太湖周五百里，故曰五湖。

〔六〕《晉書》：裴頠，弘雅有遠識，博學稽古，自少知名。御史中丞周弼見而嘆曰：「頠若武庫，五兵縱横，一時之傑也。」《陸績别傳》：風化肅穆，郡内大治。

〔七〕王勃《山亭興序》：辭峰直上，振筆札而前驅；翰苑横開，列文章於後殿。

〔八〕《老子·洪德章》：大辯若訥。河上公注：大辯者，智無疑。若訥者，口無詞。

〔九〕又《同異章》：大音希聲。河上公注：大音，猶雷霆，待時而動，喻常愛氣希言也。

〔一〇〕任昉詩：式瞻在國楨。《後漢書》：故北中郎將盧植，名著海内，學爲儒宗，士之楷模，國之楨幹也。

壁畫蒼鷹讚 讖主人

突兀枯樹，傍無寸枝。上有蒼鷹獨立，若愁胡之攢眉〔一〕。凝金天之殺氣〔二〕，凛粉壁之雄姿〔三〕。𩫿銛（音纖）劍戟〔四〕，爪握刀錐。群賓失席以愕（音諤）眙（音近幟，亦音怡）〔五〕，未悟丹青之所爲。吾嘗恐出户牖以飛去，何意終年而在斯！

〔一〕孫楚《鷹賦》：疏尾潤臆，高髻頹顱，深目蛾眉，狀似愁胡。

〔二〕魏彦深《鷹賦》：資金方之猛氣，擅火德之炎精。

〔三〕傅玄《鷹賦》：雄姿邈世，逸氣横生。

〔四〕《廣韻》：銛，利也。

〔五〕班固《西都賦》：猶愕眙而不能階。章懷太子注：《字書》曰：愕，驚也，音五谷反。《字林》曰：眙，驚貌也，音丑吏反。

方城張少公廳畫師猛讚郭本少上七字

方城，縣名，唐時隸山南東道唐州舂陵郡。少公，猶少府，見二十七卷注。

張公之堂，華壁照雪。師猛在圖，雄姿奮發。森竦（一作「踈」）眉目，颯灑毛骨。鋸牙銜霜，鉤爪抱（一作「把」）月。掣蹲（音存）胡以震怒〔一〕，謂大（繆本作「有」）厦之峴（音蘖）屼（繆本作「嶢杌」）〔二〕。永觀厥容，神駭不歇（一本少末二句）〔三〕。

〔一〕《廣韻》：掣，挽也。《説文》：蹲，踞也。蹲胡，謂調獅之胡。蹲踞而牽挽者，獅方震怒，曳獅之胡，方若爲獅所曳也。

〔二〕《淮南子》：大厦成而燕雀相賀。《説文》：厦，屋也。峴屼，不安也，見三卷注。

〔三〕曹植《洛神賦》：精移神駭。

羽林范將軍畫讚

羽林將軍，見十七卷注。

羽林列衛，壁壘南垣。四十五星（郭本作「里」），光輝至尊〔一〕。范公拜將，遥承主恩。位寵虎臣〔二〕，封傳雁門〔三〕。瞻天蹈舞，踴躍精魂。逐逐鶚視〔四〕，昂昂鴻騫。心豪祖逖，氣爽劉琨〔五〕。名震大國，威揚列藩〔六〕。麟閣之階，粉圖華軒〔七〕。胡兵百萬，横行縱舌〔八〕。爪牙帝室〔九〕，功業長存。

〔一〕《甘氏星經》：羽林軍四十五星，壘壁十二星，並在室南。主翊衛天子之軍。入安飛將。星欲威明，天下安；星暗，兵盡失。西入室五度，去北辰一百二十三度。《史記正義》：羽林四十五星，三三而聚，散在壘壁南，天軍也。亦天宿衛之兵革。壘壁陳十二星，横列在營室南，天軍之垣壘。

〔二〕《詩·魯頌》：矯矯虎臣，在泮獻馘。孔穎達《正義》：矯矯然有威武如虎之臣。

〔三〕雁門郡，即代州，唐隸河東道。

〔四〕《梁書》：鶚視爭先，龍驤並驅。

〔五〕《晉書》：祖逖、劉琨，並有英氣，每語世事，或中宵起坐，相謂曰：「若四海鼎沸，豪傑並起，吾與足下當相避於中原耳。」

〔六〕《晉書》：列藩九服，式叙王官。

〔七〕麟閣，見四卷注。華軒，見二十五卷注。

〔八〕横行，見五卷注。

〔九〕《詩·小雅》：祈父，予王之爪牙。孔穎達《正義》：鳥用爪，獸用牙，以防衛己身，此人自謂王之爪牙，以鳥獸爲喻也。

金銀泥畫西方淨土變相讚并序

西方淨土，即西方極樂國土也。《法苑珠林》：世界皎潔，目之爲淨即淨，所居名之爲土。故《攝論》云：所居之土，無於五濁，如玻瓈珂等，名清淨土。《法華論》云：無煩惱衆生住處，名爲淨土。

我聞金天（《唐文粹》作「方」）之西，日没之所，去中華十萬億刹，有極樂世界焉〔一〕。彼國之佛，身長六十萬億恒（繆本作「常」）沙由旬，眉間白毫，向右宛轉如五須彌山，目光清白若四海水（《唐文粹》作「若四大海水」）〔二〕。端坐説法，湛然常存〔三〕。沼明金沙，岸列珍樹，欄楯彌覆，羅網周張。車渠瑠璃，爲樓殿之飾；頗黎碼碯，耀階砌之榮。皆諸佛所證，無虚言者。

〔一〕《佛説阿彌陀經》：佛告長老舍利弗，從是西方過十萬億佛土，有世界名曰極樂。其土有佛號阿彌陀，今現在説法。彼土何故名爲極樂？其國衆生無有衆苦，但受諸樂，故名極樂。極樂國土七重欄楯，七重羅網，七重行樹，皆是四寶周匝圍繞。有七寶池，八功德水充滿其中。池底純以金沙布地，四邊階道，金銀、琉璃、玻瓈合成。上有樓閣，亦以金銀、琉璃、玻瓈、硨磲、赤珠、瑪瑙而嚴飾之。池中蓮花，大如車輪，青色青光，黄色黄光，赤色赤光，白色白光，微妙香潔。彼佛國土常作天樂。黄金爲地，晝夜六時雨天曼陀羅花，其土衆生，常以清旦各以衣裓盛衆妙花，供養他方十萬億佛。即以食時還到本國，飯食經行。彼國常有種種奇妙雜色之鳥，白鶴、孔雀、鸚鵡、舍利、迦陵頻伽共命之鳥，是諸衆鳥晝夜六時出和雅音。其音演暢五根、五力、七菩提分、八聖道分，如是等法。其土衆生聞是音已，皆悉念佛、念法、念僧。舍利弗，汝勿謂此鳥實是罪報所生，彼佛國土無三惡道，尚無惡道之名，何況有實。是諸衆鳥，皆是阿彌陀佛欲令法音宣流，變化所作。彼佛國土微風吹動諸寶行樹及寶羅網，出微妙音，譬如百千種樂，同時俱作。聞是音者，自然皆生念佛、念法、念僧之心。彼佛何故號阿彌陀？彼佛光明無量，照十方國，無所障礙。彼佛壽命及其人民無量無邊阿僧祇劫，故名阿彌陀。阿彌陀佛成佛以來，於今十劫。彼佛有無量無邊聲聞弟子，皆阿羅漢，非是算數之所能知。諸菩薩衆亦復如是。彼佛國土成就如是，功德莊嚴。又，極樂國土衆生，生者皆是阿鞞跋致，其中多有一生補處，其數甚多，非是算數所能知之，但可以無量無邊阿僧祇説。衆生聞者，應當發願生彼國土，所以者何？得與如是諸上善人俱會一處，不可以少善根福德因緣，得生彼國。若有善男子、善女人，聞説阿彌陀佛，執持名號，若一日，若二日，若三日，若四日，若五日，若六日，若七日，一心不亂。其人臨命終時，阿彌陀佛與諸聖衆，現在其前，是人終時，心不顛倒，即得往生阿彌陀佛極樂國土。我見是利，故説此言。若有衆生聞是説者，應當發願生彼國土，如我今者，稱讚阿彌陀佛，不可思議功德之利。東方亦有：阿閦鞞佛、須彌相佛、大須彌佛、須彌光佛、妙音佛，如是等恒河沙數諸佛。南方世界有：日月燈佛、名聞光佛、大燄肩佛、須彌燈佛、無量精進佛，如是等恒河沙數諸佛。西方世界有：無量壽佛、無量相佛、無量幢佛、大光佛、大明佛、寶相佛、淨光佛，如是等恒河沙數諸佛。北方世界有：燄肩佛、最勝音佛、難沮佛、日生佛、網明佛，如是等恒河沙數諸佛。下方世界有：師子佛、名聞佛、名光佛、達磨佛、法幢佛、持法佛，如是等恒河沙數諸佛。上方世界有：梵音佛、宿王佛、香上佛、香光佛、大燄肩佛、雜色寶華嚴身佛、婆羅樹王佛、寶華德佛、見一切義佛、如須彌山佛，如是等恒河沙數諸佛。各於其國，出廣長舌相，遍覆三千大千世界。説誠實言，汝等衆生當信是稱讚不可思議功德。一切諸佛所護念經，何故名爲一切諸佛所護念經？若有善男子、善女人，聞是經受持者，及聞諸佛名者，皆爲一切諸佛之所護念，皆得不退轉於阿耨多羅三藐三菩提。是故，汝等皆當信受我語，及諸佛所説。若有人已發願，今發願，當發願，欲生阿彌陀佛國者，是諸人等皆得不退轉於阿耨多羅三藐三菩提。於彼國土，若已生，若今生，若當生。是故舍利弗，諸善男子、善女人，若有信者，應當發願生彼國土云云。刹，謂諸佛所住國土。

〔二〕《觀無量壽經》：無量壽佛，身高六十萬億那由陀恒河沙由旬，眉間白毫，右旋宛轉，如五須彌山。佛眼如四大海水，青白分明。《法苑珠林》：《毗曇論》云：四肘爲一弓，五百弓爲一拘盧舍，八拘盧舍爲一由旬。以中國道里較之，一由旬，合得十六里。

〔三〕《南齊書·顧歡傳》：陶神者，使塵惑日損，湛然常存。湛然常存，言其永無遷壞也。

金銀泥畫西方淨土變相，蓋馮（音憑）翊（音翼）郡秦（《唐文粹》作「太」）夫人奉爲亡夫湖州刺史韋公之所建也〔一〕。夫人藴冰玉之清，敷聖善之訓〔二〕，以伉儷大義（《唐文粹》無「以」字，「大義」作「義大」）〔三〕，希拯拔於（郭本缺「於」字）幽塗；父子恩深〔四〕，用重（《唐文粹》作「薫」）修於景福〔五〕。誓捨珍物，搆求名工，圖金創端〔六〕，繪銀設像〔七〕。

〔一〕按《唐書·地理志》，同州馮翊郡，隸關内道。湖州吴興郡，隸江南東道。

〔二〕《詩·國風》：母氏聖善。鄭箋曰：母有睿智之善德。

〔三〕《韻會》：伉儷，敵也，配偶也，詳五卷注。

〔四〕《後漢書》：父子恩深，不覺自失耳。

〔五〕《釋氏要覽》：薰義者，《顯識論》云：譬如燒香薰衣，香體滅而香氣在衣。此香不可言有，香體滅故；不可言無，香氣在衣故。《詩·大雅》：介爾景福。毛傳曰：景，大也。

〔六〕圖金創端者，泥金爲質地，而以爲創始。

〔七〕繪銀設像者，以銀代彩色而繪成形像。

八法功德（《唐文粹》作「八功德水」）〔一〕，波動青蓮之池；七寶香花〔二〕，光映黄金之地。清風所拂，如生五音，百千妙樂，咸疑動作。若已發願，未及（《唐文粹》作「及未」）發願；若已當生，未及（《唐文粹》作「及未」）當生。精念七日〔三〕，必生其國，功德罔極〔四〕，酌而難明。

〔一〕《觀無量壽經》：極樂國土，有八池水，一一池水，七寶所成。其寶香輭，從如意珠王生，分爲十四支，一一支作七寶色。黄金爲渠，渠下皆以雜色金剛以爲底砂。一一水中有六十億七寶蓮花。一一蓮花團圓，正等十二由旬。其摩尼水流注花間，尋樹上下，其聲微妙，是爲八功德水。

《法苑珠林》：八功德水，依《順正理論》云：一甘，二冷，三輭，四輕，五清淨，六不臭，七飲時不損喉，八飲已不傷腹。

〔二〕《觀無量壽經》：其諸寶樹，七寶華葉，無不具足。一一花葉作異寶色，琉璃色中出金色光，玻瓈色中出紅色光，碼碯色中出硨磲光，硨磲色中出緑真珠光。珊瑚、琥珀，一切衆寶以爲映飾。《大阿彌陀經》：七寶，所謂黄金、白銀、水晶、琉璃、珊瑚、琥珀、硨磲。

〔三〕精念，即所謂一心不亂也。今人念念遷流，不能終日，若能注心淨土，無二無雜，至於七日，終不散亂，則心中佛境，自然全現矣。或有不信是事，良由業障深重故耳。

〔四〕罔極，不可限量也。

讚曰：

向西日没處，遥瞻大悲顔。目淨四（《唐文粹》作「碧」）海水，身光紫金山〔一〕。勤念必往生，是故稱極樂。珠網珍寶樹，天花散香閣。圖畫了在眼，願託彼道場。以此功德海〔二〕，冥祐爲舟梁〔三〕。八十一（當作「億」）劫罪〔四〕，如風掃輕霜。庶（《唐文粹》作「諦」）觀無量壽，長願（《唐文粹》作「放」）玉毫光〔五〕。

〔一〕《佛報恩經》：我見佛身相，喻如紫金山。《法苑珠林》：《獅子月佛本生經》云：遥見世尊，身放光明，如紫金山，普令大衆同於金色。

〔二〕《法苑珠林》：衆生功德海，無能測量者。

〔三〕《北齊書·慕容儼傳》：相率祈請，冀獲冥祐。

〔四〕《觀無量壽佛經》：若觀是地者，除八十億劫生死之罪。捨身，他世必生淨國。

〔五〕《大阿彌陀經》：阿彌陀佛，號無量壽佛。《觀無量壽佛經》：觀無量壽佛者，從一相好入。但觀眉間白毫，極令明了。見眉間白毫者，八萬四千相好，自然當現。

《漁隱叢話》：司空圖云：嘗觀杜子美《祭太尉房公文》、李太白佛寺碑贊，宏拔清厲，乃其歌詩也。

江寧楊利物畫讚

唐之江南東道有江寧縣，隸潤州丹陽郡，至德二載，改隸昇州江寧郡。

太華高嶽，三峰倚天〔一〕；洪波經海，百代生賢。爲夔爲龍，廓土濟川〔二〕，趙城開國〔三〕，玉樹凌烟〔四〕。筆鼓元化，形分自然，明珠獨轉，秋月孤懸。作宰作程，摧剛挫堅，德合窈冥〔五〕，聲播蘭荃（音詮）〔六〕。鴻漸麟閣〔七〕，英圖可傳。

〔一〕《初學記》：太華山，其上有三峰直上，晴霽可觀。

〔二〕《後漢書·朱浮傳》：六國之時，其勢各盛，廓土數千里，將兵數百萬。《書·説命》：若濟巨川，用汝作舟楫。

〔三〕《唐書·地理志》，河東道晉州平陽郡有趙城縣。《百官志》：封爵之制：開國郡公食邑二千户，正二品；開國縣公食邑千五百户，從二品；開國縣侯食邑千户，從三品；開國縣伯食邑七百户，正四品上；開國縣子食邑五百户，正五品上；開國縣男食邑三百户，從五品上。

讚言楊氏出自關西，關西之地，山有華岳，川有黄河，山川精靈之氣，蓄積百世，挺生偉人，而爲當代之夔、龍。出將則有廓土之功，入相則有濟川之蹟。以爵酬功，得封趙城，蓋推言其祖父之賢而且貴如此。「玉樹」以下，始讚利物。

〔四〕《世説》：謝太傅問諸子姪，子弟亦何預人事而正欲使其佳，諸人莫有言。車騎答曰：「譬如芝蘭玉樹，欲使其生於階庭耳。」凌烟，猶凌雲也。

〔五〕《老子》：窈兮冥兮，其中有精。河上公注：道惟窈冥無形，其中有精實，神明相薄，陰陽交會也。

〔六〕《韻會》：荃，香草也。

〔七〕《周易·漸卦》：初六，鴻漸於干。孔穎達《正義》：鴻，水鳥也。漸進之道，自下升上，故進，譬鴻飛自下而上也。《後漢書·蔡邕傳》：鴻漸盈階，振鷺充庭。章懷太子注：《易》曰：鴻漸於陸。鴻，水鳥也。漸出於陸，喻君子仕進於朝。麟閣，見四卷注。

金鄉薛少府廳畫鶴讚

唐河南道有金鄉縣，隸兗州魯郡。

高堂閑軒兮，雖聽訟而不擾。圖蓬山之奇禽，想瀛海（《唐文粹》作「洲」）之縹緲（緲本作「瞟眇」）。紫頂烟絶（音釋，又音赫），丹眸星皎〔一〕。昂昂佇眙（音夷。一作「欲飛」）〔二〕，霍若驚矯〔三〕。形留座隅，勢出天表〔四〕。謂長鳴（一作「唳」）於風霄，終寂立於露曉〔五〕。凝翫益古，俯察愈妍，舞疑傾市〔六〕，聽似聞絃〔七〕。儻感至精以神變，可弄影而浮烟〔八〕。

〔一〕鮑照《舞鶴賦》：晴含丹而星曜，頂凝紫而烟華。《説文》：絶，大赤也。

〔二〕左思《吴都賦》：士女佇眙。劉淵林注：佇眙，立視也。

〔三〕霍若，猶忽若。驚矯，驚飛也。

〔四〕班固《西都賦》：若游目於天表。劉良注：表，外也。

〔五〕《藝文類聚》：《易通卦驗》曰：立夏，清風至而鶴鳴。《春秋感精符》：八月白露降，鶴即高鳴相警。《風土記》：白鶴性警，至八月露降，流於草葉上滴滴有聲，則鳴。張華《禽經注》：露下則鶴鳴，鶴之馴養於家庭者，飲露則飛去。

〔六〕《吴越春秋》：吴王有女滕玉，因謀伐楚，與夫人及女會，蒸魚王前，嘗半而與女，女怒曰：「王食魚辱我。」不忍久生，乃自殺。闔閭痛之，葬於國西閶門外，鑿池積土，文石爲槨，題凑其中。金鼎、玉杯、銀樽、珠襦之寶，皆以送女。乃舞白鶴於吴市，令萬民隨而觀之，還使男女與鶴俱入羨門，因發機以掩之，殺生以送死。鮑照《舞鶴賦》：出吴都而傾市。

〔七〕《韓非子》：師曠援琴而鼓，一奏之有玄鶴二八，道南方來，集於廊門之垝。再奏之而列。三奏之，延頸而鳴，舒翼而舞。音中宫商之聲，聲聞於天。

〔八〕《舞鶴賦》：疊霜毛而弄影，振玉羽而臨霞。

誌公畫讚

《傳燈録》：寶誌禪師，金城人，姓朱氏。少出家，止道林寺，修習禪定。宋太始初，忽居止無定，飲食無時，髮長數寸，徒跣執錫杖，杖頭擐剪刀、尺、銅鑑，或挂一兩尺帛。數日不食，無飢容。時或歌吟，詞如讖記，士庶皆共事之。齊建元中，武帝謂師惑衆，收付建康獄。明旦人見其入市，及檢獄如故。建康令以事聞，帝延之於宫中之後堂。師在華林園，忽一日，重著三布帽，亦不知於何所得之。俄而武帝崩，豫章王、文惠太子相繼薨，由是禁師出入。梁高祖即位，下詔曰：「誌公跡拘塵垢，神游冥寂，水火不能焦濡，蛇虎不能侵懼。語其佛理，則聲聞以上；談其隱淪，則遯仙高者。乃以俗士常情，空相拘制，何其鄙陋，一至於此！自今勿得復禁。」天監十二年冬，忽告衆僧，令移金剛神像出置寺外，密謂人曰：「菩薩將去。」未及旬日，無疾而終，舉體香煖。臨亡，燃一燭，以付後閤舍人吴慶。慶以事聞，帝嘆曰：「大師不復留矣，燭者將以後事囑我也。」因厚禮葬於鍾山獨龍阜，仍立開善精舍，敕陸倕製銘於冢内，王筠勒碑於寺門，處處傳其遺像焉。《南史》：沙門釋寶誌，雖剃鬚髮，而常冠下裙帽、衲袍，故俗呼爲誌公。

水中之月，了不可取〔一〕。虚空其心（一作「身」），寥廓無主〔二〕。錦幪鳥爪，獨行（一作「游」）絶侣。刀齊尺梁（繆本作「量」），扇迷陳語〔三〕。丹青聖容，何往（一作「何住」，一作「去往」）何所。

〔一〕水中之月，只一影耳，初非真實，幻軀亦爾，雖賢聖降生，化身靈變，顯跡甚奇，要亦無殊於此，故曰「了不可取」。

〔二〕《楚辭》：下崢嶸而無地兮，上寥廓而無天。寥廓，即空虚之處。

〔三〕《説文》：幪，蓋衣也。《南史》：寶誌出入鍾山，往來都邑，年已五六十矣。齊、宋之交，稍顯靈跡，被髮徒跣，語默不倫，或被錦袍，飲啖同於凡俗。《神僧傳》：寶誌，面方而瑩徹如鏡，手足皆鳥爪。每行游市中，其錫杖上嘗懸剪刀一事、尺一枝、麈尾扇一柄。剪刀者，齊也。尺者，量也。麈尾扇者，塵也。蓋隱語歷齊、梁、陳三朝耳。

楊士奇曰：今靈谷寺有石刻《誌公像贊》，吴道子畫，李白贊，顔真卿書，世稱三絶。舊刻已壞，此重刻者，不復見書法之妙矣。

琴讚

嶧（音亦）陽孤桐，石聳天骨〔一〕，根老冰泉，葉苦霜月。斲爲緑綺〔二〕，徽聲粲發〔三〕，秋風入松〔四〕，萬古奇絶。

〔一〕《尚書》：嶧陽孤桐。孔氏傳：孤，特也。嶧山之陽，特生桐，中琴瑟。蔡氏《集傳》：《地志》云：東海郡下邳縣西，有葛嶧山，古文以爲嶧山。陽者，山南也。孤桐，特生之桐，其材中琴瑟。《詩》曰：梧桐生矣，於彼朝陽。蓋草木之生，以向日爲貴也。《封氏聞見記》：兗州鄒嶧山，南面平復，東西長數十步，廣數步，其處生桐、柏，傳以爲《禹貢》「嶧陽孤桐」者也。土人云：此桐所以異於常桐者，諸山皆發地兼土，惟此山大石攢倚，石間周圍皆通人行，山中空虚，故桐木絶響，是以珍而入貢也。

〔二〕緑綺琴，見二十卷注。

〔三〕徽，琴節也。見四卷注。

〔四〕秋風入松，喻琴聲之清韻。

朱虛侯讚

《史記》：孝惠帝崩，吕太后稱制。齊哀王弟章，入宿衛於漢，吕太后封爲朱虛侯。朱虛侯年二十，有氣力，忿劉氏不得職，嘗入侍高后燕飲，高后令朱虛侯劉章爲酒吏。章自請曰：「臣，將種也，請得以軍法行酒。」太后曰：「可。」酒酣，章進飲歌舞。已而曰：「請爲太后言耕田歌。」高后兒子畜之，笑曰：「顧而父知田耳。若生而爲王子，安知田乎！」章曰：「臣知之。」太后曰：「試爲我言田。」章曰：「深耕溉種，立苗欲疏，非其種者，鉏而去之。」太后默然。頃之，諸吕有一人醉，亡酒，章追，拔劍斬之，而還報曰：「有亡酒一人，臣謹行法斬之。」太后左右皆大驚。業已許其軍法，無以罪也。自是諸吕憚朱虛侯，雖大臣皆依朱虛侯。其明年，高后崩。吕禄爲上將軍，吕産爲相國，皆居長安中，聚兵以威大臣，欲爲亂。朱虛侯與太尉勃、丞相平等誅之。朱虛侯首先斬吕産，於是太尉勃等乃得盡誅諸吕。

嬴氏穢德〔一〕，金精摧傷〔二〕。秦鹿克獲〔三〕，漢風飛揚〔四〕。赤龍登天，白日昇光。陰虹賊虐，諸吕擾攘〔五〕。朱虛來歸，會酌高堂。雄劍奮擊，太后震惶。爰鋤産、禄，大運乃昌〔六〕。

功冠帝室，於今不忘。

〔一〕《史記》：秦之先柏翳，舜賜姓嬴氏。《書・泰誓》：穢德彰聞。

〔二〕陸機《漢高祖功臣頌》：金精仍頹，朱光以渥。秦在西方，西爲金行，故曰金精。

〔三〕《漢書》：昔秦失其鹿，劉季逐而掎之。

〔四〕漢高祖歌：大風起兮雲飛揚，威加海内兮歸故鄉。

〔五〕赤龍登天，謂高祖升遐。白日昇光，謂惠帝即世。陰虹賊虐，謂吕后比殺三趙王。

〔六〕《後漢書・明帝紀》：朕承大運，繼體守文。

觀佽音次飛斬蛟龍圖讚

《淮南子》：荆有佽非，得寶劍於干隊，還反渡江，至於中流，陽侯之波兩蛟夾繞其船。佽非謂枻船者曰：「嘗有如此而得活者乎？」對曰：「未嘗見也。」於是佽非瞋目，勃然攘臂，拔劍曰：「武士可以仁義之禮説也，不可劫而奪也。此江中之腐肉朽骨，棄劍而已，予有奚愛焉！」赴江刺蛟，遂斷其頭，船中人盡活，風波畢除。荆爵爲執珪。佽飛，即佽非，古字通用。

佽飛斬長蛟，遺圖畫中見。登舟既虎嘯〔一〕，激水方龍戰〔二〕。驚波動連山〔三〕，拔劍曳雷